名家选评
中国文学经典

诗经举要

蒋立甫 著

中国古典文学研究名家
精选精注精评 精心结撰
带您走进中国古典文学的艺术殿堂
感悟经典文学作品的隽永意味和永恒魅力

安徽师范大学出版社

策　　划：侯宏堂
责任编辑：潘　安
责任印制：郭行洲
装帧设计：杨　群　欧阳显根

图书在版编目（CIP）数据

诗经举要/蒋立甫著.—芜湖：安徽师范大学出版社，2014.12（2025.1重印）
（名家选评中国文学经典丛书）
ISBN 978-7-5676-1710-0

Ⅰ.①诗… Ⅱ.①蒋… Ⅲ.①古体诗–诗集–中国–春秋时代　②《诗经》–注释
Ⅳ.①I222.2

中国版本图书馆 CIP 数据核字（2014）第 290986 号

SHIJING JUYAO

诗　经　举　要

蒋立甫　著

出版发行：安徽师范大学出版社
　　　　　芜湖市九华南路 189 号安徽师范大学花津校区　　　邮政编码：241002
网　　址：http://www.ahnupress.com/
发 行 部：0553-3883578 5910327 5910310（传真）　　E-mail：asdcbsfxb@ 126.com
印　　刷：阳谷毕升印务有限公司
版　　次：2014 年 12 月第 1 版
印　　次：2025 年 1 月第 4 次印刷
规　　格：700 mm×1000 mm　1/16
印　　张：18
字　　数：218 千
书　　号：ISBN 978-7-5676-1710-0
定　　价：75.00 元

目　录

国　风

1

大　小　雅

颂　诗

前　言

一

《诗经》是我国第一部诗歌选集，编辑成书的时间大约在公元前六世纪左右。它最初叫做《诗》《诗三百》《三百篇》等，到西汉被统治者尊为儒家经典之后，才有《诗经》之称。

《诗经》共收编诗三百零五篇，原先全是乐歌，它的编排就是按照乐曲的不同分为"风""雅""颂"三类。"风"有十五国风，属于地方曲调，共有一百六十篇；"雅"有大雅、小雅，属于朝廷的"正乐"，共有一百零五篇；"颂"有周颂、鲁颂、商颂，属于伴舞的祭歌，共有四十篇。从时代考察，《诗经》包括从公元前十一世纪到公元前六世纪五百多年间的作品，即从西周初期到春秋中期；就地域说，主要产地是黄河流域，也远及长江、汉水一带，即包括今甘肃、陕西、山西、山东、河南、河北、湖北等省的一些地方。

关于《诗经》的编辑问题，先秦典籍中没有说到，汉人却有"采诗"和"删诗"的说法。关于"采诗"说重要的有下列几家：

一、《礼记·王制》说：天子每五年视察一次，所到之处，"命太师陈诗以观民风"。

二、扬雄《方言》附录刘歆的话说：尧、舜、夏、商、周、秦时，每年的八月都委派使者在路间巡视，征集方言、童谣、歌戏。

1

三、班固《汉书·食货志》说：每年五月，集体居住的人们将分散的时候，主号令的长官敲着金属木舌的大铃，在路上巡视采诗。他们把采得的诗献给乐官太师，配上乐谱，然后唱给天子听。

四、《汉书·艺文志》说：古代设有采诗的官，天子依靠他们采来的诗观察风土人情，了解政治设施恰当与否，以便自己考核更正。

各家所说的采诗的具体情形，大约是根据汉时乐府机关采诗而想象出来的，所以不尽相同，也未必可靠。现在一般认为诗的来源大致有三种：祭祀诗和燕享诗，可能出自巫、史之手，有的或依据古祭歌和神话传说加工的；政治讽谕诗基本是公卿士大夫献的；风谣则是王朝的乐官在诸侯国的配合下采集来的，当然他们在入乐时，对部分诗可能有过润色改编，所以风诗地域非常广阔，而形式、音韵却很统一。

至于"删诗"说，则是司马迁最早提出的。他说："古者诗三千余篇，及至孔子去其重，取可施于礼义……三百五篇，孔子皆弦歌之。"① 即是说，《诗经》最后的编订工作是由孔子完成的。其实这种说法是靠不住的。我们查看先秦史书，在《诗经》成书前，已经有不少诗在周王朝和诸侯国的上层社会流传了，这就是君臣、士大夫之间，外交人员之间，引用诗来表现或强调自己的意见和主张。

我们知道，无论是交谈引诗或外交赋诗，这在说者与听者都要对"诗"较熟悉才能办到，否则便无法交流思想。而根据《国语》《左传》等书所提供的史料推测，至迟在公元前十

---

① 《史记·孔子世家》。

世纪左右，"周颂"就已经在上层统治者中间口头流传，后来扩大到"大雅""小雅"和"风"。在公元前六世纪《诗经》成书之前，上层集团中流传的诗，见于记载的已很多。这一事实表明：《诗经》的编定是经过几个世纪的酝酿，经过了千人万手，最后的总成乃是水到渠成，势所必然了。有人说这个汇编工作是由周王朝乐官们做的，这是对的。而像司马迁说的那样，孔子凭着个人意志，把原来上层统治者已较熟悉的东西大刀阔斧地砍削，十不存一，于情理上说不通。何况根据《左传》的记载，吴国季札在鲁国听乐队演唱的诗，其编次已与今本《诗经》大体相同，其年孔子才八岁。这就充分证明，在孔子之前已有一部与今本《诗经》相近的本子流行于各诸侯国了。

周王朝为什么要编辑这样一本诗歌选集呢？这是"制礼作乐"的需要。西周王朝建立的初期，为了巩固周王室的统治，加强对诸侯国的控制，政治家姬旦领导了"制礼作乐"。"礼"即宗法制和等级制相结合的一套礼仪制度，"乐"则是配合"礼"，并为"礼"用的。不同场合用不同乐舞，严格地反映了奴隶社会君臣、上下、父子、兄弟、亲疏、尊卑、贵贱等礼仪制度。《诗三百》这部乐歌，正是适应了统治者"制礼作乐"的需要而被收集起来的。宋人郑樵说："礼、乐相须以为用，礼非乐不行，乐非礼不举"，而"乐以诗为本，诗以声为用"。① 这就清楚地说明了"乐"是为了"礼"的需要，而诗的收编是和作"乐"结合的。

不过，郑樵认定统治者收编"诗"的目的只是"为燕享

---

① 《通志·乐略》。下引同此。

祀之时用以歌，而非用以说义也"。这话未免失之偏颇。从先秦典籍的记载看，恐怕统治者对诗义是更注意的。《国语》中《周语上》和《晋语六》都有关于公卿列士献诗的记载。献诗的目的就是让周天子了解民情，采取对付的措施。周统治者不像殷王那样一味迷信天命，而比较重视人事，如《尚书·无逸》中周公告诫成王时，就提到要"先知稼穑之艰难，则知小人之依"（"先懂得种庄稼的艰难，才能了解人民的内情"）。又说："天命自度，治民祗惧。"（"天命自己要考虑，统治人民要谨慎小心。"）"献诗"正是从这样的认识出发的。《左传》昭公二十一年周王朝乐官泠州鸠对周景王说："天子省风以作乐"。这里点明了"省风"与"作乐"的关系。"省风"就是了解风俗人情的意思。所以周统治者对《诗经》决不是单纯地"用以歌"，而且还用以了解风俗人情。

《诗经》成书于春秋中叶，也绝非偶然。西周前期是奴隶制全盛时期，后期则是奴隶制逐渐没落了，厉王和幽王统治时期，政治十分黑暗，社会动乱不宁，在阶级矛盾与民族矛盾的总爆发中，西周王朝寿终正寝。平王东迁以后，王室卑微，诸侯互相攻伐，奴隶制"礼崩乐坏"，从经济基础到上层建筑都急剧地向封建制过渡。然而东周王朝还梦想着恢复西周礼治，于是便拼命抓意识形态，订《礼》《乐》，编《诗》《书》，以加强其思想统治。可见，《诗经》成书于春秋中叶，正是阶级斗争日趋激烈的反映与需要。

二

列宁曾指出：“每一种民族文化中，都有两种民族文化。”① 在一部《诗经》内就有着两种民族文化：即下层人民的诗歌和贵族统治阶级的诗歌。“三颂”和“大雅”全是贵族阶级的作品。“小雅”大部分是贵族的作品，少数是下层人民的作品。“风”大部分是下层人民的作品，少数是贵族的作品。下面我们将两种民族诗歌分别加以叙述。

《诗经》中的民歌是最宝贵的部分，它以形象的历史，反映了周代五百多年间的社会生活，反映了人民的思想、愿望和感情，有着相当的广泛性和深刻性。

第一，反映了人民被剥削被压迫的悲惨命运，以及他们所作的反抗斗争。《豳风·七月》是西周初期的作品，它真实地展现了奴隶的艰辛劳动和困苦不堪的生活图景。诗中虽没有强烈的反抗精神，但叙述中两个阶级的生活对比异常鲜明，字里行间隐含着诗人的悲怨，从而把西周社会的阶级矛盾显现出来了。“魏风”中的《伐檀》和《硕鼠》则是表现人民反抗的最著名的诗篇。《伐檀》幽默而辛辣地嘲讽剥削者不劳而获，揭露了他们寄生虫的本质。《硕鼠》痛骂剥削者是喂不饱的大老鼠，诗人并发誓要以逃亡来反抗，虽然他们追求的生活理想只是幻想，但却反映了被剥削者的初步觉醒，鼓舞着千百年来人民为美好的生活而斗争。《齐风·东方未明》是奴隶对被监督着不分日夜地劳作的怨愤。《召南·采蘩》是女奴隶之作，诗中辛酸地叙述了她们采蘩养蚕的艰苦劳动和成果全归奴隶主所

_____

① 《列宁全集》第二十卷，人民出版社1958年版，第15页。

占有的不平现象。《小雅·苕之华》喊出了下层人民在灾荒之年无以为生的绝望呼声，惨不忍闻。这类诗篇在《诗经》中虽然不多，但却为我们勾勒出了周代社会阶级关系的真实图画。

第二，反映了沉重的兵役和徭役给人民带来的深重灾难。从西周后期以来，战争不息，特别是东迁以后，周王朝完全失去了对诸侯国的控制力，"征伐"不是自天子出，而是各国之间强凌弱，众暴寡。频繁的战争，造成千家万户妻离子散，家破人亡。周民歌从各个角度写出了人民所遭受的战争与徭役的灾难。其中有的是士兵之歌，如《邶风·击鼓》《王风·扬之水》《小雅·何草不黄》《豳风·破斧》《小雅·采薇》《豳风·东山》等。《击鼓》写一位士兵在行军途中追忆与妻子诀别的情景，充满着难以生还的忧伤，以及对驱迫他上战场的统治者的憎恨。《王风·扬之水》是东周王朝派往防戍申国等地的士兵思乡怀人之作，他们对遥遥无期的服役无比愤怒。《何草不黄》则是怨恨行役劳苦和官兵间的极不平等。《陟岵》又别开生面，写服役者登高望远，想象父母、兄弟如何为他的安全而担忧。《破斧》是西周早期的诗，写一位随周公东征的士兵自幸生还。《采薇》也是士兵征战归来的诗，但内容更为丰富曲折，既写到思乡之苦，也表现了对战斗胜利的自豪。感情起伏，情景交融，是一篇不可多得的好作品。《东山》虽说也是东征归来的士兵途中抒情之作，而内容与《破斧》《采薇》又不同。它侧重表现这位士兵对家园和妻子细腻而深厚的爱，以及由此而产生的重整家园的信心。

外有旷夫，则内有怨女。有的诗就是从思妇一面控诉了战争给人民带来的灾祸，《卫风·伯兮》和《王风·君子于役》

便是其中的名篇。前一首诗中思妇的地位似较高些，她一面为丈夫是国家的有用人才、能充当王军的"前驱"而骄傲，一面又感到丈夫走后孤寂空虚，毫无生活乐趣，连日常的梳妆也一概无心。她的思念是极沉痛的。后一首诗中的思妇是位山村农家妇女，她不知丈夫生死存亡，思念中包含着极大的忧惧。诗的容量更为丰富，对战祸的控诉也更加深刻有力。

战乱也必然要伴随着沉重的徭役，《邶风·式微》控诉了无休止的徭役对人们的折磨。《唐风·鸨羽》中的农民喊出了"不能蓺稷黍，父母何怙"的惨痛呼声，反映了徭役严重破坏农业的重大社会问题。《王风·兔爰》则是写东周王朝直接统治区的人民在日益加重的徭役逼迫下走投无路，惟求一死了事，其悲惨的境况更不待言。

战争与徭役既严重地破坏了农村经济和城镇的手工生产，也就不可避免地要造成社会上大批流浪者。《王风·葛藟》和《小雅·鸿雁》都是流浪者之歌，诉说了他们离乡背井之苦，从另一个侧面揭露了统治者的罪恶。

第三，讽刺统治阶级荒淫腐朽。讽刺诗是人民同压迫者进行斗争的有力武器，往往在嬉笑怒骂中，无情地撕下了统治者的假面具，很有战斗性。如《邶风·新台》讽刺卫宣公强娶儿媳妇作小老婆；《鄘风·墙有茨》揭露公子顽与后母乱伦；《鄘风·相鼠》挖苦卫国统治者品性恶劣，不如老鼠，诅咒他们该早死！《陈风·墓门》表现了陈国人民对作恶多端的统治者深恶痛绝。诸如此类揭露统治者丑恶面貌的诗还很多，如《齐风·南山》《陈风·株林》等，因本书中未选，就不一一介绍了。

第四，直接抒写劳动生活情景的。这类诗很少，只有

《周南·芣苢》《魏风·十亩之间》两首。这两首诗内容较简单，描写的都是妇女集体采摘劳动，前者采芣苢，后者采桑，似乎都是村社的集体劳动，情调自由欢快。这两首诗或由远古口头相传下来，或采自当时的村社。这里可与国外一条事例对照：一九七七年《化石》第二期上曾登载一条消息说，今天菲律宾棉兰老岛南部还有着石器时代的人，他们过着采集和渔猎生活，妇女们在采集山药时，一边采一边唱，以表示对这种植物的感谢，此与《芣苢》一诗采得"芣苢"时的喜悦心情颇相类。

第五，占比重最大的是关于爱情和婚姻问题的诗。爱情是人类特有的一种感情。《诗经》中表现纯真的爱情的民歌很不少，而且表达方式大多具有质朴、热烈而大胆的特点。如《郑风·溱洧》和《陈风·东门之枌》仿佛是古代男女交游的风俗画。前者写郑国上巳节青年男女邀伴春游，互相调笑，最后"赠之以芍药"以示相好；后者表现陈国习俗酷爱歌舞，青年男女借舞会自由寻找对象。《卫风·木瓜》《郑风·萚兮》则是写青年男女在劳动中结下姻缘：一是互赠定情物，表示相互爱慕；二是邀歌对唱，借以表白心事。《召南·野有死麕》《郑风·野有蔓草》都是写男女不期相遇而结合，更带有原始性。《邶风·静女》《鄘风·桑中》写青年男女约会，表现了大胆而挚热的情爱。从这些民歌中，我们可以看到，在春秋以前，礼教在民间的约束力远不如后来封建社会那么强固，周代去古未远，原始群婚制的某些观念仍残存在人们头脑中。《周礼·地官》说："媒氏掌万民之判。……中春之月令会男女，于是时也奔者不禁。若无故而不用令者罚之。"这也可以看出，在周代民间婚姻还保持着较多的自由。了解了这一特定的社会背景，再读上面那些带有原始婚姻习俗的情歌，就好理解了。

恋爱既有一帆风顺的，当然也会有中途发生误会、猜疑乃至彻底破裂的。请看《卫风·芄兰》和《郑风·褰裳》：前一首是姑娘责备小伙子装模作态不理她；后一首是一位泼辣的姑娘对小伙子挑战："子不我思，岂无他人！"有的还表现多情人单相思的苦恼，"周南"中的《关雎》和《汉广》是写痴心汉的幻想；《邶风·简兮》和《小雅·隰桑》则是表现女子的痴情，特别是后一首写少女羞于向意中人透露爱情的矛盾心理，的确缠绵悱恻，细腻入微。

还有的表现了新婚的欢乐，以及男女坚贞的爱情。《周南·桃夭》祝贺新娘子获得幸福；《唐风·绸缪》写闹新房。这两首诗虽短小，却充满着生活意趣。《郑风·出其东门》表现了下层人民忠实于爱情；《齐风·女曰鸡鸣》写劳动人民夫妇间和谐的家庭生活；《唐风·葛生》是妻子悼亡夫的诗，痛苦悲绝，几不欲生。这说明他们夫妻原先感情之深厚。

爱情的不自由，男女的不平等，是随着私有财产的形成和父系社会的确立而逐渐产生和发展的。周代在婚姻方面既保留了古代的一些遗俗，也产生了父母包办的婚姻制度。《诗经》中的民歌反映这方面内容的不多，然而却也有几篇很成功的作品。《王风·大车》和《鄘风·柏舟》都是写女子为争取婚姻自主而斗争的。前一首写姑娘为忠于爱情，大胆地提出要与小伙子私奔；后一首写姑娘断然拒绝母命，誓死爱定自己心上的人。《郑风·将仲子》中的姑娘虽不如前两位斗争性之强，她在家庭、外界的压力下，虽婉言拒绝情人前来幽会，但是却始终认定情人是值得自己怀念的，看来她也不是一个完全"就范"的女子。可以想象，那深埋在她心底的爱芽，总有一天会冲破一切障碍生长起来！《邶风·谷风》和《卫风·氓》是最著名的弃妇诗。这两位女主人公被丈夫虐待以至抛弃的悲惨命运完全一样，但是她们表现的态度却很不同：前一首弃妇优柔软弱，被弃后仍藕断丝连，割不断旧情；后一首的弃妇则显得坚强决断，她从亲身的遭遇中接受教训，认清了丈夫的本质，所以能快刀断麻，干净利落。这两个弃妇的不幸遭遇是男女不平等的社会制度造成的。她们的悲剧在两千多年来的旧社会，具有普遍意义。

以上五方面只是《诗经》中民歌的主要内容，当然还不止于此。如《秦风·无衣》表现了下层士兵抵御外来侵略的团结战斗的精神；《邶风·凯风》《小雅·蓼莪》都是表现子女对父母深厚的爱；《豳风·鸱鸮》以小鸟的辛劳危苦寓寄人民岌岌可危的处境，反映了乱世人民对祸无旦夕的忧惧。这些都是具有一定的认识价值和教育作用的。

三

对《诗经》中贵族和下层官吏、文士的诗歌，也要作具体分析，要像毛泽东同志指出的那样，看它对待人民的态度如何，在历史上有无进步意义，逐一检查，根据不同情况，给予适当的评价。

在这类诗中，那些夸耀文治武功、表现统治阶级占有欲，以及阿谀逢迎之作，除部分有历史认识意义外，多数没有什么价值，本书没有入选，这里也就不费笔墨了。我们要谈的是几类较有意义的诗篇。

第一，政治讽谕诗。这类诗一般都写在西周末、东周初。

这是因为西周从夷厉统治的时期开始，王朝一天天衰落。厉王是个暴君，他一面重用荣夷公等坏人，加紧搜刮人民，一面又采用高压恐怖政策，禁止人民批评，结果激起人民暴动，把他赶下台。其后，他的儿子周宣王上台，虽号中兴，但由于他对外频繁用兵，国力已十分虚弱，阶级矛盾在不断激化。接替他的周幽王，昏聩荒淫，排斥贤才，重用坏人，结果招来了犬戎入侵，自己被杀，国都沦陷。后来在诸侯国的帮助下，都城东迁至洛阳，史称东周王朝。东周王朝虽力图恢复西周盛世，但历史的发展却与统治者愿望相反，王朝从此一蹶不振了。政治讽谕诗揭露了这个时代的黑暗和统治阶级的腐朽荒淫，也偶尔触及人民的某些苦难。"大雅"中的《荡》据说是召穆公劝谏周厉王的诗，他借文王声讨殷纣王残暴骄淫，结果弄得"颠沛之揭"，提出"殷鉴不远，在夏后之世"，警告周厉王接受教训，改弦更张。《桑柔》据说是周厉王时卿士芮良夫所作，内容与《荡》相近，态度却激烈得多，它直斥厉王暴虐昏聩和臣僚们贪残害国，并对动乱中受害的人民表示同情。至于刺周幽王的诗，那就更多了，如本书收选的"小雅"的《节南山》《正月》《十月之交》《雨无正》《小旻》，还有"大雅"的《瞻卬》等都是。这些诗有的写于西周灭亡的前夕，有的写于东周建国之初。诗的作者有的是国家重臣，有的是失势的贵族，有的是近侍小臣。内容虽各有侧重，但大体说是相近的，不外乎是责怨周幽王苛虐昏暗，宠信褒姒，任用群小，摧残贤才；或者是指斥权臣弄奸，嫉贤害能，危害国家。他们对"赫赫宗周"的毁灭无比痛心，都表现出一片孤臣孽子之心。这类诗有的揭露了谗言的危害，如《巧言》《巷伯》等。其中有的作者就是亲受谗害的，故对进谗的奸人痛恨入骨，对信谗的最高统治者也不无微词，反映了当时社会上邪与正、善与恶的斗争；有的诗表现了下层官吏对统治阶级内部劳逸不均的牢骚，如《召南·小星》《邶风·北门》《小雅·北山》等，它们从一个侧面揭露了社会的不平等。当然，这种不平等，还只是统治阶级内部的事，实质不过是大狗与小狗、饱狗与饿狗之间的矛盾罢了，这同压迫与被压迫、剥削与被剥削的阶级不平等关系，是不能混淆的。还有《小雅·小弁》反映了统治阶级家庭中父子的斗争，撕开了剥削阶级"孝"与"慈"那温情脉脉的面纱，还它个"勾心斗角"的真面貌。《小雅·宾之初筵》是一首描写统治者狂饮场面的诗，从与宴者醉前醉后的态度变化，揭露了贵族礼节的虚伪性与腐朽性。《小雅·大东》则是通过西人与东人在生活与政治地位方面悬殊的对照，揭示了当时的民族矛盾。

第二，表现旧贵族没落思想的。这类诗虽有些消极，但却有一定认识意义。从西周末到东周，是阶级关系急剧变化的时期，有的旧贵族在斗争中没落了，失去了原有的地位和财产，因而他们也就跟着产生了颓废的思想，如《唐风·山有枢》《秦风·权舆》《陈风·衡门》所写就是。前两篇我们没有选，《山有枢》原主题是讽刺守财奴的，但从中却表现出诗人自己要及时行乐，醉生梦死："子有酒食，何不日鼓瑟？且以喜乐，且以永日。"思想毫无可取。《权舆》则是从自己今昔生活的对比中，感伤过去"每食四簋（guǐ，古代食器），今也每食不饱"的变化。留恋过去，痕恨现在，本是一切没落阶级的特征。《衡门》则较前两首思想隐蔽，它是没落者的自我解嘲，在无可奈何中，只得堂而皇之地表示要安贫乐道，实则与前两首的本质完全一致。

从以上两方面诗中可以看出，西周后期和东周初期，社会交织着各种矛盾，周王朝日益没落，旧贵族腐败不堪，奴隶制崩溃大势已成，新兴的封建制度必将取而代之！

第三，反映周部族发展的史诗。如"大雅"中的《生民》《公刘》《绵》《皇矣》《大明》等，都属这一类。这些诗从周部族的始祖后稷诞生、成长写起；中间叙述远祖公刘由邰迁居到豳，文王祖父古公亶父又由豳迁居到岐下，建立国家；最后说文王受命安天下，武王继承父志灭商，建立周王朝。有的诗如《生民》，带有浓厚的神话色彩，很显然是根据人民口头传说加工的。这类史诗也许出自史官，其写作目的自然是宣扬自己祖先的光荣伟大，受命于天，借以恫吓百姓，教育后代，从而巩固自己及其子孙的统治。不过因它保存了某些神话传说和一些史实，表现了我们先民的智慧与创造力，有一定意义。

第四，关于农牧的诗。如《大田》《无羊》《良耜》《载芟》等均属之。这些原都是祭歌：或为祈年的祷词，或为丰收后的报神歌。其中有的是利用远古民间祭歌经过巫、祝加工修改的，明为祭祀诗，实则往往详细地叙述了生产的过程，劳动的场面，乃至生产技术的运用。这类诗是我们研究古代社会生产发展和社会风貌的宝贵史料，同时有的就艺术性说也是很好的。

其他，有些接触到某方面史实的诗，也是不可忽视的。如《大雅·云汉》写的是周宣王时一次特大旱灾，人民在饥荒中大量死亡。周宣王在大旱面前束手无策，惊恐不已。《鄘风·定之方中》则是写春秋前期卫国被狄人灭亡，卫文公带领残部渡过黄河，在漕邑重建卫国的事；与此有关的《鄘风·载驰》是卫文公妹妹许穆公夫人所作，表现了深厚的爱国思想和她的坚强性格，是"风"诗中很出色的一篇。《秦风·黄鸟》揭露了秦穆公以活人殉葬的罪恶；《秦风·黍离》从旧贵族眼中写出了西都遭犬戎之乱后的惨破景象。这些诗从不同方面反映了社会现实，其价值不亚于前几类。

另外，虽没有写到重大的社会事件，却表现了某一方面真切的感情，富有动人的力量。如《周南·卷耳》写妻子怀念远地行役的丈夫；《邶风·燕燕》写卫侯送嫁，兄妹间恋恋不舍的情意。这些诗的特点是，篇制短小，感情含蓄，意境真切，耐人寻味。再如"小雅"中的《鹿鸣》《伐木》《斯干》等，也反映了人们某方面的生活与感情：有的写亲友间的亲密交往；有的是对生活的良好祝愿。对我们了解古代社会人情风俗，也有帮助。

四

总括上述，我们可以看到《诗经》中的民歌充分体现了"饥者歌其食，劳者歌其事"的现实主义精神；一部分出自士大夫文人之手的优秀诗篇，也在不同程度上反映了一定时代的历史面貌。我们毫不夸张地说，《诗经》是一部巨型的历史画卷，它展现了从西周初期到春秋中期五百多年间的社会生活的各个侧面，涉及各阶级、阶层的人物的活动与思想感情，透视般地显现了大动荡时代的社会本质，奠定了我国古代诗歌现实主义的优良传统。历来的优秀民歌，进步诗人提出的各种诗歌革新的口号和他们的现实主义创作，都是对《诗经》这一精神的继承和发扬。

《诗经》中的大量优秀诗作也为我们提供了极丰富的艺术营养。

首先是赋、比、兴的运用。《毛诗序》的作者根据《周礼》"太师教六诗"的说法,将"风、赋、比、兴、雅、颂"命名为"六义",后来孔颖达又将六者的次序加以调整,并作了一番解释,他说:"风、雅、颂者,诗篇之异体;赋、比、兴者,诗文之异辞耳。……赋、比、兴是诗之所用,风、雅、颂是诗之成形。用彼三事,成此三事,是故同称为'义'。"(《毛诗正义》)这一段话大体是对的,说明了"风、雅、颂"是诗体的分类(当初应是乐调的分类),"赋、比、兴"则是诗的三种表现方法。关于风、雅、颂的含义,我们将放在后面三类诗的题前介绍,这里只谈赋、比、兴。

赋、比、兴的解释,从来就有很多说法,这里,我们只引朱熹的话加以说明:

> 赋者,敷陈其事而直言之者也。
> 比者,以彼物比此物也。
> 兴者,先言他物以引起所咏之词也。

用今天的话说,"赋"就是直接叙事、刻画和抒情;"比"就是打比方;"兴"就是起头,即先说别的事物,以引出诗人要说的事物。赋、比、兴都是诗人用以构筑诗的艺术形象和意境的方法,一般说来,虽某些诗侧重用赋、或比、或兴,而多数则是交互运用。就三类诗相对地说,在"风"和"小雅"中用比、兴多些,"大雅"和"颂"则多用赋。南宋吴泳曾对《毛诗》注明"兴"的诗有过统计,他说:

> 毛氏自《关雎》而下总百十六篇,首系之"兴"。"风"

七十，"小雅"四十，"大雅"四，"颂"二，注曰"兴也"。①

这个统计虽未必百分之百精确，但可供我们参考。下面我们将分析一下《诗经》中"比"与"兴"的具体应用。

《诗经》中共用"比"一百一十处②，现在修辞学上说的明喻、隐喻、借喻都有了，而且用得灵活，起到了很好的描写效果。有的是借以显示出事物的特征。如《伯兮》用随风飘转的蓬草，比喻女子头发之"乱"；《简兮》用猛虎比喻舞者之"勇力"。有的是借以把抽象的心理状态具体化。如《黍离》中用酒醉比喻人内心恍恍惚惚，《小弁》中用被捣比喻切腹之痛。有的是借以加强讽刺力量。如《硕鼠》用大老鼠比喻剥削者，以突出其贪婪狡黠的本质；《新台》用癞蛤蟆比喻卫宣公，以显出他的臃肿老态。有的比喻意较复杂。如《邶风·谷风》："就其深矣，方之舟之；就其浅矣，泳之游之。"这是一则借喻，用视河深浅而变换渡河方式，以比喻女子善于持家，能应付不同的情况。这些比喻都具有形象、新鲜、贴切的特点，加强了事物的可感性，仿佛可视、可触、可察。比喻用得精当，是以熟悉事物和善于比较为基础的。

《诗经》中共用"兴"有三百七十处③。"兴"本来起源于民歌，是民歌的一大特点。《诗经》中的"兴"就内容说：在事，则多半是劳动；在物，则是草木鸟兽昆虫及天象地理之类。《诗经》中的"兴"除极个别的例外，都是用在一首的开头。根据"毛传"注明诗首章发端是"兴"的共有一百一十

---

① 转引自王应麟《困学纪闻》卷三。
② 据谢榛《四溟诗话》卷二统计。
③ 据谢榛《四溟诗话》卷二统计。

四篇，只有《秦风·车邻》在次章前两句、《小雅·南有嘉鱼》在第三章前两句，而后一篇朱熹却认为在首章前两句。因此真正的例外只有《车邻》一篇。就"兴"与诗正文的关系看，基本分两类：一是在意义上与正文没有联系，只是借来开头，从韵脚或语势上引起下文。二是与正文有意义上的联系，其中有的起比喻作用，如《墙有茨》用墙上蒺藜不可扫去，比喻宫中的丑事不可传闻；有的起烘托作用，如《桃夭》用鲜艳的桃花烘托婚嫁的喜庆气氛。这种"兴"已是构成诗的形象和意境的不可缺少的部分了。

其次，再谈谈《诗经》中其他形象化方法，其实这也都是由赋、比、兴派生出来的：

第一，鲜明的映衬。映衬实际是比喻的一种扩大，用两种相反的事物，彼此对照，使要说的事物的本质与特征更加鲜明。如《邶风·柏舟》："我心匪石，不可转也。我心匪席，不可卷也。"这里是以石可转、席可卷，反衬自己的意志不可动摇，决不屈从。《小雅·正月》："谓天盖（盍）高，不敢不局；谓地盖（盍）厚，不敢不蹐。"这里以天高地厚，同自己屈身小步走路相对照，反衬出自己在政治高压下诚惶诚恐，小心翼翼的心理。《采薇》末章前四句："昔我往矣，杨柳依依；今我来兮，雨雪霏霏。"这是一个对偶句式，以去时"杨柳依依"的春景，同今日归来"雨雪霏霏"的寒冬气象对照，以反衬出征人此时悲凉的心境。

第二，恰当的夸张。夸张也多半带有比喻性质。《诗经》中有许多用得很好的夸张，把事物的特征与本质突现出来了。如《王风·采葛》中用"一日不见，如三秋兮"来形容恋情的热切。其实，这两句诗只是如朱熹所说"言思念之深，未久而似久也"①。《小雅·鹤鸣》："鹤鸣于九皋，声闻于天。"
这里以鹤的鸣声上达于天来形容隐者声誉之高。《大雅·大
明》："大邦有子，伣天之妹。"这是以天帝的妹妹来形容文王
夫人太姒貌美，也是夸张的说法。

第三，以物拟人。这是从意象上设喻，可以使表达更加生
动，富有意趣。如《豳风·鸱鸮》是一首寓言诗，诗中将鸱
鸮拟为恶人，把受害的小鸟拟为被压迫的劳苦人民。《魏风·
硕鼠》则是将大老鼠拟为剥削者。但是，在《诗经》中，这
种手法用的不多。

第四，丰富的想象。《诗经》中有着许多美丽的奇特的想
象，著名的如《大东》七、八、九章，以历举天上的星宿来
倾诉人间的不平，新颖而深刻。有的则用悬想来抒发自己怀念
亲人之情，如《卷耳》和《陟岵》都运用了这一手法，把远
地亲人的形象、行动和语言说得如在眼前一般，这比直接说自
己思念要来得亲切动人，所以后来诗人常仿效这一手法。

第五，铺陈叙述。《诗经》中民歌叙事抒情以短小活泼见
长，而部分贵族诗歌却善用排比铺叙，对要表现的对象起着强
调的作用。如《硕人》第一章，诗人不厌其烦地罗列卫庄姜
的至亲贵戚，以突出她的出身高贵。《生民》四、五、六章连
用排比句法，极力铺叙后稷如何善于种植，以显出他与生俱来
的天才。

第六，人物的刻画。《诗经》中的诗虽篇幅短小，却对人
物有着外形或心理的刻画，形象鲜明。先看外形描写：如
《硕人》第二章以细腻的工笔摹画庄姜的手、肤、颈、齿、

① 见《诗集传》卷四。

18

额、眉各部分的超人之美。这里连用四个明喻、两个借喻，并兼及描绘神态。这属于"精雕细刻"一类。也有粗笔触的写意，如《野有蔓草》写少女之美，别的全略去，单突出她"清扬婉兮"——"眼珠儿滴溜溜的啊"！鲁迅说过："要极省俭的画出一个人的特点，最好是画他的眼睛。"① 两千年前的无名诗人在艺术实践中，似乎已直观地懂得了这个道理。再说心理描写：有的刻画反映心理活动的"细节"，如《邶风·静女》中抓住了小伙子约会不遇时"搔首踟蹰"这一极有特征的细节，便把他当时焦灼不安的心情描述出来了；《周南·关雎》中抓住"辗转反侧"，写出了小伙子单相思的痛苦折磨；《陈风·泽陂》则以"涕泗滂沱"，写出了女子爱情不遂心的悲伤。有的以环境烘托心理，如《秦风·蒹葭》以苇丛霜花衬托深秋清晨访人不遇时的凄楚心情；《王风·君子于役》以山村黄昏的景物，烘托思妇怀人的刻骨忧思。有的则是内心世界的直接坦露，如《郑风·将仲子》《鄘风·柏舟》《召南·摽有梅》《鄘风·桑中》等都是如此，诗中主人公无论是追求爱情中的矛盾苦闷、婚姻的不幸遭遇，或是对爱情的渴望、幽会的欢乐，无不和盘托出，一泻无余。有的叙事诗更难能可贵地展现了人物鲜明的个性，如《卫风·氓》与《邶风·谷风》所写的两位弃妇，一坚强泼辣，一软弱优柔，给人的印象极为深刻。

第七，生动的对话。有的诗通篇都是人物对话，如《郑风·女曰鸡鸣》《齐风·鸡鸣》等；有的则是叙事抒情中

---

① 见《我怎么做起小说来》，《南腔北调集》，人民文学出版社 1980 年版，第102 页。

穿插对话，如《郑风·溱洧》等。这些对话都切合环境和人物身份，读来仿佛见其人、闻其声，极有真实感。

以上择要粗略地介绍了《诗经》的艺术手法，如果细细演绎，还可说出一些，这里便不一一罗列了。下面再研究一下《诗经》结构形式方面的特点。

因为《诗经》本为乐歌，所以在结构上多回环复沓，在风诗部分尤显得突出。其样式大致有这几种：一种数章中只换了几个字，而表述的意思却有递进，如《芣苢》《摽有梅》《采葛》《将仲子》《野有蔓草》等。有的数章中虽换了几个字，而意思却是平列的，如《式微》《木瓜》《蒹葭》《兔爰》等。有的只是半章重叠。其中有重在前半章的，如《东山》；有重在后半章的，如《汉广》。这种半章重叠，有人认为是歌唱时的和声。还有的在一首诗中，只有部分章重叠，如《采蘩》全诗三章而前两章重叠，《车邻》也是三章，却在后两章重叠；《燕燕》全诗四章，而前三章重叠。可见其变化甚多。就作诗说，重章是为着尽情抒发情感的需要。重章叠唱在后世民歌中也是经常运用的，而文人的诗作则极少用到。

最后再谈谈《诗经》的语言和韵律。

《诗经》是我国古代语言的宝库，很早以来就为人们所重视和学习。孔子曾告诫他的儿子"不学诗，无以言"，又说学诗可以"多识于鸟兽草木之名"。可见他已看到了《诗经》有着丰富的语言和生活知识，这比起后来那些死守着封建教规的经学家们，不知高明了多少倍。《诗经》的优美语言不仅为后来的诗人文士所学习，而且有不少已成为人民的口头语，如踯躅、逍遥、翱翔、邂逅、婀娜、一日三秋、高高在上、不可救药、小心翼翼、战战兢兢、巧言如簧以及人言可畏等等。

《诗经》，特别是其中的民歌，语言非常丰富、准确、生动。其一表现在名物方面：据统计，《诗经》中有草名一百零五种，木名七十五种，鸟名三十九种，兽名六十七种，虫名二十九种，鱼名二十种；器用名三百多①。不能说这个数字很精确，但由此可以见出《诗经》中名词的丰富性是没有问题的。其二表现在描述动作方面，如关于手的动作摹写就有五十多个字：采、芼、掇、捋、刈、抱、击、发、携、叔、搔、扫、执、秉、投、抽、拔、握、伐、凿、剥、摽、索、称等②。仅就这一点，我们也不能不惊服这些古代无名诗人精细的观察力与表现力。其三表现在运用大量迭字来摹声、绘形、状情、描述动态，以增强诗的形象性与音乐美，如：

摹声的：关关雎鸠、喓喓草虫、肃肃鸨羽、坎坎伐檀、交交黄鸟、其鸣喈喈、大车槛槛、风雨潇潇、鸡鸣胶胶、虫飞薨薨、鹿鸣呦呦、鸟鸣嘤嘤等。

绘形的：桃之夭夭，其叶蓁蓁、被之僮僮、河水沵沵、杨柳依依、灼灼其华、青青子衿、习习谷风、杲杲日出、悠悠苍天、绵绵葛藟等。

状情的：忧心忡忡、氓之蚩蚩、言笑晏晏、信誓旦旦、中心摇摇、耿耿不寐、悠悠我思、惴惴其慄等。

描述动态的：采采卷耳、肃肃宵征、舒而脱脱、行道迟迟、行迈靡靡、有兔爰爰、桑者闲闲等。

---

① 参见胡朴安《诗经学》，商务印书馆 1933 年版，第 155 页。
② 参见杨公骥《中国文学》，吉林人民出版社 1980 年版，第 258 页。

还有几首诗集中地应用迭字，以显现热烈欢畅的气氛。如《硕人》末章写卫庄姜送嫁的场面；《公刘》第三章写迁居后人民安乐的情绪；《绵》第六章写筑墙时紧张的劳动等。另外还有几种迭字的变式也值得注意：一、"有"字式：河水有洒、彤管有炜、有芃者狐、有洸有溃等，这些都是"有"字加在形容词前，一般相当于"洒洒""炜炜""芃芃""洸洸溃溃"。二、"其"字式：击鼓其镗、北风其凉、静女其姝、硕人其颀等，这是"其"字用于形容词前，等于"镗镗""凉凉""姝姝""欣欣"。还有"其"字用在形容词之后的：咥其笑矣、条其歗矣，这同样等于"咥咥""条条"。《诗经》中大量运用各类迭字，的确使诗增加了不少光彩，刘勰（xié）曾赞美说："写气图貌，既随物以宛转；属采附声，亦与心而徘徊。"因而取得了"以少总多，情貌无遗"的奇妙效果①。其四表现在灵活运用语气词方面，诗人恰当地使用了兮、哉、也、矣、思、止、只、忌、之、而、也且、只且等语气词，真切地传达出了自己赞赏、感叹、哀怨、憎恨各种感情，增添了诗的音响意趣。

《诗经》的句式虽大体是整齐的四言诗，但并不拘于四言，在民歌中从一字句到八字句都有，句法参差，更便于淋漓酣畅地叙事抒情，而不受字数约束。《伐檀》是一篇杂言诗的代表作，从中我们很能领悟到它的妙处。这种杂言诗对后世颇有影响。

《诗经》除"周颂"有部分诗无韵，约大部分都用韵。《诗经》的用韵总的说来是很自由的，不像后来近体诗那样严

---

① 《文心雕龙·物色》。

格，所以这里只是大体介绍一下：就一般诗考察，多数是偶句的句尾用韵。首句有用韵的，也有不用的。前者如："关关雎鸠，在河之洲；窈窕淑女，君子好逑。"后者如："桃之夭夭，灼灼其华。之子于归，宜其室家。"可是也有奇句用韵的，如："绵绵瓜瓞，民之初生，自土沮漆；古公亶父，陶复陶穴，未有家室。"还有中间转换韵的，如："定之方中，作于楚宫。揆之于日，作于楚室。树之榛栗，椅桐梓漆。爰伐琴瑟。"又有间隔成韵的，如："谁谓鼠无牙，何以穿我墉？谁谓女无家，何以速我讼？虽速我讼，亦不女从！"更为特殊的是全诗句句用韵，一韵到底。如《陈风·月出》：皎、僚、纠、悄、皓、懰、受、慅、照、绍、惨。《诗经》用韵的确出于自然，体现了"里谚童谣，矢口成韵"①的特点。明代音韵学家陈第说得好："《毛诗》之韵，不可一律齐也。盖触物以摅（shū，发）思，本情以敷辞。从容音节之中，宛转宫商之外。如清汉浮云，随风聚散，蒙山流水，依坎推移，斯其所以妙也。……总之，《毛诗》之韵，动于天机，不费雕刻，难与后世同日论矣。"②

五

　　《诗经》主要是劳动人民的创作，它的思想光辉和艺术成就，首先应归功于劳动人民。可是这部诗选自编辑以来，却一直为剥削阶级所独占。最初是作为乐歌被用于祭祀典礼和燕享仪式，为维护奴隶社会秩序服务；春秋期间则被上层社会作为

---

　　① 江永《古韵标准·例言》。
　　② 《毛诗古音考》。

"雅言"用于酬酢和外交；战国时期又被哲学家、史学家作为经典至理引进他们的著作中；自西汉以后直至五四运动以前，更一直被统治阶级当作封建伦理教化的工具。由于这种情况，便给人们带来一种错觉，似乎《诗经》本来全属于奴隶主阶级或封建地主阶级的东西，殊不知这是历代剥削阶级掠夺了劳动人民的文化成果！

历代的剥削阶级为了独占《诗经》，对"诗"曾作了许多传注疏解，妄图把全部诗都纳入"厚人伦、美教化"的轨道。先秦没有说诗专著，评诗言论，散见于先秦历史和诸子著作中，他们首先开了"断章取义"和"以意逆志"的说诗风气，对后世的影响很深。西汉初说诗者有齐、鲁、韩三家：《鲁诗》因鲁人申公培而得名；《齐诗》出于齐人辕固生；《韩诗》为燕人韩婴所授。《毛诗》后出，据说为赵人毛苌所传。在西汉时，三家诗立于学官，《毛诗》未得立。至东汉，经学大师郑玄为《毛诗》作笺，《毛诗》遂逐步取代三家诗，专行于世。《齐诗》亡于曹魏，《鲁诗》亡于西晋，《韩诗》亡于宋，仅有《韩诗外传》传世。现在所传本为《毛诗》。

这本举要是算不得什么研究工作的，只是想通过较详细的注释解说，把《诗经》中一些较好的诗介绍给广大读者，做点古典诗歌的普及工作。其他则非编注者所敢奢望的。这本举要的注释和说明部分，尽可能地吸取前人的有益成果，对今人的论著更多有参考，文中不一一注明，敬请这些作者们见谅。本书写作过程中，得到了一些师友的支持和帮助；出版社的同志认真地审阅了书稿，提出了许多宝贵的修改意见，在此谨表示感谢。这本举要肯定还存在不少错误和缺点，敬希批评指正。

国 风

周南、召南

关于"周南""召南"二部分诗产生的地区及"二南"的具体意义，历来有不同的说法，至今仍未得到一致的结论。我们从"二南"本身找内证，分析前人的一些不同的意见，认为"二南"绝大部分诗是来自江汉之间的一些小国，有少量诗篇也远及原来周公旦和召公奭（shì）分治的地区——今河南洛阳一带①。因此"二南"诗的产地大致说来，包括今河南洛阳、南阳和湖北的郧阳、襄阳等地区②。

至于"南"的含义，根据甲骨文，证之以古代典籍，"南"原来是一种很古老的乐器名称，后来才演变为一种地方曲调的专名③，古书称作"南音"。"南"这种曲调最初盛行于江汉流域，以

---

① 据一些古书记载，西周建国前后，周公旦、召公奭曾分陕而治，周公统治陕东地区，召公统治陕西地区。这里所说的陕，不是今陕西省，而是河南西部的陕县。

② 有人根据《召南》的《江有汜》中的"江有沱"和《草虫》中的"陟彼南山"、《殷其雷》中的"在南山之阳"等句，误认为"召南地区远及川东和陕西的西安之南"。这是错解了"沱"与"南山"所致。沱，《毛传》训"江之别者"，即长江的支流，系泛指，非确指今四川的沱江；"南山"也是泛指，非指今陕西的终南山。因此，把"召南"的疆域扩大到川陕一带，恐未确。

③ 郭沫若在《甲骨文研究·释南》中说：甲骨文"南"字，"本钟镈之象形，更变而为铃。""诗之周南、召南、大小雅，揆其初，当亦以乐器之名，孳乳为曲调之名，犹今人言大鼓、花鼓、鱼琴、简板、梆子、滩簧之类耳。"张西堂在《诗经六论》中据此进一步说："南是一种曲调，是由于歌唱之时，伴奏的是一种形状像'南'而现在读如铃的那样的乐器而得名。南是南方之乐，是一种唱的诗，其主要的得名的原因，只是由于南是一种乐器。"

后才逐步影响到附近北方的地区。"二南"中的诗就是用"南音"演唱的歌词，自汉以来，虽然"声"渐渐失传了，但是"南"这个名称仍然保留了下来。

同时"南"又是方位之称，在周代习惯将江汉流域的一些小国统称之"南国""南土""南邦"（见《小雅·四月》、《大雅·嵩高》）等，所以诗的编辑者便将采自江汉流域许多小国的歌词，连同受"南音"影响的周、召一些地方采来的歌词，命名为"周南""召南"，以与其他十三国风在编排的形式上整齐划一。《左传·隐公三年》记君子的话说："'风'有《采蘩》《采蘋》"，此二诗均属"召南"。可见"二南"属于风诗，与其他国风一样是地方曲调①。

"二南"绝大部分诗是西周末东周初的作品，旧说以为是文王时期的诗，那是没有根据的。

"周南"共有十一首诗，本书选其中五首。

"召南"共有十四首诗，本书选其中六首。

关　雎

关关雎鸠①，在河之洲②。窈窕淑女③，君子好逑④。

参差荇菜⑤，左右流之⑥；窈窕淑女，寤寐求之⑦。求之不得，寤寐思服⑧；悠哉悠哉⑨，辗转反侧⑩。

参差荇菜，左右采之⑪；窈窕淑女，琴瑟友之⑫。参差荇菜，左右芼之⑬；窈窕淑女，钟鼓乐之⑭。

---

① 有人认为"二南"在分类上应当独立，与"风""雅""颂"并列，所谓"四诗"，这是不妥当的。

【注释】

①关关：雌雄二鸟相对而鸣的声音。雎（jū）鸠：一名鹗（è），似鹰而土黄色，深目，其尾上白者，称白鹗（jué），喜欢在江河的堤岸或沙洲上捕食鱼类。也有人认为就是鱼鹰。旧说雎鸠双栖双飞，当它们离散时，便不再和别的异性共栖。

②河：古代对黄河的专称。洲：水中的陆地。上两句是借眼见的景物起兴。"起兴"就是开头的意思，即用别的事物以引出诗人要说的事物。

③窈窕（yǎotiǎo）：美好的样子。淑：善，好。淑女：好姑娘。

④君子：这里是泛指未婚的男子。逑（qiú）：配偶。

⑤参差（cēncī）：长短不齐。荇（xìng）菜：一种可作药用或饲料的水草。

⑥流之：指荇菜在水中一左一右地摆动。之：它，指荇菜。上两句也是借眼前景物起兴。

⑦寤（wù）：醒来。寐（mèi）：睡着。上两句说：那位漂亮的姑娘，我醒时梦中都想追求她。

⑧思服：思念。服：念，想。

⑨悠（yōu）：思，想念。反复说："悠哉悠哉"，正可见出诗人当时心情急切难耐。

⑩辗转：转动，此指翻身。反侧：与"辗转"义同，重复运用是为加强语气，表示睡得很不安稳，不断翻身。上两句说：想念啊想念啊，想得我翻来覆去睡不着。

⑪左右采之：因水流冲得荇菜左右摆动，所以采时也是左一下右一下的。上两句是前章首两句意思的递进，诗人触景生情，他仿佛见到那位姑娘采荇菜的倩姿。写采荇菜，意在采的人。以下诗人便进入幻想的境界。

⑫琴瑟：都是古代的乐器。琴由五根弦或七根弦组成；瑟有二十五根弦。友：亲爱。这句说，弹起琴瑟来表示对她的爱慕。

⑬芼（mào）：拔取。

⑭钟：古代的一种铜铸的乐器。乐：这里是使动用法，即"使……快乐"。这句说，敲钟打鼓来使她快乐。

【品评】

　　这是一首相思恋歌。写一个男子爱上了一位美丽的姑娘，醒时梦中不能忘怀，而又无法追求到。他面对悠悠的河水，耳闻洲地上成对的雎鸠欢乐地歌唱，目迎水流中摇动的荇菜，那个姑娘以前采荇菜的姿影，又在他的眼前闪现，这清晰的记忆，更增加了他的痛苦，以致出现了幻觉，仿佛同那个姑娘结成了情侣，共同享受着婚后欢乐的生活。诗人即景言情，借助气氛的烘托，幻想境界的描述，生动地抒发了强烈的相思之情，真切感人。

卷　耳

采采卷耳①，不盈顷筐②。嗟我怀人③，置彼周行④。

陟彼崔嵬⑤，我马虺隤⑥。我姑酌彼金罍⑦，维以不永怀。⑧

陟彼高冈⑨，我马玄黄⑩。我姑酌彼兕觥⑪，维以不永伤⑫。

陟彼砠矣⑬，我马瘏矣⑭！我仆痡矣⑮！云何吁矣⑯！

【注释】

　　①采采：采了又采。卷耳：一种菊科植物，叶如鼠耳，嫩苗可食，又名苓耳。

　　②盈：满。顷筐：斜口筐子，后高前低，大约是簸箕一类东西。上两句是用衬托的方法，以行动写出心情。她采了许久，采下的苓耳连斜

口筐子还没有装满，这是因为她怀念丈夫，没有心思劳作。

③嗟（juē）：感叹的声音。我：女子自称。怀：想念。

④置：放。彼：指顷筐。周行（háng）：大路。把筐子放在大路边，是因为她迫切想念丈夫，以致不自主地跑到路上张望了。

⑤陟（zhì）：登上。崔嵬（wéi）：高山。按：自这句以下都是女子想象她丈夫在外劳累和思乡的情形。

⑥我：女子代丈夫自称。虺隤（huītuí）：马病。

⑦姑：姑且。酌：饮酒。金罍（léi）：铜铸的酒器。

⑧维：语助词。以：介词，后面省去宾语"之"，是"借此"的意思。永怀：长久的想念。这一章头两句是想象丈夫行役在外翻山越岭，连马也累病了；后两句写他借酒浇愁，求得暂且忘却对家乡亲人思念的痛苦。下章同此。

⑨冈：同"岗"。

⑩玄黄：病。

⑪兕觥（sìgōng）：形状像兕的酒杯，一说用兕角做的酒杯。"兕"是一种独角野牛，属犀牛一类。觥：酒杯。

⑫伤：忧念。

⑬砠（jū）：多石头的山。三章中变换用"崔嵬""高冈""砠"，是押韵的需要，实际意思相同。"虺隤""玄黄""瘏（tú）"的用法同上。

⑭瘏：病。

⑮仆：仆人。痡（pū）：病。

⑯云：语助词。何：多么。吁（xū）：同"忏"，忧愁。这句说，我多么忧愁啊！

【品评】

这是一首贵族妇女怀念远行丈夫的诗。因为诗中表明她的丈夫不仅有金罍、兕觥，还有仆人。首章写她因怀念远行的丈夫以致无心劳作；后三章则是想象她的丈夫旅途艰辛，人马困乏，以及对家乡亲人的深切怀念。她想象得如此真切具体，这正是她想念丈夫痛苦心境的反映。用这种悬想表现方法，比直抒胸臆要含蓄委婉得多，后代诗人写怀人诗常常仿效运用，如王维的《九月九日忆山东兄弟》："遥知兄弟登高处，遍插茱萸少一人。"杜甫的《月夜》："今夜鄜州月，闺中只独看。……香雾云鬟湿，清辉玉臂寒。"都是悬想对方如何如何。由此可见《诗经》中的民歌曾以丰富的艺术营养，不断哺育了后来的诗人。

桃　夭

桃之夭夭①，灼灼其华②。之子于归③，宜其室家④。
桃之夭夭，有蕡其实⑤。之子于归，宜其家室。
桃之夭夭，其叶蓁蓁⑥。之子于归，宜其家人。

【注释】

①夭（yāo）夭：生机勃勃的样子。

②灼（zhuó）灼：鲜艳的样子。华：花。上两句是起兴，用充满生机的桃树和鲜艳的花朵象征这位新娘年轻貌美。

③之：这。子：指女子，古代女儿也称"子"。于归：出嫁。

④宜其室家：使婆家和睦欢乐。宜：和顺，这里用作动词。室家：家庭，指婆家，下两章"家室"、"家人"同此。

⑤有蕡（fén）：同"蕡蕡"，果实累累的样子。实：果实。这句是祝颂新娘将来多子孙。

⑥蓁（zhēn）蓁：茂盛的样子。这句是祝贺新娘将来家族兴旺。

【品评】

这首是对女子出嫁的祝词。诗人以形象的比喻，赞美这位新娘年轻美貌，祝贺她得到美满的姻缘，将来一定能够幸福地生活。这反映了我

6

国古代人民对生活的良好愿望。

全诗情调欢快，充满着喜气洋洋的气氛。

芣　苢

采采芣苢①，薄言采之②。采采芣苢，薄言有之③。

采采芣苢，薄言掇之④。采采芣苢，薄言捋之⑤。

采采芣苢，薄言袺之⑥。采采芣苢，薄言襭之⑦。

【注释】

①采采：见本书《卷耳》注①。芣苢（fúyǐ）一般都依据《毛诗》认为是"车前子"；梁陶宏景注《本草》引《韩诗》说，"芣苢是木似李"；近人也有认为是"车轮菜"的。各家说法可以并存。看来"芣苢"这种植物或可食用，或有其他用途，但旧说"宜怀妊"或"疗恶疾"，那是没有科学根据的。

②薄、言：都是语助词，在句中没有实在意义。按：《诗经》中用"薄言"的句子，大多含有劝勉的语气。

③有：取，指已采得。前面是泛写去采，这里是写采到。

④掇（duó）：拾取。指将掉落地上的拾起来。

⑤捋（luō）：成把地从枝上摘取。

⑥袺（jié）：手持衣角兜着。

⑦襭（xié）：一作"撷"，将衣襟扱在腰带间兜着。这较手持衣角盛得多。

【品评】

这是古代妇女集体采摘野生植物时合唱的歌，再现了她们采集劳作的过程。首章写开始采；第二章写采的方式；第三章写满载而归。全诗十二句，只换了六个动词，便把她们采摘芣苢时的连续动作以及由少积多的情况描写出来了。同时从轻快的节奏中，也表现出采集者劳动的欢乐。清代方玉润说得好："读者试平心静气，涵咏此诗，恍听田家妇女，三三五五，于平原绣野，风和日丽中，群歌互答，余音袅袅，若远若近，忽断忽续，不知其情之何以移，而神之何以旷，则此诗可不必细绎而自得其妙焉。"（《诗经原始》）（可是也有的人指责这首诗"如此重复言之，有何意味？"（《随园诗话》）这是不懂得民歌重章迭句的妙处。）

汉　广

南有乔木①，不可休息②。汉有游女③，不可求思④。汉之广矣，不可泳思⑤。江之永矣⑥，不可方思⑦。

翘翘错薪⑧，言刈其楚⑨。之子于归⑩，言秣其马⑪。汉之广矣，不可泳思。江之永矣，不可方思。

翘翘错薪，言刈其蒌⑫。之子于归，言秣其驹⑬。汉之广矣，不可泳思。江之永矣，不可方思。

【注释】

①乔木：高耸的树木。

②休：止息。"息"当从《韩诗》作"思"，语助词。以下"思"字同此。上两句说，高耸的树下，没有浓荫，不可止息。这是下两句的比喻。

③汉：汉水。游女：游玩的女子。按：《韩诗》释"游女"为汉水女神，并认为《汉广》写的就是郑交甫与女神恋爱的故事。今人也有从此说的，故录于此供参考。

④求：追求。清代陈启源体会上两句诗意说："夫悦之必求之，然

惟可见而不可求，则慕悦益至（更深）。"（《毛诗稽古篇附录》）

⑤泳：泅渡。

⑥永：长。"永"与上文"广"互文，指江汉宽阔流长。

⑦方：竹木编制的筏，此作动词用，即乘筏渡河。上四句用难以到达江汉彼岸，比喻对渴慕的女子无法传递情意。

⑧翘翘：众多的样子。错：杂乱。薪：泛指柴草。按：在风诗中关于男女婚事常提及"薪"，大概同当时的嫁娶的礼节有关系。

⑨言：语助词。刈（yì）：割。楚：又名牡荆，这里是泛指柴草。上两句以打柴劳动起义，理解为"写实"或"假托"均通。

⑩之子：那个女子，指所爱慕的对象。于归：出嫁。

⑪秣（mò）：喂牲口。上两句是假想自己秣马迎亲。

⑫蒌（lóu）：蒌蒿，多年生草本植物，这里也是泛指柴草。

⑬驹：刚壮大的马。

【品评】

这首是江边人民的情歌，抒发男子单恋的痴情。首章连用四个比喻，说明意中人无法追求；第二、三章假想所爱的女子将嫁，自己喂饱马儿去迎亲。诗中情与景水乳交融，男子神魂颠倒的情思，与江汉浩渺、烟水茫茫的景色，浑然一体，在比喻和暗示中，展现了这个痴心汉因系念之深而产生的焦虑及无可奈何的心境。含而不露，韵味无穷。

采　蘩

于以采蘩①？于沼于沚②。于以用之？公侯之事③。

于以采蘩？于涧之中④。于以用之？公侯之宫⑤。

被之僮僮⑥，夙夜在公⑦。被之祁祁⑧，薄言还归⑨。

【注释】

①于以：于何，在哪儿。蘩（fán）：白蒿，据说用煮蘩的水滋润蚕子，吞就容易出生。这里采蘩是备养蚕用的。从《豳风·七月》看，采蘩是当时女奴春天的一项重要劳动。

②沼：小池，此指池塘边。沚（zhǐ）：小洲。

③公侯：周代封爵分公、侯、伯、子、男等各种等级。这里"公侯"是采蘩女奴称呼其主人，无疑是一位高级贵族。事：养蚕之事。上两句点出采蘩的用途，是为了替公侯家养蚕。

④涧：山谷。与前章头两句互文，表明采蘩很艰巨，要到池塘边、小洲上、还有山谷中这些地方去。

⑤宫：古代房屋的通称。公侯之宫：就是"公侯之家"。

⑥被：借作"披"，穿。僮（tóng）僮《礼记》郑玄注引作"童童"。"僮僮"是"童童"的借字，义同汉民谣："一尺缯，好童童"之"童童"，光洁的样子。这里是形容服装精致漂亮。

⑦夙（sù）：早。夙夜：天尚未明。公：指朝廷。古代有早朝制度，即清晨君臣在朝廷内会见议事。

⑧祁祁：众多的样子。此指服装色彩花样很多。

⑨薄、言：见本书《芣苢》注②。上四句同《七月》中"我朱孔阳，为公子裳"的意思相仿，意谓我们采蘩养蚕，辛辛苦苦地劳作，无非将来制成衣物供"公侯"享用，他们无论是早起赴朝，还是归家休息，都是穿着我们双手制作的各种漂亮的衣裳。

【品评】

这是女奴集体采蘩时唱的歌。头两章是一问一答的对唱，点出为谁采蘩及劳作的艰辛；后一章是合唱，点出采蘩养蚕，将来制成衣物是供奴隶主贵族享用的。这首诗文词简约，没有像《七月》第二、三章那样写出女奴养蚕、纺织劳动的完整过程，但对女奴的劳动成果全为奴隶主占有的意思，还是表达得很清楚的。我们从女奴平淡、含蓄的歌词中，可以见出她们心中的不平。

行　露

厌浥行露①，岂不夙夜②？谓行多露③。

谁谓雀无角④，何以穿我屋⑤？谁谓女无家⑥，何以速我狱⑦？虽速我狱，室家不足⑧！

谁谓鼠无牙，何以穿我墉⑨？谁谓女无家，何以速我讼⑩？虽速我讼，亦不女从⑪！

【注释】

①厌浥：借作"湆浥（qìyì）"，潮湿。行：路。

②夙夜：见本书《采蘩》注⑦。

③谓：奈何。上三句说：路上的露水湿淋淋的，哪是不想起早赶路？无奈路上的露水太多。按：这三句似与下面两章意思不相连贯，前人已怀疑为别诗断章错入。（参见王柏：《诗疑》卷一）

④谁谓：谁说。角：闻一多说"角"是"噣（zhòu）"的本字。"噣"就是鸟嘴。"雀角"与下章的"鼠牙"，都是比喻强暴者凭借的权势。

⑤何以：以何，用什么。穿：打通。这里和下章是以"雀角穿屋"、"鼠牙穿墉"为窠穴，比喻强暴者依仗权势强迫民女作妾。

⑥女：同"汝"，你，指强暴者。家：成家，指已有妻子。

⑦速：借作"警（sù）"，召唤。狱：案件。速我狱：等于说"叫我吃官司"。

⑧这两句表现这个女子坚强的斗争精神。她说，即使叫我吃官司，也决不做你的小老婆！

⑨墉（yōng）：墙壁。

⑩讼：讼事，案件。

⑪不女从：不从女，决不跟你。

【品评】

这首诗写一个女子抗议强暴者要强娶她作妾。她坚定地表示：尽管你用打官司来要挟，但我决不屈从！表现出一股凛然不可犯的气概。

诗中以比喻引出正面质问，把强暴者放在被审地位，很有战斗性。

羔　　羊

羔羊之皮①，素丝五紽②。退食自公③，委蛇委蛇④。

羔羊之革⑤，素丝五緎⑥。委蛇委蛇，自公退食⑦。

羔羊之缝⑧，素丝五总⑨。委蛇委蛇，退食自公。

【注释】

①羔羊：小羊。这句指以羔羊皮为裘。在周代按规定只有大夫才能穿这种羔羊皮袄。

②素丝五紽（tuó）：用洁白的丝细密地缝制。素：洁白。五：陈奂说"'五'古文作'×'，当读'交午'之'午'。"（《诗毛氏传疏》）"午"是"交错"的意思，这里是形容缝制很细密的样子。紽：密缝的意思。上两句说，这些大官穿着很考究的羔羊皮袄。

③退食自公：即"自公食而退"。公食：公膳，卿大夫的膳食。据《左传·襄公二十八年》记载，当时规定卿大夫公膳的常例是，每人每日两只鸡。退：归，回家。按：此说参照《毛诗传笺通释》卷三。

④委蛇（yí）：悠闲自得的样子。《韩诗》作："逶迤"，音义并同"委蛇"。

⑤革：皮。

12

⑥緎（yù）：缝界。五緎：义同"五纰"。

⑦自公退食：同"退食自公"。

⑧缝：借作"鞻（féng）"，即皮。

⑨总：这里读为 cù，"细密"的意思，义同"纰""緎"。

【品评】

这首诗是讽刺卿大夫的，说他们穿着十分考究的羔羊皮袄，每天从衙门吃得酒醉肉饱，摇摇摆摆地回到家里，无所事事。

诗人捕捉住了大官们生活中的主要特征，生动地描摹出他们的神态，语言含蓄而幽默。

摽 有 梅

摽有梅①，其实七兮②。求我庶士③，迨其吉兮④。

摽有梅，其实三兮⑤。求我庶士，迨其今兮⑥。

摽有梅，顷筐塈之⑦。求我庶士，迨其谓之⑧。

【注释】

①摽（biào）：击，打。有：词头。

②其实七兮：在树上的梅子还有十分之七。兮：语助词，相当"啊"。这两句是诗人托物言情。"梅"与"媒"同音，她眼见梅子被打落，自然地联想到自己的终身大事还没有着落。

③庶：众多。士：男子的通称。"庶士"，相当现在说"小伙子们"。

④迨：及，趁着。其：表示希望语气，下两章末句同此。吉：吉时，好时光，这里指美好的青春。这两句说，对我有意的小伙子，要趁着青春的好时光啊！

13

⑤其实三分：比喻自己的青春所剩无几。

⑥今：现在。

⑦顷筐：见本书《卷耳》注②。塈：借作摡（gài），取。之：它，指梅子。这两句说：树上的梅子要落完了，只有用簸箕从地上盛取。按：这是比喻自己的青春要过去了，出嫁已刻不容缓。

⑧谓：告诉，这里有"约定"的意思。之：指婚事。这句说就此定下婚约吧。

【品评】

这首是女子采集梅子时唱的情歌。姑娘看到成熟的梅子被扑打后纷纷落地，挂在树上的愈来愈少，联想到自己的青春快要消逝，而还没有找到称心的对象，于是由眼前的劳动起兴，唱出了自己的心事。她所表现的急切求嫁的心情，有如北朝民歌中的"老女不嫁，呼天抢地"。

诗中把劳动和要抒发的情感自然地结合起来了，说的是打梅子，想的却是自己的青春和婚姻，并且感情的发展还同劳作的进程完全一致，真正达到了情景浑然一体的境界。

小　星

嘒彼小星①，三五在东②。肃肃宵征③，夙夜在公④，寔命不同⑤。

嘒彼小星，维参与昴⑥。肃肃宵征，抱衾与裯⑦，寔命不犹⑧。

【注释】

①嘒（huì）：星光微弱的样子。小星：指天空一些无名的群星。韩诗"嘒"作"暳"，群星密集的样子。

②三五：指大星，即下章所说的"参"与"昴"。王引之说："三五举其数也，参、昴著其名也，其实一而已矣。"以上两句写夜行所见的景象：天空中一些小星，星光微弱，只有三五颗亮的大星在东方。

③肃肃：走得很快的样子。宵征：夜行。

④夙夜：见本书《采蘩》注⑦。在公：指办公事。

⑤寔（shí）：是。这句自叹命运不好，实际是对大小官吏劳逸不均的不平之鸣。以上三句大意是：我匆匆地摸黑赶路，没早没夜为公家办事，这是自己的命运与人家不同。

⑥维：通"惟"，独，只。参（shēn）：星名，二十八宿之一。昴（mǎo）：星名，也是二十八宿之一。参、昴二星邻近，能同时出现于天空。这句是说，在群星中独参、昴二星宿历历可见。

⑦衾（qīn）：被子。裯（chóu）：内衣；或说"裯"借作"帱（chóu）"，床帐。这句是说出差时还得带着铺盖。

⑧犹：若，如。

【品评】

这首诗是表现小官吏连夜出差的牢骚。他带着铺盖卷儿匆匆赶路，伴随着他的只有夜空中点点星光。孤独和劳累，使他感到大官与小官劳逸是如此不均！然而这不平又能向谁诉说呢？他只得自慰自解，责怨自己的命运不好。

野 有 死 麕

野有死麕①，白茅包之②。有女怀春③，吉士诱之④。
林有朴樕⑤，野有死鹿。白茅纯束⑥，有女如玉⑦。
舒而脱脱兮⑧，无感我帨兮⑨，无使尨也吠⑩。

【注释】

①野：旷野。麕（jūn）：鹿的别名。

②白茅：俗称茅草。

③怀：思。春：春情。怀春：指女子思求配偶，即"情欲"。

④吉士：美男子。吉：善，美。诱：引诱，挑逗。

⑤朴樕（sù）：小树。这句是借眼前景物开头，同下面所歌咏的事并无意义联系，只是说明环境。

⑥纯：读为 tún，与"束"同义。"纯束"就是捆的意思。

⑦如玉：像玉一样洁白。比喻女子肤色美。

⑧舒而：舒然，慢慢地。脱（duì）脱：轻悄悄的样子。

⑨无：毋，不要。感：借作"撼"，动。帨（shuài）：即佩巾。一名"祎""蔽膝""缡"等，据说这是从原始社会相传下来的一种妇女装饰物。《礼记》上说，古代生下女孩时，便在门的右边挂上"帨"。所以"帨"在古代很可能是作为女性的标志。这里"无感我帨"，就是"不要动我"的意思。

⑩尨（máng）：一种多毛狗。吠：狗叫。

【品评】

这首诗写一个猎人在森林里打死了一只野鹿，又碰到了一位多情而美丽的姑娘。于是他一边收拾猎物，一边向这位姑娘求爱。姑娘也就欣然接受了猎人的爱情，她怀着惊喜的心情，嘱咐情人不要性急，别对她拉拉扯扯，惹得狗儿叫起来惊动别人。

这首诗反映了较原始的婚配习俗，没有什么礼教的约束。因此被历来经学家斥为"淫诗"，肆意歪曲，今天读它，应抹去其尘垢，还它的本来面目。

邶风、鄘风、卫风

经前人考定，邶风、鄘风、卫风都是卫国的诗。《左传·襄公二十九年》记载吴公子季札听了鲁国的乐队歌唱了"邶、鄘、卫"以后，评论时便将此三诗统称之为"卫风"。可见他是把"邶鄘卫"作为一个整体，以区别于其他国风的。

邶、鄘、卫都是古国名。据说周武王灭殷以后，便将纣的京都沫（今河南淇县西北）附近地区封给纣的儿子武庚禄父，并将其地分而为三：北为邶（今河南汤阴县东南），南为鄘（今河南汲县东北），东为卫（今河南淇县附近）。武王并派他的三个弟弟管叔、蔡叔、霍叔分别守卫三个地方①，以监督武庚，号为"三监"。武王死后，儿子成王年幼，由周公旦执政。管叔等散布流言说"周公将不利于成王"，并嗾使武庚叛乱。于是周公率兵镇压，杀死武庚与管、蔡、霍等。接着又合并三地为卫②，连同原殷民一起封给康叔，建都殷墟（今河南淇县），号卫君。

卫国自康叔历十三世至献公，自后便国力日衰，内乱不息；到懿公时，更加腐败不堪。公元前六六〇年为狄人所灭。后来在齐桓公的帮助下，卫残部南渡黄河，文公在楚丘（今河南滑县东）重建卫国。《载驰》《定之方中》二诗就是反映这一历史事件的。

邶、鄘二地早已并入卫国，为什么卫诗还冠以其名呢？自汉以

---

① 司马迁在《史记》的《鲁周公世家》与《卫康叔世家》中，只说到派管叔、蔡叔监督武庚禄父，未提及霍叔。同时周公镇压武庚叛乱以后，也只说"杀武庚禄父、管叔，放蔡叔"。本文主要采用郑玄《诗谱序》的说法，与《史记》略有出入。

关于邶、鄘的地望，王国维《北伯鼎跋》中根据北伯诸器出土于河北涞水张家洼而认为北即邶，邶国就是燕国，鄘则是鲁国。（《观堂集林》卷十八）录此以备考。

② 关于邶、鄘两地是周公连同卫地一次封给康叔的，还是后来的康叔子孙侵夺的，历来记载有分歧，又没有其他材料可资证。

来议论纷纷①，没有定论。近人一般认为，因卫诗有三十九首之多，近风诗的四分之一，所以编者将部分诗编入邶、鄘之下。但是这一说法仍有疑问。查今本《诗经》，邶诗十九首、鄘诗十首、卫诗十首，为什么分得如此不平均呢？这很难说编者只是偶然为之，而无别的原因。因此这一说法仍属于猜测罢了。

邶风、鄘风、卫风三诗大部分难确定具体时代，大致说来西周末东周初的诗居多数。

"邶风"共有十九首诗，本书选其中十一首。

"鄘风"共有十首诗，本书选其中六首。

"卫风"共有十首诗，本书选其中五首。

柏　舟

汎彼柏舟①，亦泛其流②。耿耿不寐③，如有隐忧④。微我无酒⑤，以敖以游⑥。

我心匪鉴⑦，不可以茹⑧。亦有兄弟，不可以据⑨。薄言往愬⑩，逢彼之怒⑪。

我心匪石，不可转也。我心匪席，不可卷也⑫。威仪棣棣⑬，不可选也⑭。

忧心悄悄⑮，愠于群小⑯。觏闵既多⑰，受侮不少。静方思之⑱，寤辟有摽⑲！

日居月诸⑳，胡迭而微㉑？心之忧矣，如匪澣衣㉒。静言思

---

① 方玉润说："惟邶鄘地既入卫，诗多卫诗，而犹系其故国之名，且编之于卫国之前，《序》与《传》都莫名其故。或谓其诗所得之地而存之；或谓其声之异而存之；或谓以寓存亡继绝之心。……愚谓邶自有诗，特（只）无可考，故难证实，诸家又泥（拘泥）古《序》，篇篇以卫事实之，致令邶诗无一存焉。"（《诗经原始》卷三）

之，不能奋飞㉓！

【注释】

①汎：同"泛"，浮动的样子。柏舟：柏木制的船。

②亦：语助词。下章"亦"字同。流：水流。以上两句以水中漂浮的船只象征自己无所依托。

③耿耿：焦灼不安。寐：见本书《关雎》注⑦。

④如：而。隐忧：深忧。《韩诗》"隐"作"殷"，义同。以上两句意思说，心怀深忧，无法入睡。

⑤微：非。"微"贯下句。

⑥以：语助词。敖游：同"遨游"。以上两句大意是：我不是缺少酒，也不是不能漫游，而是酒与漫游都不能消除我的忧愁。

⑦匪：非。鉴：古器名，可以盛水照影。

⑧茹（rú）：容纳。以上两句是表明自己不同流合污。意思说我的心不是一面镜子，能不分形体美丑一并容纳。

⑨据：依靠。

⑩薄、言：见本书《芣苢》注②。愬：同"诉"。

⑪逢：遇。彼：指兄弟。以上四句是表明自己孤独无助。大意说，我虽有兄弟却不可依靠，对他诉诉苦情，却遭到他的怒骂。

⑫以上四句是诗人矢志不渝，他以"石可转"反衬自己意志不可动摇；以"席可卷"反衬自己决不委屈求全。

⑬威：威严。仪：礼节。棣（dì）棣：从容宽厚的样子，《礼记·孔子闲居》引作"逮逮"，郑玄释为"安和之貌"。"棣棣"与"逮逮"相通。

⑭选：择，挑拣，这里引申为动摇不定的意思。以上两句大意说自己有威严，讲礼节，从容宽厚，意志不可动摇。

⑮悄悄：义同"懆（cǎo）懆"，忧愁的样子。

⑯愠（yùn）：怨恨。

⑰觏（gòu）：同"遘"，遇。闵：病，此指祸害。以上四句说自己

心里非常忧愁，原因是由于被群小怨恨，一再遭祸，受的侮辱也不少。

⑱言：语助词。

⑲寤（wù）：醒。辟：借作"擗（pǐ）"，捶胸。有摽，同"摽摽"，捶打的样子。这两句承前说：自己在这种困境下，静静地想想，实在痛苦不堪，醒来忍不住要捶打自己的胸脯。

⑳居、诸：都是语助词。

㉑胡：何。迭：代，轮番。微：隐，昏暗，指日蚀、月蚀。以上两句说，日月为什么交替昏暗呢？姚际恒以为日蚀、月蚀是"喻卫之君臣皆昏暗而不明之意"（《诗经通论》）。

㉒匪：不。澣：同"浣"（huàn 或 huǎn），洗涤。衣服不洗则蒙上尘垢，这里是形容心里忧愁好像布满尘垢的衣服穿在身上很难受。严粲说："我心之忧，如不澣濯其衣，言处在乱君之朝，与小人同列，其忍垢含辱如此。"（《诗缉》）

㉓奋飞：举翼高飞。句意是恨自己无计摆脱当前困境。

【品评】

这首诗的题旨旧说颇纷纭：或说"仁人不遇"；或说"妇之见弃于其夫"；或说"寡妇矢志不嫁"；近人有以为"写妇女在家庭生活中的苦闷的"。我们从全诗考察，似是借女子诉说家庭生活中的不幸遭遇，以寄托诗人自己政治上失意的幽愤情绪。诗中"群小""威仪""奋飞"这一类话正暗示了作者的身份，并非一般家庭矛盾。

全诗使用比喻，曲折地展现了诗人内心的活动：首章自伤无法排遣忧愁；次章自伤孤独无处诉苦；三章表示决不屈志从俗；四章痛心自己为群小所制，一再取祸受辱；五章斥责当权者昏聩，自己无力摆脱困境。

燕　燕

燕燕于飞①，差池其羽②。之子于归③，远送于野④。瞻望弗及⑤，泣涕如雨⑥。

燕燕于飞，颉之颃之⑦。之子于归，远于将之⑧。瞻望弗及，伫立以泣⑨。

燕燕于飞，下上其音⑩。之子于归，远送于南⑪。瞻望弗及，实劳我心⑫。

仲氏任只⑬。其心塞渊⑭。终温且惠⑮，淑慎其身⑯。先君之思⑰，以勖寡人⑱。

【注释】

①燕燕：即燕子。姚际恒说："以其双飞往来，遂以双声名之。"

②差（cī）池：参差不齐的样子。羽：翅膀。上两句是说，双燕飞时一前一后相追随。

③之子于归：见本书《桃夭》注③。

④于：到。野：指卫都的远郊。远送至郊外，表现兄妹情意笃厚，难分难舍。

⑤弗：不。

⑥涕：泪。上两句说，至郊外分别，自己目送嫁者远去，直到望不到时，禁不住泪如雨下。

⑦颉（xié，又读 jié）：向上飞叫"颉"。颃（háng）：向下飞叫"颃"。之：语助词。燕子在空中一上一下地盘旋，迟迟不愿飞走，这是惜别的象征。

⑧将：送。之：指嫁者。

⑨伫（zhù）立：久立。这句说嫁者远行已看不到，自己还久久地呆立着。这较上章末句的意思又进一层，不单落泪，而且长时间不忍离去。

⑩音：叫声。时而在上叫，时而在下叫，仍是表示相随不舍的意思。

⑪南：南郊。

21

⑫实：是。劳：忧。上两章的末句是写行动，这句则是写心理。

⑬仲：嫁者的"字"。古代女子以排行为字，"仲"是排行第二。"仲氏"略同现在称呼"二妹子"。任：信，诚实。只：语助词。

⑭塞：实。渊：深。塞渊：填满深渊。这里是形容心胸开朗，能容人。

⑮终：既。温：温柔。惠：顺。

⑯淑：善。慎：谨慎。

⑰先君：指已故的国君，即诗人的父亲。

⑱勖（xù）：勉励。寡人：古代国君的自称。以上六句是回忆其妹在家时的好处，这也是他始终依依不舍的原因。大意是：二妹为人诚实，心胸开朗，既温柔又贤惠，自己很谨慎。临别时她还勉励我常以先君为念。

【品评】

这是卫君送妹妹出嫁的诗，表现了兄妹之间的真挚感情。此卫君是谁，已不可考。前三章写惜别的情景。每章头两句以双燕齐飞起兴，烘托气氛，象征嫁者、送者依依不舍之意；后四句写挥泪痛别。末章是别后回忆，头四句赞美嫁者贤德，后两句写嫁者的临别赠言。全诗情真意切，对后来的送别诗有一定影响。

击　鼓

击鼓其镗①，踊跃用兵②。土国城漕③，我独南行④。

从孙子仲⑤，平陈与宋⑥。不我以归⑦，忧心有忡⑧。

爰居爰处⑨，爰丧其马⑩。于以求之⑪，于林之下⑫。

死生契阔⑬，与子成说⑭。执子之手⑮，与子偕老⑯。

于嗟阔兮⑰，不我活兮⑱。于嗟洵兮⑲，不我信兮⑳。

【注释】

①其镗（táng）：同"镗镗"，击鼓声。

②兵：武器。上两句是说击鼓进军，士兵们踊跃地操起武器前进。从下文看，当指向南进军。

③土国：役土功于国，在国都内建筑房屋、城防工事等。城漕：在漕地筑城。"土""城"都作动词用。漕：卫国的地名，在今河南省滑县东南。

④南行：指下章说的讨伐陈与宋的战役。这两国在卫国之南，所以说"南行"。以上两句是士卒行军时心里想的，大意是：有的在国都服劳役，有的在漕地服劳役，偏偏要我向南远征。吕东莱《家塾读诗记》引李氏说："土国城漕，非不劳苦，而独处于境内，今我之在外，死亡未可知，虽欲为土国城漕之人，不可得也。"

⑤从：跟随。孙子仲：卫国的将领，生平无考。

⑥平：平定，讨伐。陈：都城在今河南淮阳。宋：都城在今河南商丘。

⑦不我以归：不归我，不让我回去。归我：使我归。以：语助词。

⑧有忡（chōng）：同"忡忡"，心中不安宁的样子。

⑨爰（yuán）：于是，在这里。"居""处"同义，都是停下的意思。

⑩丧：丢失。

⑪于以：于何，在哪里。

⑫以上四句大意是：在这里部队停下了，休息的时候，有的丢失了战马，到哪里去找呢？结果在山林的脚下发现了。按：这是写行军途中休息时的情形，这支军队疲于奔命，军纪涣散，已经毫无斗志了。

⑬契阔：团聚、离散。契，团聚。阔，离别。

⑭子：你，指妻子。成说：成言，盟誓。

⑮执：拉。

⑯偕老：同老。以上四句是追忆与妻子分别时的情景，大意是说：

在生离死别之际，我拉着你的手，与你约定，夫妻白头同老。

⑰于嗟：吁嗟，叹息声。

⑱不我活：不让我活。

⑲洵（xún）：久远。

⑳信：信用。以上四句是悲叹从军日久，而无归期，对统治者充满着怨愤。大意是说：唉！原以为是短期离别，哪知竟不肯让我活着回去，服役时间这么长，一点不对我讲信用。

【品评】

这首诗是一个远征异国、长期不得归家的士兵的控诉，反映了统治阶级的无休止的战争，给人民带来的深重灾难。首章写自己不幸被迫远征南方；次章写有家不能归的痛苦心情；第三章写军心涣散，没有斗志；第四章追叙自己与妻子离别时的情景；末章痛恨统治者强迫自己长期服役。

春秋时代，诸侯国之间的兼并战争非常频繁。根据史书记载，卫国对外战争也很多。这首诗反映的"平陈与宋"的战争，旧说是指鲁隐公四年（前七一九）卫联合宋、陈、蔡伐郑的事，但与诗中所写的情况不符合，所以不可信。姚际恒认为是指鲁定公十二年（前四九八）宋伐陈，卫救陈而被晋所伐的事，可备一说。由于史书阙载，《击鼓》所反映的到底是哪次战争，很难确指，不必硬性附会史实。

这首诗无论是描写军心涣散，还是叙述离别的痛苦，都情景逼真，文笔委婉有致。

凯　　风

凯风自南①，吹彼棘心②。棘心夭夭③，母氏劬劳④。

凯风自南，吹彼棘薪⑤。母氏圣善⑥，我无令人⑦。

爰有寒泉⑧？在浚之下⑨。有子七人，母氏劳苦。

睍睆黄鸟⑩，载好其音⑪。有子七人，莫慰母心。

【注释】

①凯风：南风。"凯"是"乐"的意思，因南风有助于万物生长，得到万物喜爱，所以称"南风"为"凯风"。

②棘心：初生的嫩棘。棘（jí）：酸枣树。

③夭夭：见本书《桃夭》注①。这句是比喻幼儿活泼可爱。

④劬（qú）劳：劳苦。上四句以凯风吹拂棘苗起兴，引出对母亲养育子女劳苦的咏叹。"凯风"比喻母爱，"棘心"比喻子女。三、四句意思是：在小孩子的身上，凝聚着母亲的心血。

⑤棘薪：棘已长成薪，比喻小孩已成人。

⑥圣善：贤明。

⑦我：我们。令：善，这里指才德。以上两句是子女自责，大意是：母亲是很贤明的，只是我们自己不成材。

⑧爰：焉，在哪里。寒泉：阴凉的地下泉水。用如"黄泉"，指墓穴。

⑨浚（Xùn）：地名，即今河南浚县。下：地下。上两句一问一答，点出母亲坟墓在浚。

⑩睍睆（xiànhuǎn）：黄莺的叫声。黄鸟：黄莺。

⑪载：语助词。好其音：其音好，它的叫声好听。以上两句是用黄莺的叫声使人听起来悦耳，来反衬儿女不能慰藉母亲的心。

【品评】

这是儿女悼念亡母的诗。首章以南风作为母爱的象征，歌颂母亲对幼儿的抚育；次章兄弟们自责辜负了母亲的教养；第三章哀悼母亲去世和她生前的劳苦；第四章痛心在母亲生前他们没有尽到孝心。全诗哀伤悲切，似在哭诉，表现了儿女对母亲挚朴的感情。

这首诗旧说由于受到孟轲"亲之过小"的错误影响，一直被歪曲。

本来《诗序》说："《凯风》，美孝子也"，是不太错的，可是后来的经学家为了附会孟轲，竟把这首诗当作儿子谏劝母亲淫邪的诗，完全同诗意不符。但古人也有一些正确的说法，如六朝以前的人替妇女作的挽词、诔文、甚至皇帝下的诏书中，都常用"凯风""寒泉"这个典故来代表母爱，直到宋代苏轼在《为胡完夫母周夫人挽词》中还有"凯风吹尽棘成薪"的句子。从诗的本身分析，《凯风》的主题是"悼亡母"，而不是什么"谏母亲淫邪"。

谷 风

习习谷风①，以阴以雨②。黾勉同心③，不宜有怒④。采葑采菲⑤，无以下体⑥。德音莫违⑦，及尔同死⑧。

行道迟迟⑨，中心有违⑩。不远伊迩⑪，薄送我畿⑫。谁谓荼苦⑬，其甘如荠⑭。宴尔新昏⑮，如兄如弟。

泾以渭浊⑯，湜湜其沚⑰。宴尔新昏，不我屑以⑱。毋逝我梁⑲，毋发我笱。我躬不阅，遑恤我后。

就其深矣⑳，方之舟之。就其浅矣，泳之游之。何有何亡㉑？黾勉求之。凡民有丧㉒，匍匐救之㉓。

不我能慉，反以我为雠㉔。既阻我德㉕，贾用不售㉖。昔育恐育鞫㉗，及尔颠覆。既生既育㉘，比予于毒。

我有旨蓄㉙，亦以御冬。宴尔新昏，以我御穷。有洸有溃㉚，既诒我肄㉛。不念昔者，伊余来塈㉜。

【注释】

①习习：《说文》"习，数飞也。""习习"则是飞行不止的样子，这里是形容大风连续不断。谷风：来自大谷的风，指暴风。

26

②以阴以雨：又阴又雨。以上两句是比兴，说丈夫对自己的态度非常恶劣，暴怒起来就像突如其来的大风，脸色如同阴雨天气，从没有开朗的时候。

③黾（mǐn）勉：尽力。

④宜：应该。以上两句说，我竭力做到与你同心，你不应该这样发怒。

⑤葑（fēng）：芜菁。菲（fěi）：萝卜。

⑥以：用。下体：根。上两句比喻对妻子不应该重色轻德。菲、葑的叶子与根部都可食用，而根是主要部分，因此不能因为叶子不好看，连根部也丢掉了。"叶"喻色，"根"喻德。

⑦德音：大约是当时的常用语，在《诗经》中有十多首用到这个词儿，相当"好话"，这里指夫妻间的盟誓。莫违：不违背。

⑧及：与。以上两句是女子回忆自己当初的心愿，大意是：指望你不违背自己的诺言，同你白头偕老。

⑨迟迟：缓慢的样子。

⑩中心：心中。这两句写被遗弃离开时的痛苦心境。她说自己一路上脚步迟缓，内心充满着矛盾。

⑪伊：唯，是。

⑫薄：语助词。畿（jī）：门槛。"送我畿"是前句"迩"的具体化。以上两句说，你不远送就送近点，结果连门槛也没有出。这两句既写出丈夫无情，也见出弃妇仍藕断丝连。

⑬荼（tú）：苦菜。

⑭荠（jì）：甜味的菜。上两句大意是：谁说荼菜味苦呢？我觉得它同荠菜一样甜。这是反衬自己的遭遇比荼菜更苦。

⑮宴：安乐。昏：同"婚"。这两句说，丈夫对新人亲密得像兄弟一样。这里以鲜明的对比，显出其丈夫喜新厌旧。

⑯泾：泾河。以：因。渭：渭河。泾河与渭河都发源于甘肃省境内，至陕西省耿家集附近汇合。泾河夹带泥沙多，显得混浊；渭河水较清。

27

⑰湜（shí）湜：水清澈见底。沚：《说文》引作"止"，指水静止。

⑱不我屑：是"不屑我"的倒装。不屑，不肯。以：同"已"，止留。以上四句说：泾河因为渭河的缘故，显得混浊，但它还有静止转清的时候，我与新人相比显得老丑了，而再也不可能变年轻，你陶醉于新婚，当然不肯再留下我。

⑲这以下四句大约是引用当时的谚语，说明本身已不见容，今后的事更顾不得了。《小雅·小弁》的末章最后四句完全同此。毋：不要。逝：往，到。梁：鱼梁，拦水捕鱼的器具。发：打开。笱（gōu）：一种捕鱼的竹器。躬：自身。阅：容。遑：暇。恤：忧念。

⑳这以下四句是以渡水比喻自己处理家庭事务，不论碰到什么情况，都能竭尽全力，恰当处置。方：筏子，此作动词用，即用筏渡河。泳：水底潜行。游：水上浮行。

㉑这以下两句说：不论家中富有还是贫乏，都尽力经营，不敢丝毫懈怠。有：指富有；亡：同"无"，指贫乏。求：指管理经营。

㉒民：人。丧：指急难的事情。

㉓匍匐：伏地膝行，引申为"全力以赴"。上两句说，人家有了急难，我就全力以赴地帮助他们。

㉔不我能慉（xù）：《说文》引作"能不我慉"。能：曾，乃。慉：喜爱。雠：同"仇"。以上两句说，丈夫乃不爱我，反把我当仇人。

㉕既：尽。第六章"既诒"之"既"同此。阻：却，拒绝。德：恩惠，这里指情意。

㉖贾（gǔ）：卖。用：以，而。以上两句说，完全拒绝我的情意，我对你就像卖不出去的货物一样。

㉗这以下两句说：在以前生活窘迫的时候，我与你共度患难。育：养，指生活。恐：惧，窘迫。鞠（jú）：贫困。颠覆：倾倒，此指患难。

㉘这以下两句说：等到已经有了产业，生活好起来时，却每每把我当作毒物。既：已经。生：营生，这里指产业。比：每，常。毒：毒物。

㉙这以下两句是以旨蓄御冬比喻下两句丈夫"以我御穷"，过后却忘恩负义了。隐含着极不平的情绪。旨：美，好。蓄：菜名，一名羊蹄，俗称秃菜。蓄菜，本是一种不好的菜，但穷人可以用来度荒或防备冬天菜乏，所以称"旨蓄"。以：用。御：防备，抵挡。

㉚有洸（guāng）：同"洸洸"。"洸"原意是水涌出。有溃：同"溃溃"。"溃"原意是水从旁溃散。洸洸溃溃：是以水流激荡、溃决漫延比喻人的态度凶狠粗暴。

㉛诒：同"遗"，给予。肄（yì）：劳苦。上两句说，对我的态度非常凶暴，尽把苦事给我做。

㉜伊余来塈（kài）：只对我发怒。伊：惟，只。来：用法同"是"，使宾语前置。塈：怒。

【品评】

这首是一个被遗弃的女子沉痛诉说自己不幸遭遇的诗，反映了古代妇女的悲惨命运，有相当的代表性。诗的首章总述丈夫变心，自己的好心落空；次章用事实对比，说明丈夫喜新厌旧；第三章写自己被休弃后，痛苦矛盾的心情；第四章回忆自己过去尽心操理家务，并乐于助人；第五章责备丈夫忘恩负义，反目为仇；末章进而写丈夫心狠，对自己粗暴。

这首诗结构严谨，层层递进，叙事与抒情结合，细致地抒发了主人公哀怨、悔恨、痛苦的复杂心情；并以事实的鲜明对比，揭示了女主人公勤劳善良的性格，鞭挞了那个男子喜新厌旧、忘恩负义的丑恶灵魂，从而唤起人们对女主人公的深刻同情，对"男尊女卑"不合理社会的憎恨。

式 微

式微式微①，胡不归②？微君之故③，胡为乎中露④！

式微式微，胡不归？微君之躬⑤，胡为乎泥中！

【注释】

①式：语助词。微：昏暗。式微式微，同"微乎微乎"，即黄昏啦，黄昏啦。

②胡：何，为什么。

③微：非。君：指贵族统治者。故：事，这里指劳役。

④中露：露水中。上两句说：要不是你们繁重的劳役，我们怎么老是在露水中？按，在露水中出没，表明从清晨到深夜一直在野外劳作。

⑤躬：身体。连下句说：要不是为了养活你们，我们为什么老泡在泥浆中？上章末二句点明劳动时间之长，这两句则点明劳动条件之差。

【品评】

这是一群服劳役的苦力对唱的歌。他们成年累月泡在泥水中受罪，天黑了还不能休息，这是为什么？经过长久思考，终于发现这是为了养活那些强迫他们劳动的主子，于是编唱了这首歌，以幽默的问答，发泄了自己内心的不平。

简　兮

简兮简兮①，方将万舞②。日之方中③，在前上处④。
硕人俣俣⑤，公庭万舞⑥。有力如虎⑦，执辔如组⑧。
左手执籥⑨，右手秉翟⑩。赫如渥赭⑪，公言锡爵⑫。
山有榛⑬，隰有苓⑭。云谁之思⑮？西方美人⑯。彼美人兮，西方之人兮⑰。

【注释】

①简：择。姚际恒说："'分别之'也。谓方将万舞，故先分别舞

人"。即舞前分别排好队列。

②方将：即将。万舞：古代一种大型舞蹈，包括武舞、文舞两部分。武舞手执盾牌和大斧；文舞手执雉羽和籥（yuè）。

③日之方中：太阳当头，即中午。

④在前上处：在前列的高处。这是指舞师（领舞者）站在舞者队列的最显要的位置上。以上是第一章，写了队列、舞名、时间和领舞者的位置。

⑤硕（shuò）人：高大的人，此指舞师。俣（yǔ）俣：高大而美貌。

⑥公庭：公堂的庭院。

⑦这句说：舞者的雄壮舞姿像老虎一般勇猛有力。

⑧执辔（pèi）如组：几根缰绳整齐地握在手中如编织一样。执：拿。辔：缰绳，这里指舞者手拿的道具。组：编织。以上两句写表演武舞的动作，上句说勇猛，下句说善御。

⑨籥：一种吹的乐器，从甲骨文考察，像用竹管编扎的，最初为两管，后来发展为多管，类似"排箫"。

⑩秉（bǐng）：拿。翟（dí）：一种长尾的山鸡，这里是翟的羽毛。以上两句写表演文舞。

⑪赫（hè）：红而有光的样子。渥（wò）：浸湿。赭（zhě）：红土。这句说，舞师的脸红光闪闪，像红土染过一般。

⑫公：卫国国君。锡：赐。爵：酒器，这里指酒。这句写舞毕卫君赏酒给舞师。

⑬榛（zhēn）：一种落叶灌木，果实近珠形，叫榛子，比栗子小。

⑭隰（xí）：低湿的地方。苓（líng）：又名苓耳，即苍耳。参见本书《卷耳》注①。以上两句是当时民歌的套语，"山有"与"隰有"对举的句式同见于《郑风·山有扶苏》《唐风·山有枢》《秦风·晨风》《小雅·四月》等，从这些诗考察，不一定与爱情有关。这两句大约只是借现成的句子起兴而已。

⑮云：语助词。谁之思：思谁，"之"是宾语提前的标志。

31

⑯西方：指西周故址，因为在卫国的西边，所以称西方。美人：即第二章的"硕人"，也就是舞师。古代美男子也可称"美人"，后来才专指女性。大约这位舞师是西周故址的人，因此称为"西方美人"。

⑰这两句重复上面的意思，感叹这个舞师是遥远的异乡人，无法向他表示爱情。

【品评】

这首诗写一个女子爱上了卫国宫廷中的舞师。前三章写舞师演出万舞的过程：从准备开演直写到演完受赏，突出他高大的身躯和威武而好看的舞姿。末章倾吐她对舞师的爱慕之情和无法接近他的痛苦。这位女子能亲眼看到宫廷中的万舞，无疑是卫国宫中的女子，至于属于贵族还是侍女，无从断定。

北　门

出自北门，忧心殷殷①。终窭且贫②，莫知我艰。已焉哉③！天实为之④，谓之何哉⑤！

王事适我⑥，政事一埤益我⑦。我入自外⑧，室人交徧谪我⑨。已焉哉！天实为之，谓之何哉！

王事敦我⑩，政事一埤遗我⑪。我入自外，室人交徧摧我⑫。已焉哉！天实为之，谓之何哉！

【注释】

①殷殷：深忧的样子。

②终：既。窭：通"局"，伛偻，这里指受拘束。这句说，既不自由又贫穷。

③已焉哉：算了吧！

④实：语助词。

⑤谓之何：奈之何，怎么办。

⑥王事：指劳役。适：通"掷"，投。这句意思说，把摊派劳役的事都推给我。

⑦政事：指日常政务。一：全，都。埤（pí）益：堆积、增加。这句说，日常政务完全堆到我身上。

⑧入自外：自外入，指下班回家。

⑨室人：家里人。交：交替。徧：同遍，都。讁：同"谪（zhé）"，责怪。

⑩敦（duì）：通"捶"，投掷。

⑪埤遗：义同"埤益"。遗：给予。

⑫摧：通"㦗（wèi）"，讥讽。

【品评】

这是一个管理着一些"王事"与"政事"的小官吏发牢骚的诗。他面对生活困境本已忧心重重，再加上公务繁重和家里亲人的责怪，更使他痛苦不堪，以致怨天尤人。这首诗反映了统治阶级内部的矛盾，有一定的社会意义。当然，小官吏的贫困，只是与上层统治者奢侈生活相比而言，同被剥削阶级那种"无衣无褐"的生活是不能相提并论的。

北　风

北风其凉①，雨雪其雱②。惠而好我③，携手同行。其虚其邪④，既亟只且⑤。

北风其喈⑥，雨雪其霏。惠而好我，携手同归⑦。其虚其邪，既亟只且。

莫赤匪狐⑧，莫黑匪乌。惠而好我，携手同车。其虚其邪，既亟只且。

【注释】

①其凉：同"凉凉"，形容风寒。

②雨雪：落雪。雨：作动词用。落。雱（páng）：盛大的样子。

③惠而：惠然，友爱的样子。好我：同我友好。连下句说：同我亲近的亲友们，我们携起手走吧！

④虚、邪（xú）：同"徐徐"，缓慢的样子。

⑤既：已经。亟：同"急"。只且（jū）：语助词。以上两句大意是：还能慢吞吞的吗？情况已经急迫了！

⑥喈（jī）：借作"湝"。湝：通"凄"，风寒。"其喈"义同"其凉"。

⑦同归：与下章"同车"、首章"同行"义并同，都是"一同走"的意思。变换用之是为了押韵。

⑧以下两句说：没有比那狐狸更赤的，没有比那乌鸦更黑的。匪：彼，那。按：狐狸与乌鸦都是暗喻卫国统治者，指他们无比狡诈而又昏聩。

【品评】

这首诗写诗人不堪忍受黑暗政治的压迫，号召朋友们赶快同他一起远逃避祸。

卫国从惠公（前六九九年即位）至卫懿公（前六六一年被杀）这几十年间，内乱外患不断发生，人民在动乱中大量逃亡是可想见的。《史记·卫康叔世家》中说到卫文公（前六五九年即位）执政后，曾采取紧急措施"以收卫民"。"收卫民"就是把以前逃散的卫国人民召回来。这首诗大约是这稍前的作品。

诗中前两章开头两句是起兴，寒风大雪是政治恐怖的象征；第三章开头两句则是以赤狐、黑乌比喻暴虐的统治者。每章的后一部分是自问自答，真实地表现了动乱中人民避祸惟恐不及的惊惧心理。

静　女

静女其姝①，俟我于城隅②。爱而不见③，搔首踟蹰④。

静女其娈⑤，贻我彤管⑥。彤管有炜⑦，说怿女美⑧。

自牧归荑⑨，洵美且异⑩。匪女之为美⑪，美人之贻。

【注释】

①静女：淑女，美女。其姝：同"姝姝"，艳丽的样子。

②俟（sì）：等候。城隅：城边的角落，指人迹罕至的僻静的地方。

③爱而：蔼然，隐蔽的样子。爱：借作"薆"，隐藏。

④搔首：抓头皮。踟蹰（chíchú）：同"踌躇（chóuchú）"，徘徊，这里是形容心神不安的样子。

⑤娈（luǎn）：娇美。

⑥贻（yí）：赠送。彤（tóng）管：此为何物，旧说颇多，诸如"笔"、"乐器"等，近人或以为是初生的红色茅草，与下章"荑"是同物（见刘大白《白屋说诗》），今疑为古代女子随身佩戴的东西，姚际恒曾认为是放针的管筒，《礼记·内则》有"右佩箴（针）管"的记载。因针筒涂上了红色，所以称"彤管"。彤：红色。

⑦有炜（wéi）：同"炜炜"，光彩照耀的样子。

⑧说怿（yuèyì）：喜爱。女：同"汝"，你。这里语义双关，表现指彤管，内心是说姑娘。

⑨牧：野外。归：借作"馈"，赠送。荑：细嫩的茅草。这是姑娘就地随手采的，赠给情人，以相逗趣。

⑩洵（xún）：的确。异：特殊。

⑪匪：同"非"，不是。女：同"汝"，指荑。

35

【品评】

这首诗写情人幽会。这对情人相约在僻静的城角相会，可是调皮的姑娘却藏起来了，小伙子等了许久，急得站立不安，乱抓头发。就在这当儿，姑娘陡然出现在他的面前，深情地送给他一个光闪闪的"彤管"，他乐极了，接过"彤管"，情不自禁地脱口说道："我真喜爱你这么漂亮"，这与其说是赞美"彤管"，还不如说是赞美姑娘。于是他们又相邀到郊外，姑娘又顺手采了一把细嫩的茅草给他，平凡的小草，到了情人手里似乎变成了无价之宝，他觉得这些茅草美得出奇。这不是因为茅草很美，而是因为多情的姑娘送的，她寄寓其中无限的情意。

这首诗以平淡的语言，有风趣的细节，生动地表现了这对情人热恋中的情趣，颇耐人寻味。

新　台

新台有泚①，河水㳽㳽②。燕婉之求③，籧篨不鲜④。
新台有洒⑤，河水浼浼⑥。燕婉之求，籧篨不殄⑦。
鱼网之设，鸿则离之⑧。燕婉之求，得此戚施。

【注释】

①新台：郦道元《水经注·河水篇》说，卫宣公所筑的新台在鄄城县北（故址在今山东境内），原是一座庞大的建筑物。泚（cǐ）：借作"玼（cǐ）"，鲜明的样子。

②河：黄河。㳽㳽：水深满的样子。以上两句说，漂亮的新台，满满的河水。

③燕婉：美好。

④籧篨（xúchú）：蟾蜍，虾蟆，这里借指驼背弓腰的人。鲜：善，

36

美。以上两句大意是：原想找个漂亮的对象，不料嫁了个驼背弓腰的丑汉。

⑤洒：同"洗"。有洒：同"洒洒"，鲜明的样子。《韩诗》"洒"作"漼（cuǐ）"，义同"洗"。

⑥浼（měi）浼：《韩诗》作"浘（wěi）浘"，与首章"滺滺"义同。

⑦殄（tiǎn）：同"腆"，善，美。

⑧鸿：鸟名，即大雁，比喻齐女。离：借作"罹"（lí），遭遇，这里是被捉住的意思。这两句说：撒开鱼网本为捕鱼，却意外地捉到一只大雁。按：诗人以这种极反常的现象，比喻卫宣公本为儿子娶亲，现在却无耻地把儿媳据为己有。这对齐女来说失去了年貌相当的太子急，而嫁给了丑老头子，正像那高飞的鸿，落入张设在水中的鱼网一样，是极意外的不幸遭遇，是遭到了暗算。最后这两句是从齐女的角度来谴责卫宣公。

【品评】

这首诗辛辣地讽刺了卫宣公霸占儿媳妇的丑恶行为，无情地揭露了剥削阶级伦理道德的虚伪和腐朽。据《左传·桓公十六年》记载，卫宣公托人在齐国替长子急说了一位姑娘。因为她长得美貌，宣公便在黄河岸边筑了一座数丈高的新台，把齐女娶回来作了自己的老婆。卫国人民对宣公这一荒淫无耻的行径，非常愤慨，便以歌谣为武器，对他进行鞭挞。

这首诗比喻奇特而贴切，语言尖刻辛辣。

柏　舟

汎彼柏舟①，在彼中河②。髧彼两髦③，实维我仪④。之死矢靡它⑤。母也天只⑥，不谅人只⑦！

汎彼柏舟，在彼河侧⑧。髧彼两髦，实维我特⑨。之死矢
靡慝⑩。母也天只，不谅人只！

【注释】

①汎彼柏舟：见本书《邶·柏舟》注①。

②中河：河中。以上两句是以河中漂浮不定的船只起兴，引出对自己婚姻不能自主的悲叹。

③髧（dān）：头发下垂的样子。髦（máo）：据记载，古代男孩生下三个月剪发时，要留少量头发，这叫做鬌（duò），长大时继续留存作装饰则叫"髦"，在成年之前要一直留着。所以"髦"是未成年男子的标志，这里是用来作为"小伙子"的代称。"两髦"就是夹顶门留的两只丫角。

④实：是，这。维：为，是。仪：匹配，对象。以上两句说，那个垂着两只丫角的小伙子，就是我的对象。

⑤之：到。矢：发誓。靡（mí）：无，没有。靡它：没有他心，指不改变自己的爱情。

⑥也、只：都是语助词，连用为了加重语气。

⑦谅：谅解。以上三句说：我发誓到死不变心，妈呀天呀，太不谅解我啦！

⑧侧：岸边。

⑨特：匹配。《小雅·我行其野》："不思旧姻，求尔新特"，"新特"就是新的配偶，与"实维我特"之"特"同。

⑩慝（tè）：借作忒，"变更"的意思。靡慝：义同"靡他"。

【品评】

这首诗是反映婚姻不能自主的。诗中女主人公已经有了意中人，大约她的母亲又强迫她嫁给另外的男子。她痛苦之极，呼天叫娘，并声称誓死不改变主张，表现出坚贞的爱情和强烈的反抗性。

这首诗直抒胸臆，感情强烈，读来如见其人，如闻其声。

墙 有 茨

墙有茨①，不可埽也②。中冓之言③，不可道也④。所可道也⑤，言之丑也。

墙有茨，不可襄也⑥。中冓之言，不可详也⑦。所可详也，言之长也⑧。

墙有茨，不可束也⑨。中冓之言，不可读也⑩。所可读也，言之辱也⑪。

【注释】

①茨（cí）：蒺藜。

②埽：同"扫"，除掉。

③中冓（gòu）：内室。冓，像木材交架的形状，因为内室结构深密，所以称为"中冓"。一说《韩诗》作"中冓（gòu）"：即半夜。冓：夜。二说皆可通。"中冓之言"，指宫中的一些丑话。

④道：说。

⑤所：若，如果。以下两句大意是：宫中的丑话如果能讲，讲出来也太丑了。

⑥襄：借作"攘"，除去。

⑦详：借作"扬"，张扬。《释文》引《韩诗》"详"正作"扬"。

⑧言之长：指丑事讲不完。

⑨束：收拾。

⑩读：《小尔雅》释为"说"；《广雅·释诂二》释为"语"，义同。

⑪辱：耻辱。

【品评】

　　这首诗是揭露统治者淫乱的,《诗序》认为是讽刺公子顽与他的后母宣姜私通的事,这是可信的。《左传·闵公二年》记载:卫宣公死后,惠公即位,因为年纪小,惠公异母兄公子顽在齐国人的怂恿下,与惠公母亲宣姜私通,生了好几个儿女,卫国人民对这种母子乱伦行为非常厌恶,便作了这首诗来讽刺。

　　诗三章意思相同,首二句是起兴,以蒺藜攀附墙上不可扫去暗喻公子顽与宣姜的不正当关系;下四句诗人自问自答,巧妙地以退为进,故意推脱“不可道”,而实际却把卫国宫中不堪入耳的丑闻点明了。语言幽默,具有强烈的讽刺性。

桑　　中

　　爰采唐矣①?沫之乡矣②!云谁之思③?美孟姜矣④!期我乎桑中⑤,要我乎上宫⑥,送我乎淇之上矣⑦。

　　爰采麦矣?沫之北矣!云谁之思?美孟弋矣⑧!期我乎桑中,要我乎上宫,送我乎淇之上矣。

　　爰采葑矣⑨?沫之东矣!云谁之思,美孟庸矣⑩!期我乎桑中,要我乎上宫,送我乎淇之上矣。

【注释】

　　①爰:疑问代词,何处。唐:蒙菜,又名王女。

　　②沫(Mèi):卫邑名,在今河南淇县南。上两句是以问答兴起,引入正题,不一定有意义上的联系。大意是:哪儿去采蒙菜呢?到沫地的乡间呀!

　　③见本书《简兮》注⑮。

40

④孟姜：女子名字。"孟"是排行老大，古代女子以排行为字。"姜"是齐国贵族的姓。下两章"孟弋""孟庸"同此。上两句大意：你想谁呀？我想姜家漂亮的大姑娘呀！

⑤期：等候。乎：于。桑中：沬邑附近的地名；一说桑林中。

⑥要：同"邀"。上宫：沬邑附近的地名。一说"上宫"即楼。古代"宫"与"室"通称。《孟子》："孟子之滕，馆于上宫"，赵岐注："上宫，楼也。"

⑦淇（Qí）：水名，在今河南淇县。以上三句是歌者回忆与孟姜的约会，大意是：她在桑林中等我，邀我去楼上，后来又送我到淇水的岸上。

⑧弋：读为（Sì）。"姒"是莒国的贵族。"姒"古作"以"，"以"与"弋"一声之转，故通用。

⑨鬅：见本书《邶·谷风》注⑤。

⑩庸：是卫国贵族的姓。

【品评】

这是一首写男女幽会的情歌，歌者是男的。全诗三章意思相同，每章前四句是一问一答，点出自己所属意的对象及思念之情；后三句似是回忆与情人幽会的经过，见出双方难分难舍的深情。诗中所说的地名与人名，可能都是歌者随口编造的，不一定实有。朱自清先生说得好："我以为这三个女子名字，确是只为了押韵的关系；但我相信这首歌所以要三叠，还是歌者情感的关系，……他心里有一个爱着的或思慕的女子，反复歌咏，以写其怀。那三个名字，或者只有一个是真的，或者全不是真的——他用了三个理想的大家小姐的名字，许只是'代表'他心目中的一个女子。"（《中国歌谣》）

定 之 方 中

定之方中①，作于楚宫②。揆之以日③，作于楚室④。树之

41

榛栗^⑤，椅桐梓漆，爰伐琴瑟^⑥。

升彼虚矣^⑦，以望楚矣^⑧。望楚与堂^⑨，景山与京^⑩，降观于桑^⑪。卜云其吉^⑫，终然允臧^⑬。

灵雨既零^⑭，命彼倌人^⑮，星言夙驾^⑯，说于桑田^⑰。匪直也人^⑱，秉心塞渊^⑲，騋牝三千^⑳。

【注释】

①定：星名。方中：正中，定星每年在夏历十月中旬至十一月初的黄昏时位于正中方向，古人以之定向兴建房屋，所以定星有"营室"之称。

②作于：作为，建造。古代"于""为"读音相通，这句与"作于楚室"句中的"于"字，古本都作"为"。楚宫：楚丘的宫室。

③揆（kuí）：测量。以：按照。日：指日影。

④楚室：同"楚宫"。以上四句大意是，根据定星和太阳影子来测量方位，准备在楚丘建造宫室。

⑤树：作动词用，栽种。贯穿下句。"榛（zhēn）栗"与下句"椅桐梓漆"都是树名，前两种的果实可以用作祭祀，后四种是制造琴、瑟等乐器必备的材料。

⑥爰：焉，于是乎。这句承上句而来，是诗人想象之词，意思是说，将来这些树木长大了，都有用处，有的可砍来制造琴瑟等乐器。同时这里也包含了诗人祝颂的意思，卫国是被灭亡后重建的。树木长大成材，也是卫国日益强盛的象征。古人把大树看作国家历史悠久的一个重要标志，孟轲说的"故国乔木"，也正是用的这个意思。

⑦升：登。虚：地名，即曹虚，与楚丘相距不远。狄灭卫后，卫国的残部逃至曹。

⑧望：这里有"观察"的意思。楚：楚丘。以上两句说，登上曹虚，观察楚丘的地形。

⑨这个"望"字贯下句，"楚""堂""景山""京"都是望的对象。上句"望楚"是泛写，指去观察；这句"望"就是实地目测了，

指测量这些地方的地形，以确定营建的方位。堂：地名，在楚丘附近。

⑩景：大。景山：大山。京：高丘。这两处大约都在楚丘附近。

⑪桑：即第三章所说的桑田。这句说从高处下来察看桑田的土质。

⑫卜：用龟甲占卜。古人迷信，每有重大行动，都要求决于占卜。吉：指龟甲显出的兆象是吉利的。

⑬终然：终于。允：信，确实。臧：善，好。以上说考察了自然地形和土质，占卜又显出吉利的兆象，终于确信迁居楚丘很好。

⑭灵：善，好。灵雨，好雨。既：已经。零：落，同《小明》"涕零如雨"之"零"。

⑮倌人：主管国君外出车马的小官。

⑯星：星夜，指夜晚。言：语助词。夙：早上。

⑰说：同"税"，止。上四句互文见义，意思是说卫文公不论晴雨早晚，经常在外奔走，关心农事。

⑱匪直也人：不是普通的人。匪：非。直：只。也：语助词。人：指常人，一般人。

⑲秉心：操心，持心。塞渊：见本书《燕燕》注⑭。

⑳骓（lái）：长大的马。牝（pìn）：母马。"三千"，极言其多，表示富有。以上三句说，卫文公不是一般的人，他虚怀若谷，所以能使国家富足。

【品评】

这首诗是写卫文公重建卫国的。卫懿公九年（公元前六六〇），北方狄人侵入卫国，懿公败死，卫国被灭亡。其残部在宋国的帮助下，逃过黄河，在曹（今河南滑县南）暂时落脚，立戴公，当年就死了。次年卫文公即位，在齐桓公的扶持下，由曹迁到楚丘（今河南滑县东），重建家园。这首叙事诗就是写这件事的。

卫国以前的几个统治者都荒淫腐败，所以不堪狄人一击，而文公却将一个残破的卫国逐步恢复起来，使卫国人民暂时脱离战乱，得到安宁。《左传》记载说：卫文公迁至楚丘之后，自己穿戴粗布衣帽，努力发展经济，重视教育，任用贤材，国力增长很快。他受到人们的赞扬，是毫不奇怪的。

这首诗使用的是记实的方法，叙事明白如话，条理清晰：先叙述在楚丘重建家园；再补叙当初对楚丘的慎重选择；最后用事实赞美卫文公勤于农桑畜牧，务实有远见。这首诗给人们的感觉是写得非常平实，没有虚美阿谀的意味。

相　　鼠

相鼠有皮①，人而无仪②。人而无仪，不死何为③！
相鼠有齿，人而无止④。人而无止，不死何俟⑤！
相鼠有体⑥，人而无礼。人而无礼，胡不遄死⑦！

【注释】

①相：看。
②仪：同《国语·周语》中"示民轨仪"之"仪"，法规的意思。无仪，没有法规，指行为不端。
③何为：为何？做什么？
④止：节制。无止，义同"无仪"。
⑤俟（sì）：等待。
⑥体：肢体。
⑦遄（chuán）：速。

【品评】

这首诗是讽刺卫国统治者行为卑鄙无耻的。老鼠偷窃成性，是非常可恶的东西，诗人拿它来同无耻的统治者对照，说他们干的勾当连老鼠都不如，这些人面禽兽活着是耻辱，还不如早早死掉为好，表现出人民群众对他们的深恶痛绝。诗中讽刺何人何事虽已不可考，但诗人肯定是有感而发的。从卫国的历史看，最高统治集团是荒淫无耻、腐败不堪的，《相鼠》一诗就是他们丑恶行为的总概括，有强烈的现实战斗性。

载　驰

载驰载驱①，归唁卫侯②。驱马悠悠③，言至于漕④。大夫跋涉⑤，我心则忧。

既不我嘉⑥，不能旋反⑦。视尔不臧⑧，我思不远⑨。既不我嘉，不能旋济⑩。视尔不臧，我思不閟⑪。

陟彼阿丘⑫，言采其蝱⑬。女子善怀⑭，亦各有行⑮。许人尤之⑯，众稚且狂⑰！

我行其野⑱，芃芃其麦⑲。控于大邦⑳，谁因谁极㉑？大夫君子，无我有尤㉒。百尔所思，不如我所之㉓！

【注释】

①载：又。驰、驱：义同，即鞭马快跑。

②唁（yàn）：吊失国。

③悠悠：遥远的样子。

④言：语助词。漕：《左传》作"曹"，见《定之方中》说明。以上四句都是许穆夫人设想之词，大意是：快马加鞭，回去慰问卫侯失国，马儿飞快地远去，终于到了曹。

⑤大夫：指来许告难求救的卫国大夫。跋涉：爬山涉水，表示旅途艰难。连下句说：卫国大夫来告难，我心中无比忧愁。这章是倒叙，先写想象回卫国，再交代原因。

⑥既：尽。嘉：赞同。不我嘉，不赞同我。

⑦旋反：回去，指回卫国。旋：回来。反：同"返"。

⑧尔：你们，指许国君臣。臧：善。

⑨远：指迂阔，不切实际。以上四句大意说：全都不赞同我的意见，我不能回卫国，但看你们并不高明，我的想法其实一点不迂阔。

⑩济：渡水。旋济：指回卫国。

⑪闭（bì）：闭塞，这里有"行不通"的意思。这句话，我的想法不是行不通的。

⑫陟（zhì）：登。阿丘：斜坡。

⑬蝱（máng）：草名，贝母，可作药用，古人以为可治疗郁闷。上两句也是假想，她无法排除忧思，便意想登山采药以疗忧疾。

⑭善怀：容易动感情。怀：情感。

⑮行：道理。以上两句说，妇女们容易动感情，也各有她们的道理的。言外是讲自己所想的有道理。

⑯许人：指许国君臣。许，是周初武王所封的一个小国，故址在今河南省许昌一带。尤：责备。之：它，指自己的想法。

⑰稚：同"稚"，幼稚。狂：狂妄。以上两句大意是：许国人批评我的想法不对，其实他们自己既幼稚又狂妄。

⑱以下是她经过一番思想斗争之后，觉得还要采取行动，所写的都是想象之词。其野：卫国的原野。

⑲芃（péng）芃：茂盛的样子。

⑳控：控告。大邦：强大的诸侯国。

㉑因：依，亲近。极：至，指来救援。以上两句大意是：我要去向大国控诉，但谁同卫国亲近，谁能来救助她呢？

㉒无我有尤：不要以为我有什么过失。

㉓以上两句说：你们一百人所思考的，还不如我一个人所想到的。所之：所往，指所设想的去向，也就是"办法"。

【品评】

这首诗相传为许穆夫人所作，《左传·闵公二年》有记载。写作的时间大约在狄灭卫的第二年（前六五九）春夏之交，这时许穆夫人的哥哥毁继戴公之后做了卫国的国君，也就是卫文公。许穆夫人听说自己的祖国被狄灭亡，非常痛心，很想亲自到卫国来慰问，并向大国求救。可是遭到许国君臣的非议，她的计划不能实现。因此写了这首诗来抒发自己的忧愤之情，表现了她的卓识远见、爱国热情以及坚强的性格。

诗首章假想自己在卫国大夫来告难之后，驱马前去慰问卫侯；第二章埋怨许国君臣不支持自己的想法；第三章指斥许国君臣见解幼稚而态度狂妄；末章进而设想按照自己主张去做，诗的开头与结尾虽然都是想象之词，但给人的印象却非常真实，悲切郁愤，感人肺腑。

硕　人

硕人其颀①，衣锦褧衣②。齐侯之子③，卫侯之妻④，东宫之妹⑤，邢侯之姨⑥，谭公维私⑦。

手如柔荑⑧，肤如凝脂⑨，领如蝤蛴⑩，齿如瓠犀⑪，螓首蛾眉⑫。巧笑倩兮⑬，美目盼兮⑭。

硕人敖敖⑮，说于农郊⑯，四牡有骄⑰，朱幩镳镳⑱，翟茀以朝⑲。大夫夙退⑳，无使君劳。

河水洋洋㉑，北流活活㉒，施罛濊濊㉓，鱣鲔发发㉔，葭菼揭揭㉕。庶姜孽孽㉖，庶士有朅㉗。

【注释】

①硕（shuò）：高大。其颀（qí）：同“颀颀”，长大的样子。古代男女都以长大为美。

②衣：第一个“衣”作动词用，即“穿”。锦：有花纹的衣。褧（gěng）：麻织品做的外衣。以上两句写体态服饰，说那美人高高的个儿，里面穿着华丽的绸衣，外面罩着麻布衫。按：这是古代贵族女子出嫁的装扮，外面罩粗衣衫是途中为防止灰尘用的。

③齐侯：齐庄公。子：女儿，见本书第7页《桃夭》注③。

④卫侯：卫庄公。《左传·隐公三年》："卫庄公娶于齐东宫得臣之妹，曰庄姜。"

⑤东宫：太子之宫，此指齐太子得臣，意思是说明庄姜是与太子同母，是嫡妻生的。

⑥邢（Xíng）：国名，故址在今河北邢台。姨：《尔雅》："妻之姊妹同出（同母生）为姨"。邢侯之姨，即邢侯的妻子与庄姜是姊妹。

⑦谭：国名，在今山东济南市东龙山镇附近。维：为，是。私：《尔雅》："女子谓姊妹之夫为私"。谭公维私，即谭公是庄姜姊妹的丈夫。

⑧柔荑：柔嫩的初生茅草，这里是形容手白嫩。

⑨凝脂：凝结的脂肪。因为其洁白滑腻，所以用来形容肤色光润。

⑩领：颈脖。蝤蛴（qiúqí）：天牛的幼虫，细长乳白色，这里是形容颈脖长而白。

⑪瓠犀（xī）："一作"瓠栖"，即瓠瓣。犀：瓠中的子。因为瓠犀洁白而整齐，所以用来形容牙齿好看。

⑫螓（qín）首：螓似蝉而小，它的头部宽广方正，这里是形容额头宽阔。蛾：蚕蛾，其眉毛细而长曲；一说"蛾"当作"娥"，美好。

⑬倩（qiàn）：笑靥，笑对面颊上露出的酒窝。

⑭盼：眼珠黑白分明的样子。

⑮敖：是"赘（áo）"的省借字，原义"头长"，这里就是"长"的意思。敖敖：义同"颀颀"。

⑯说：同"税"，止息。农郊：近郊。按照古代礼节规定，诸侯夫人进入国境，大夫要到郊外去迎接的。这句说庄姜来嫁时先在国都的近郊停下来。

⑰四牡：四匹马。牡：原为雄马，这里是泛指马。有骄：同"骄骄"，强壮的样子。

⑱朱帻（fén）：以红绸缠马口旁铁叫"朱帻"。镳（biāo）镳：形容马的装饰花样多而好看的样子。

⑲翟茀：指用山鸡的羽毛装饰的车子。翟：一种长尾巴的山鸡。茀：蔽，遮盖。这句是说庄姜乘着用山鸡羽毛装饰的车子朝见卫侯，即举行结婚仪式。

⑳夙：早。下二句似为婚礼主持者的传令，说：大夫们早点退朝，不要使卫侯过于劳累。言外之意是说不要耽误他的良辰美景。

㉑河：黄河。洋洋：水茫茫的样子。

㉒活活：水畅流的样子。

㉓罛（gū）：鱼网。施罛：张网。濊（huò）濊：网眼水流畅通的样子。

㉔鳣（zhān）：鲤鱼。鲔（wěi）：鲟鱼，亦说大鲤鱼。发发：鱼盛多的样子。

㉕葭：芦苇。菼（tǎn）：荻苇。揭揭：向上扬起的样子，形容菼长势正旺。以上四句是写景，齐在卫东北，庄姜来嫁要渡过黄河，这里是以河边有活力的景物创造气氛，衬出庄姜送嫁的盛况。

㉖庶姜：春秋时诸侯女儿出嫁，常以姊妹或宗室之女从嫁，"庶"是多的意思。齐国姜姓，所以称之"庶姜"。

㉗庶士：指送嫁的齐国大夫。朅：威武的样子。

【品评】

这首诗据说是赞美卫庄公夫人庄姜的。全诗是写她初嫁来时的情况。首章写她出身高贵，次章写她形象之美，第三章写结婚仪式，第四章写送嫁的情况。

这首诗用比喻和铺叙的手法，准确而形象地刻画了庄姜形态之美。第二章末二句还兼及神态，使读者仿佛看到了一位十分美丽而活泼的少女，旧有"美人图"之称。这一工笔摹写的手法，对后世诗赋很有影响。吴闿生说："生动之处《洛神》之蓝本也。"（《诗义会通》）这话是不错的。

最后须指出：诗中对庄姜形象的描写，反映了剥削阶级的审美观点与情趣，与劳动人民的创作是有区别的。

氓

氓之蚩蚩①，抱布贸丝②。匪来贸丝③，来即我谋④。送子涉淇⑤，至于顿丘⑥。匪我愆期⑦，子无良媒。将子无怒⑧，秋以为期⑨。

乘彼垝垣⑩，以望复关⑪。不见复关，泣涕涟涟⑫；既见复关，载笑载言⑬。尔卜尔筮⑭，体无咎言⑮。以尔车来，以我贿迁⑯。

桑之未落⑰，其叶沃若⑱。于嗟鸠兮⑲，无食桑葚⑳！于嗟女兮，无与士耽㉑！士之耽兮，犹可说也㉒；女之耽兮，不可说也㉓。

桑之落矣，其黄而陨㉔。自我徂尔㉕，三岁食贫㉖。淇水汤汤㉗，渐车帷裳㉘。女也不爽㉙，士贰其行㉚。士也罔极㉛，二三其德㉜。

三岁为妇，靡室劳矣㉝；夙兴夜寐㉞，靡有朝矣㉟！言既遂矣㊱，至于暴矣㊲；兄弟不知，咥其笑矣㊳！静言思之，躬自悼矣㊴。

"及尔偕老"，老使我怨㊵。淇则有岸，隰则有泮㊶。总角之宴㊷，言笑晏晏㊸，信誓旦旦㊹，不思其反㊺。反是不思㊻，亦已焉哉㊼！

【注释】

①氓：民，诗中女主人公称呼她的丈夫。蚩（chī）蚩：笑嘻嘻。蚩：通"嗤"。一说憨厚的样子。

50

②布：交换用的实物，即布匹；或是当时使用的一种货币的名称。贸：交换，买。

③匪：同"非"，不是。

④即：就。谋：指商量婚事。

⑤子：你。涉：渡。淇（qí）：见本书《桑中》注⑦。

⑥顿丘：地名，在今河南丰县。

⑦愆（qiān）期：过期。愆：过。

⑧将（qiāng）：愿，请。无：同"毋"，不要。

⑨这句说：把我们的婚期定在秋天。

⑩乘：登。垝垣（guǐyuán）：已坏的墙，断墙。垝：毁坏。垣：墙。

⑪复关：地名，男子的住地。"望复关"，实际是望情人，表现出她的痴情。这就是下章所说的"女之耽兮"。

⑫涕：泪。涟涟：泪下流的样子。

⑬载笑载言：又笑又说。

⑭尔：你。卜、筮（shì）：古人迷信，以占卜判断吉凶。卜：用龟甲卜卦。筮：用蓍（shī）草占卦。

⑮体：卦体，就是占卜时龟甲或蓍草所显示的兆象。咎（jiù）言：凶辞，不吉利的话。

⑯贿（huì）：财物，指嫁妆。

⑰落：落叶。

⑱沃若：沃然，润泽的样子。连上句是用茂盛润泽的桑叶，比喻自己年轻貌美。

⑲于（xū）嗟：感叹词。于：同"吁"。鸠：斑鸠。

⑳桑葚（shèn）：桑的果实。古人说，鸠"食桑葚过，则醉而伤其性"，这里是用来比喻女子不要沉醉于爱情之中。

㉑士：指男子。耽（dān）：借作"酖（zhěn）"，本义是"好喝酒"，这里引申为"沉醉""迷恋"。

㉒犹：还。说：读如"脱"，摆脱，丢开。

㉓不可说：指自己对丈夫一往情深，无法丢开。这是她从痛苦的经

51

历中得出的教训。

㉔黄：指桑叶黄。陨（yǔn）：落下。这句连上句是用桑叶黄落比喻女子色衰。

㉕徂（cú）：往。

㉖三岁：多年。"三"表示多数，非实指。食贫：食物缺乏，即过着穷苦日子。以上两句说：自从嫁给你，一直过着穷困的生活。

㉗汤（shāng）汤：水势很大的样子。

㉘渐：浸湿。帷裳：车上的布幔。以上两句是被遗弃回娘家经过淇水的情况。

㉙也：语助词。爽：差错，过失。

㉚贰：不专一，用如动词。上两句大意是：女的没有过错，而男子行为已改变。王引之《经义述闻》五说"贰"是"貣（tè）"之误。"贰"借作"忒（tè）"，过错。

㉛罔极：没有定准。罔：无。极：止，定。

㉜二三其德：指男子行为多变化。

㉝靡室劳矣：不以家务事为劳苦。意思是说自己能吃苦耐劳。靡，不。

㉞夙（sù）兴夜寐：起早睡晚。夙：早。兴：起。寐：睡。

㉟靡有朝矣：不止某一天如此。以上四句是说，自己婚后辛勤劳苦。

㊱言：语助词。下文"言"同此。既：已经。遂：顺心，满足。意思是：你的心愿已经满足了。

㊲暴：粗暴。

㊳咥（xì）：笑的样子。

㊴躬：自身。悼：伤心。以上是说自己受到丈夫的虐待，无处诉苦，独自想想，非常伤心。

㊵及尔：与你。偕老：同到老。这是引用丈夫以前的盟誓。这两句大意是：想起早先你说的"与你相爱到老"的话，更使我怨恨！

㊶隰（xí）：低湿的地方；一说，"隰"当作"湿"，水名，即今河

南的漯河，是黄河的支流，古代流经卫国境内。泮（pàn）：水边。上两句是用河流有岸反衬那个男子的心无法捉摸。

㊷总角：束发，小孩子把头发扎成髻（jì），此处借指未成年的男女。宴：欢乐。

㊸晏晏：温和，融洽。

㊹信誓：诚实的誓言。旦旦：明白的样子。

㊺反：违反，变心。上四句大意是：当年两小无猜的欢乐，婚后诚恳的誓言，都还记得一清二楚，想不到他现在却变了心。

㊻是：指示代词，指前面说的誓言。

㊼已：止，算了。焉哉：语助词，连用是加重决断的语气。以上两句说，他既然违反誓言，就不要再想了，从此算了吧！

【品评】

这首诗是一个被遗弃女子的自诉，她叙述了自己从恋爱、结婚到被遗弃的过程，对负心的丈夫充满着怨愤，最后她从痛苦中醒悟过来，表示要坚决同他一刀两断！女子受夫权的压迫，任意被遗弃，这在几千年剥削阶级统治的社会里，是一个普遍的问题，本诗从一个侧面揭露了旧社会的罪恶。

这首叙事诗，故事很完整：首章写订婚，次章写结婚，第三章写教训，第四章写被遗弃，第五章写受虐待，第六章写决绝。大体按照事件发展顺序，采取概括叙述与细节描写相结合，把恨与悔的感情熔铸于叙事、议论之中，较细腻地刻画了女主人公的心理活动，并展现了她的坚强性格，十分感人。

芄 兰

芄兰之支①，童子佩觿②。虽则佩觿③，能不我知④？容兮遂兮⑤，垂带悸兮⑥。

芄兰之叶，童子佩韘⑦。虽则佩韘，能不我甲⑧？容兮遂兮，垂带悸兮。

【注释】

①芄（wán）兰：也叫萝摩，多年生蔓草，荚实从叶间出生，倒垂如锥形。支：《说文》引作"枝"。芄兰的枝纵横缠绕，像人所挽的绳结。它的荚又像解结用的觿（xī），所以诗人睹物起兴。

②童子：未成年的男子。觿：模样像锥子，用兽角或玉制成，又名解结锥，为成人的佩带物。童子佩觿，标志已成年。

③则：这个"则"字在现代汉语中已没有相当的词儿，勉强可以译作"已经"。

④能：宁，难道。知：识，相识。不我知：不知我，不认识我。

⑤容兮遂兮：等于"容容遂遂"，幽闲安静的样子。

⑥垂带：衣带下垂。悸：心动，此借指衣带摆动。上两句是写姑娘对那个小伙子故作稳重不睬她，走起来垂下的腰带一摆一摆的，很不满意。闻一多说："末二句言外之意是说：'瞧你那假正经！'"

⑦韘（shè）：一名决，俗名扳指，是套在右手大拇指上钩弦的用具。戴上扳指表示能射，也是成人的标志。

⑧甲：借作"狎（xiá）"，亲昵。

【品评】

这是一首很有趣的短小情诗，写一位姑娘有意于一位小伙子，他们本是青梅竹马，两小无猜。可是当男的成人以后，不知什么原因，也许是不好意思吧，小伙子渐渐和她疏远了，甚至碰面也装作不认识，大摇大摆地走过去。姑娘瞧见他那样子，又好笑又好气，心里想：你长大了，就不认识我啦，瞧你那假正经的样子！

这首诗寥寥数语，就把小伙子的腼腆和姑娘心里的恼怒描摹出来了，神情逼肖，清新有味。

伯 兮

伯兮朅兮①，邦之桀兮②。伯也执殳③，为王前驱④。
自伯之东⑤，首如飞蓬⑥。岂无膏沐⑦，谁适为容⑧？
其雨其雨⑨，杲杲出日⑩。愿言思伯⑪，甘心首疾⑫。
焉得谖草⑬，言树之背⑭。愿言思伯，使我心痗⑮。

【注释】

①伯：古代妻子对丈夫的称呼。朅：威武的样子。

②邦：国家。桀：借作"杰"，英杰。以上两句说：我的丈夫非常威武英俊，是国家的人材。

③执：拿。殳（shū）：一种一丈二尺长没有刃口的武器，大概是棍棒一类。

④王：指周天子。前驱：同"先驱"，先头部队。

⑤之：往，去。东：指卫国以东。

⑥首如飞蓬：头发乱得像被风卷起的蓬草一样。蓬：一种丛生的野草，干枯后，风一吹就团团飞舞，所以称"飞蓬"。

⑦膏沐：一种润泽头发的东西，相当现在的发油。

⑧适：悦，喜欢。为容：打扮。这句说，打扮起来讨谁的喜欢呢？言外是说她哪有心思去打扮。

⑨其：表示祈求的语气。

⑩杲（gǎo）杲：日初出光芒四射的样子。上两句是比喻希望落空，大意是：期待着下雨，偏偏又出了红通通的太阳。

⑪愿：每，常常。言：语助词。

⑫首疾：头痛。疾：疾痛。以上两句说，永远思念着丈夫，即使想得头痛也心甘。

⑬焉得：安得，哪得。谖（xuān）：忘。谖草，使人健忘的草。

⑭树：栽植。背：同"北"，指堂屋的北边，或许因其卧室在北。上两句说，哪儿能找到使人健忘的草，把它栽在房子的北边。

⑮痗（mèi）：病痛。

【品评】

这首诗是写妻子深切怀念远征丈夫的，反映了人民对和平生活的渴望。

全诗四章，逼真地表现了一位感情笃挚的思妇形象。首章写她为丈夫是国家的有用人才而自豪，见出她对丈夫相爱之深。这也是她日夜思念的感情基础。次章笔锋陡转，写丈夫走后自觉生活空虚乏味，连日常不可少的梳洗打扮也无心去做了。诗人以"首如飞蓬"这个生活中的典型细节，非常形象地展现出她内心的痛苦。第三章巧妙地运用比喻和反衬的手法把她思念的深情具体化。第四章更以幻想得到一种使人忘忧的草，来反衬出她的痛苦无法解脱，从而唤起读者对她的深刻同情。

木　瓜

投我以木瓜①，报之以琼琚②。匪报也③，永以为好也④。

投我以木桃，报之以琼瑶⑤。匪报也，永以为好也。

投我以木李，报之以琼玖⑥。匪报也，永以为好也。

【注释】

①投：扔。木瓜：属蔷科，丛生灌木，果实椭圆形，可食。姚际恒以为木瓜就是"瓜"，同下两章"木桃""木李"就是"桃""李"一样。（《诗经通论》）王夫之说："木瓜、木桃、木李者，盖刻木为之，以供戏弄。"（《诗经稗疏》）王氏与传统的解释不同，可备一说。

②报：回赠。琼琚（qióngjū）：美色的佩玉。

③匪：同"非"，不是。

④好：相爱。

⑤琼瑶：美玉。

⑥玖（jiǔ）：黑色的玉。按：三章中"琼琚""琼瑶""琼玖"皆泛指美玉，变换是为了谐韵。

【品评】

这首是男女互赠定情物的歌词。古代采集野果的工作一般由妇女担任，她们在劳动时碰见自己心爱的小伙子，往往随手投掷果子给他们传递情意。这首诗中的男子接到情人投掷过来的果子，他深深懂得这不是平常的瓜、桃、李，而是一颗赤诚的少女的心，他高兴地接受了她的爱情，马上解下自己所佩戴的美玉回赠给她，表示永久相爱。

这首诗所写的古代青年男女选择对象的一种社会风俗，大概是从原始社会传下来的，直至今天西南少数民族中还可以看到这一遗俗的某些影子。(参见顾颉刚《史林杂识·抛彩毬》)

全诗三首，只换了几个字，意思完全一样。诗人用这种复沓形式，反复歌唱，淋漓酣畅地倾吐自己永结情好的意愿。

王风

王，是"王畿"的简称，即东周王朝的直接统治区，大致包括今河南的洛阳、偃师、巩县、温县、沁阳、济源、孟津一带地方。"王风"就是这个区域的诗。

东周王朝失去了原来的宗主地位，对诸侯国非但无力控制，而且要受到强大诸侯国的欺凌，领土日见削减。然而在春秋之初，周王朝还不免要摆出一副天子尊严的架势，对所谓"无礼"的诸侯国进行征伐，但可悲的是，总是以失败告终。

正因为东周王朝前期征伐频繁，又加上大贵族集中，生活奢侈，所以不得不加重对自己统治区人民的压迫和剥削。在沉重的兵役、劳役、经济负担之下，造成不少旷夫怨女和流浪汉，人民普遍地感到生活一天天下降，大大不如东迁以前了。"王风"的十首诗歌中，大部分就是反映人民的这种痛苦呻吟和怨恨的。

"王风"与"周南"来源地部分相同，但它们的曲调是不同的。编入"王风"的是东周王畿的土乐，编入"周南"的则是受"南音"影响的外来乐。

"王风"共有十首，本书选其中八首。

黍　离

彼黍离离①，彼稷之苗②。行迈靡靡③，中心摇摇④。知我者，谓我心忧⑤；不知我者，谓我何求⑥？悠悠苍天⑦，此何人哉⑧！

彼黍离离，彼稷之穗，行迈靡靡，中心如醉。知我者，谓我心忧；不知我者，谓我何求？悠悠苍天，此何人哉！

彼黍离离，彼稷之实，行迈靡靡，中心如噎⑨。知我者，谓我心忧；不知我者，谓我何求？悠悠苍天，此何人哉！

【注释】

①黍（shǔ）：亦称糜子。我国北方栽培多，子粒可食用或酿酒。离离：一行行的。"离离"直贯下句，下句"苗"兼指上句。下两章同此。

②稷（jì）：粟，小米；一说是高粱。上两句说那黍和稷的苗一行行的。

③迈：行，走。行迈：行走。靡靡：迟迟，缓慢的样子。

④中心：心中。摇摇：心神不宁的样子。上两句写途中的心情：我慢慢地走着，心里很不安定。

⑤谓：说。

⑥何求：求什么。

⑦悠悠：遥远的样子。

⑧此：指西周故都满目凄凉的景象。上两句是诗人触景伤情，呼天责问，大意是：老天哪，老天，这种景象是谁造成的啊！

⑨噎（yē）：塞住。这句说，我心中好像被东西塞着一样的难受。

【品评】

这是一首慨叹西周王朝盛衰兴废的诗。作者是一位旧贵族，表面看，悲的是西周王朝灭亡，实际是感伤本阶级的没落。郭沫若说过："《黍离》是周室遭了犬戎的蹂躏，平王东迁以后的丰镐的情形。相传周室东迁以后，所有旧时的宗庙官室尽为黍稷。周的旧臣行役过旧都，便不禁心中悲怆，连连呼天不止。这样的三章诗，的确很有缠绵悱恻的情绪。"（《沫若文集》第十四卷，第一九〇页）三章诗意思相同，每章开头是满目凄凉，结尾含蓄无穷，悲伤欲绝。

君 子 于 役

　　君子于役①，不知其期。曷至哉②？鸡栖于埘③。日之夕矣④，羊牛下来⑤。君子于役，如之何勿思⑥？

　　君子于役，不日不月⑦。曷其有佸⑧？鸡栖于桀⑨。日之夕矣，羊牛下括⑩。君子于役，苟无饥渴⑪？

【注释】

　　①君子：妻子称呼她的丈夫。于：往。于役：就是服役的意思。

　　②曷（hé）：何。曷至哉：什么时候回来啊？

　　③栖（qī）：禽鸟宿于窝中为"栖"。埘（shí）：土墙凿洞作成的鸡窝。

　　④之：其，将。

　　⑤下来：指从高地往回走。

　　⑥如之何：怎么。

　　⑦不日不月：无日无月，指没有准期。

　　⑧有：又。佸（huó）：相会。又佸，再会。

　　⑨桀：木桩，这里指鸡窝中给鸡栖息的横木。

　　⑩括（kuò）：义同"佸"，这里指牛羊聚集一处。

　　⑪苟：如，这里有"大概"的意思。饥渴：言外包含疾病死难在内。"苟无饥渴"是妻子揣度的话，也是她的希望，表现出她的内心深切的忧虑。

【品评】

　　这首诗写妻子怀念长期远出服役不归的丈夫。这是沉重的兵役、徭役给人民带来的灾难，在大动乱的春秋时代是个普遍的社会问题。

这首诗好像素描写生，画面栩栩如生：在薄暮黄昏的时候，夕阳把暗淡的余晖洒向大地，一个少妇孤独地望着那高处一群群牛羊正往村中走来，鸡也进了窝。自然，奔走劳作的人们也纷纷回家休息了——黄昏啊，这本是家人团聚的时候，而她呢？远行服役的丈夫，竟没有归期，此时此刻，面对此景，怎不叫她思念？怎不叫她为丈夫的安全而担忧？山村黄昏的景色天天如此，月复一月，年又一年，这个少妇的忧愁又何时是尽头呢？人们不禁要为她的命运而担忧，对制造灾难的统治阶级无比憎恨！

这首短诗艺术技巧相当高，诗人巧妙地运用对比和烘托的方法，创造了日暮黄昏的典型环境，同思妇孤寂、焦虑的情感融合在一起，形象极鲜明感人。

扬 之 水

扬之水①，不流束薪。彼其之子②，不与我戍申③。怀哉怀哉④！曷月予还归哉⑤？

扬之水，不流束楚⑥。彼其之子，不与我戍甫⑦。怀哉怀哉！曷月予还归哉？

扬之水，不流束蒲⑧。彼其之子，不与我戍许⑨。怀哉怀哉！曷月予还归哉？

【注释】

①扬：激扬，形容水流湍急。连下句是以湍急的流水不能冲走一捆柴草起兴。"扬之水"在《诗经》中屡见，大约是当时民歌中的套语，诗人借作开头，与下文不一定有意义上的联系。

②彼其之子：那个人。其：一作"己"、"记"，语助词。"彼"与"之"是复指，即那个的意思。"彼其之子"句在风诗中多次出现，所

指有男有女，并大多同爱情有关，此诗中所指也可能是诗人的妻子或情人。

③戍（shù）：防守。申：周代姜姓侯国，故址在今河南唐河南，春秋初期为楚国所灭。按：三章中分别说"戍申""戍甫""戍许"是互文见义，用意在说明士兵外戍之久和调防频仍。

④怀：想念。

⑤曷：何。予：我。这句说，我哪个月才能回家啊！

⑥楚：牡荆。

⑦甫：即吕国，也是姜姓侯国，故址在今河南南阳县西，春秋初期为楚国所灭。

⑧蒲：水草。

⑨许：见本书《卫·载驰》注⑯。按：申、吕、许，与东周王国相毗邻，与强楚迫近，为了抵御楚国的进攻，它们之间可能有过联防的统一行动。所以诗中申、吕、许并提。

【品评】

这首是东周王朝驻守外地的士兵唱的思乡歌，反映了他们对长期远戍、一再调防的不满情绪。郑玄说："申国在陈、郑之南，迫近强楚，王室微弱，而数见侵伐，王是以戍之。"（《毛诗正义》）《竹书纪年》载有周平王三十三年（前七三八）"楚人侵申"和三十六年"王人戍申"的事。据此，这首诗当作于春秋初年。

中谷有蓷

中谷有蓷①，暵其干矣②。有女仳离③，嘅其叹矣④。嘅其叹矣，遇人之艰难矣⑤。

中谷有蓷，暵其脩矣⑥。有女仳离，条其歗矣⑦。条其歗

62

矣，遇人之不淑矣⑧。

中谷有蓷，暵其湿矣⑨。有女仳离，啜其泣矣⑩。啜其泣矣，何嗟及矣⑪。

【注释】

①中谷：谷中。蓷（tuī）：药草名，即益母草。

②暵（hàn）：干旱，这里指蓷枯萎。以上两句是以干枯的蓷兴弃妇遭遇的不幸。

③仳（pǐ）离：分离，这里指被遗弃离开夫家。

④嘅（kǎi）：叹息的样子。以上两句说：有一个女子被遗弃了，她痛苦地长吁短叹着。

⑤艰难：这里指认清一个人的面目不容易。

⑥脩（xiū）：干肉，这里就是干的意思。

⑦条其歗（xiào）：深深地叹息着。条：长的样子。歗：同"啸"，撮口发声，这里指长声叹息。

⑧淑：善，好。

⑨湿：借作"暵（qī）"，将干燥。

⑩啜（chuò）：哭泣的样子。

⑪何嗟及矣：据陈奂说当作"嗟何及矣"，意思是说懊悔已来不及了。

【品评】

这首诗是悲叹一个女子被遗弃后孤苦无告。诗人对她的不幸遭遇非常同情，惋惜她错嫁给负心汉，现在已追悔莫及了。

每章的前四句写弃妇的不幸遭遇，后两句是诗人对弃妇的同情，但前后章意思有递进：首章说识人之难，次章说嫁了个坏人，末章说追悔莫及。诗人把弃妇的遭遇归结为错嫁的偶然的原因，而不认识这是"男尊女卑"的不合理社会造成的，这是时代的局限。

兔　爰

有兔爰爰①，雉离于罗②。我生之初，尚无为③；我生之
后，逢此百罹④。尚寐无吪⑤！

有兔爰爰，雉离于罦⑥。我生之初，尚无造⑦；我生之后，
逢此百忧。尚寐无觉⑧！

有兔爰爰，雉离于罿⑨。我生之初，尚无庸⑩；我生之后，
逢此百凶⑪。尚寐无聪⑫！

【注释】

①爰爰：读作"缓缓"，放纵的样子，此指野兔行动逍遥自在。

②雉（zhì）：野鸡。离：同"罹（lí）"，遭受。罗：捕鸟的网。
以上两句是以狡兔逍遥自在和野鸡遭难起兴，暗喻现实生活极不平等，
人民在统治阶级高压下苦难重重，没有一点自由。

③初：以前。我生之初，指他先辈生活的时代。尚：还。为：劳
役。古代"为"与"緜"同字。

④百罹：多种忧患。百：表示多，非实指。以上两句是感伤自己生
不逢时。

⑤寐（mèi）：睡着了。吪（é）：动。尚寐无吪，还是睡着不醒好，
言外之意是说死掉舒服。

⑥罦（fú）：一种设有机轮的捕鸟的器具，又称覆车。

⑦造：义同"为"。

⑧觉：知觉。

⑨罿（tóng）：同"罦"。

⑩庸：指劳役。

⑪凶：灾难。

⑫聪：闻。

【品评】

这首诗写周代王畿人民的悲惨生活。他们在沉重的徭役下无法生存，希求一死了事。这是对周王朝统治者们的血泪控诉！由于东周王朝失去了共主地位，不可能再从诸侯国得到大量贡物，而为了要维护他们的统治和生活享受，就不得不加重对直接统治区人民的劳役负担和经济剥削，致使王畿人民感到无法活下去。诗中用"我生之初"与"我生之后"对比，在沉痛叙述中隐含着愤激情绪。"尚寐无吡"，这只是爆发前的沉默。春秋时代，以平民为主体的"国人"暴动，正是这一情绪的进一步发展。

葛 藟

绵绵葛藟①，在河之浒②。终远兄弟③，谓他人父④。谓他人父，亦莫我顾⑤。

绵绵葛藟，在河之涘⑥。终远兄弟，谓他人母。谓他人母，亦莫我有⑦。

绵绵葛藟，在河之漘⑧。终远兄弟，谓他人昆⑨。谓他人昆，亦莫我闻⑩。

【注释】

①绵绵：长而不断的样子。葛藟（lěi）：葛藤。葛是一种藤本植物，块根，茎可作纤维。

②浒（hǔ）：水边。

③终：既。远：远离。兄弟：泛指亲人。

④谓：称呼。"父"，与下两章"母""昆"互文见义。以上两句大

意是，既远离了家乡亲人，就不得不把别人当爹作娘，以求照顾。

⑤莫我顾：莫顾我，不肯照顾我。

⑥涘（sì）：水边。

⑦有：同"友"，相亲。

⑧漘（chún）：水边。

⑨昆：兄长。周人称兄弟为"昆"。

⑩闻：同"问"，相恤问，相怜惜。

【品评】

这首是一个流浪者诉述自己流落他乡之苦的诗。他在行途中目睹葛藤环绕本根生长。不由得想到自己流离失所，与亲人隔绝。为了生活，他不得不在人家面前求爹告娘，而人家却不肯给一点照顾。

这首诗仿佛从流浪者的肺腑中流出，沉痛悲切，非亲自经历者是作不出来的。

采　葛

彼采葛兮①。一日不见，如三月兮！

彼采萧兮②。一日不见，如三秋兮③！

彼采艾兮④。一日不见，如三岁兮⑤！

【注释】

①彼：他。葛：见本书《葛藟》注①。"采葛"与下两章"采萧"、"采艾"都是想象对方在劳作。

②萧：又名香蒿，古人祭祀时燃烧以取其香气降神。

③三秋：三季，即九个月。因秋日萧瑟，最容易勾起相思之情，所以单举"秋季"，以"秋季"为季节单位，"三季"就是三个季节，不

66

能理解为三年。

　　④艾：菊科植物，制成艾绒，可灸病。

　　⑤三岁：三年。

【品评】

　　这首一首怀念情人的诗。对于热恋中的情人，分离是极大的痛苦，哪怕是短暂的时光，在他或她的感觉上也是觉得很长，难以忍耐的。此诗的作者就是如此，一天没有见着情人，就有三月、三季、三年的感觉，表现出对情人无比深切而热烈的爱。

　　这首诗运用了夸张的手法来描写心理活动，三章中只换了几个字，便把想念情人愈来愈强烈的心情，真实地表现出来了。"一日不见，如隔三秋"这句话，至今活在人们的口头上。

大　车

大车槛槛①，毳衣如菼②。岂不尔思③？畏子不敢④。

大车啍啍，毳衣如璊⑤。岂不尔思？畏子不奔⑥。

榖则异室⑦，死则同穴⑧。谓予不信，有如皦日⑨。

【注释】

　　①大车：牛车。槛（kǎn）槛：车行走的声音。下章"啍（tūn）啍"，同此。

　　②毳（cuì）：原为兽类的细毛，这里指毛织品。毳衣：用毛织品缝制的衣服。菼（tǎn）：初生的荻，淡青色。如菼：指衣服如菼一样是淡青色的。这里以驾车小伙子所穿的衣服来暗指他，在修辞学上称为借代，这是风诗中常用的手法。

　　③岂不尔思：哪里是不想念你。尔：你，指驾车的小伙子。

④畏：怕。子：你，与上句所指相同。不敢：从下章看，就是不敢逃走。

⑤璊（mén）：赤色的玉。如璊：指衣服像璊一样是赤色。按：驾车小伙子有时穿淡青色的，有时穿赤色的，两章意思互为补充。

⑥奔：逃走。

⑦毂：生。异室：古谓"男有室，女有家"，所以，"异室"就是不能结婚的意思。

⑧穴：墓穴。以上两句表示爱情生死不渝，说：纵然活着的时候不能成婚，死后也要埋葬在一起。

⑨予：我。信：诚实。如：是，这。皦：同"皎"，明亮。以上两句是指日发誓：如以为我不诚心，太阳可以作证！

【品评】

这是一首表示爱情生死不渝的诗，似是一个姑娘爱上了一个驾大车的小伙子，在某种阻挠下，他们不能自由结合，这位泼辣果敢的姑娘对此毫不示弱，她坚定地要求情人和她一块逃走。也许是这个小伙子还在犹豫，因而她指日作证，向他表示愿同生死的决心。

郑风

　　周宣王二十二年（前八〇六）封其弟友于郑。郑地，即今陕西的华县。友，就是郑桓公，当犬戎攻破西周王朝时，他与周幽王同时被杀。其子郑武公与平王东迁，并吞了虢国与桧国的领土，沿袭旧号，命名新都为新郑（今河南的新郑县）。春秋时代郑国的统治区大致包括今河南的郑州、荥阳、登州、新郑一带地方。"郑风"就是这个区域的诗。

　　郑国与东周王畿接壤，地处中原，文化较发达，春秋之际，人民创造了一种具有地方色彩的新曲调，激越活泼，抒情细腻，较之迟缓凝重的"雅乐"，无疑是一个进步。所以当时的名人季札听了也不禁要脱口赞道："美哉，其细也甚！"孔丘责备"郑声淫"，要"放郑声"，就是害怕郑国这一"激越活泼"的新声，会取代周王朝的正乐。

　　"郑风"中绝大部分是情诗，这虽同郑国有溱水、洧水便于男女游览聚会有关，但更主要的是同郑国的风俗习惯密不可分。从《溱洧》一诗看，郑国的上巳节，实际就是一个青年男女谈情说爱的节日。正因为郑国保留着男女自由交往的某些古代遗风，所以也就影响了人们的思想。如郑厉公四年（前六九七），郑国大臣祭仲的女儿雍姬问她的妈妈："父亲与丈夫哪个亲近些?"她的妈妈答道："父亲只能有一个罢了，而丈夫却个个男人都可做。"一个世家命妇居然用这种亵渎礼教的话来教育自己的女儿，郑国一般人民的男女观念，那就更可想而知了。懂得了这点，再读郑风中那些大胆的情诗，也就好理解了。

　　当然，从郑国人民歌唱的本身说，恐怕反映自己劳苦和怨愤的诗歌也决不会少的。何况郑国当"虎牢"天险，是兵家必争之地，古人曾指出"春秋战争之多者，无如郑"，但是，频繁的战争给人民带来的苦难，却在"郑风"中看不到。这可能是编选者排斥的结果。

"郑风"共有二十一首诗，本书选其中十一首。

将 仲 子

将仲子兮①，无逾我里②，无折我树杞③。岂敢爱之④？畏我父母⑤。仲可怀也⑥，父母之言，亦可畏也。

将仲子兮，无逾我墙，无折我树桑。岂敢爱之？畏我诸兄⑦。仲可怀也，诸兄之言，亦可畏也。

将仲子兮，无逾我园⑧，无折我树檀⑨。岂敢爱之？畏人之多言。仲可怀也，人之多言，亦可畏也。

【注释】

①将：请。仲子：男子的名字；一说仲是排行第二，"仲子"如同现在称呼"二哥"。

②无：毋，不要。逾（yú）：跨越。里：居，住处，这里指住屋的墙。

③折：折断。树杞（qǐ）：杞树，是柳一类的树。倒文是为了押韵。

④敢：这里已失去原来字义，只表示谦敬的语气。之：指杞树。

⑤以上五句是请求情人不要爬她家的墙头，以免折断了杞树枝条，这并不是爱惜杞树，而是怕父母发觉。

⑥仲：是"仲子"的省称，表示亲昵。怀：想念。

⑦诸兄：泛指家族中的兄长。

⑧园：指园墙。

⑨檀（tán）：树名。

【品评】

这首诗写一个女子在旧礼教的压迫下，忍痛拒绝情人前来幽会。诗人委婉的语言，真实细腻地表达了这个女子的内心矛盾和痛苦心境，她一方面在父母、兄长、外人等各种势力的干涉下，不敢同情人接近，一方面又确实想念情人，欲拒心不忍，最后只得向对方说明自己的苦衷。

大 叔 于 田①

叔于田②，乘乘马③，执辔如组④，两骖如舞⑤。叔在薮⑥，火烈具举⑦。袒裼暴虎⑧，献于公所⑨。"将叔无狃⑩，戒其伤女⑪！"

叔于田，乘乘黄⑫，两服上襄⑬，两骖雁行⑭。叔在薮，火烈具扬⑮。叔善射忌⑯，又良御忌⑰。抑磬控忌⑱，抑纵送忌⑲。

叔于田，乘乘鸨⑳，两服齐首㉑，两骖如手㉒。叔在薮，火烈具阜㉓。叔马慢忌㉔，叔发罕忌㉕。抑释掤忌㉖，抑鬯弓忌㉗。

【注释】

①原《诗经》中这首诗的前一首是《叔于田》，这里特加"大"字以与上篇区别。"大"是大小之"大"，旧读为"太"，误。古代"大"与"长"相通，加"大"字表示比上篇《叔于田》篇幅长。

②叔：对猎者的尊称。于田：去打猎。于：往。田：通"畋"，猎取。

③第一个"乘"字作动词用，即乘坐。第二个"乘"字作数词用，"乘马"，即四匹马。这句说，坐着四匹马驾的车子。

④执辔（pèi）如组：几根缰绳整齐地握在手中如编织一样。执：拿。辔：缰绳。组：编织。

⑤两骖（cān）如舞：两旁驾车的马像舞队的行列一样整齐。骖：古代四匹马驾一辆车，中间的两匹马叫"服"，两旁的马叫"骖"。

⑥薮（sǒu）：大泽，禽兽聚居的地方。

⑦烈：通迾（liè），与"遮"同义，即阻断的意思。具举：俱举，同时烧起火。举：举火。上两句是说猎者在大泽的周围一齐烧着火，断绝野兽的逃路。

⑧袒裼（xí）：肉袒，脱衣露出肉体。暴虎：空手同虎搏斗。"暴"与"搏"相通。

⑨公所：指收藏猎物的处所。

⑩将：请。狃（niǔ）：习，经常如此，不当一回事。指常肉搏虎。

⑪戒：警惕。其：指老虎。女：汝，你。以上两句是劝猎者不要再空手斗虎了，要警惕被老虎伤害。这是对猎者的关怀。

⑫黄：黄马。按：诗三章分别说乘马、乘黄、乘鸨，是互文足义，意思是说，驾车的四匹马毛色有黄的，也有黑白相间的。

⑬上：前。襄：驾。

⑭雁行：雁群飞行的行列。此兼指服马。以上两句大意是：服马与骖马一前一后，像雁群飞行一样。

⑮扬：上扬，此指火光腾起。

⑯忌：同"已"，语助词。

⑰良御：善于驾驶车马。

⑱抑：或者。磬（qìng）：止住马不让前进。控：引，开弓射箭。

⑲纵：放纵，此指射出箭。送：追赶。以上两句写猎者高超的骑射技术。大意是：或止马张弓，或追赶射击。

⑳鸨（bǎo）：指毛色黑白相间的马。

㉑齐首：齐头，指两匹服马齐头并进；一说两服在前如人首。齐：如。

㉒两骖如手：这是说御者指挥两匹骖马，像使用自己的手一样自如；一说两骖稍后，如人的两只手。

㉓阜：旺盛，此指火焰炽烈。

㉔慢：慢走。

㉕发：射箭。

㉖释：解下。抈（bīng）：箭壶的盖子。释抈：表示将要把箭装进

箭壶。

㉗鬯（chàng）：通"韔"，弓囊，此作动词用。鬯弓：就是把弓装进弓囊里。

【品评】

这首诗赞美一个猎人勇猛且又本领高超，首章以徒手搏虎，显出他的勇敢；次章以驱车逐兽，展现他的骑射本领；三章以猎毕收场，表现他的从容态度。全诗以赋为主，间或用比，完整地表现了初猎、猎中、猎毕的过程，次第井然。诗人以敏锐的观察力，捕捉了猎者富有特征的动作，加以铺叙渲染，把他的形象描绘得活灵活现。姚际恒说此篇"描摹工艳，铺张亦复扬厉，淋漓尽致，为《长杨》《羽猎》（扬雄的作品）之祖"，是颇有道理的。

清　人

清人在彭①，驷介旁旁②。二矛重英③，河上乎翱翔④。
清人在消⑤，驷介麃麃⑥。二矛重乔⑦，河上乎逍遥。
清人在轴⑧，驷介陶陶⑨。左旋右抽⑩，中军作好⑪。

【注释】

①清人：清邑之人。"清"是郑的邑名，在今郑州东南三十公里左右。彭：地名。《毛传》："彭，卫之河上，郑之郊也。"

②驷（sì）介：四匹被甲的马。旁旁：《说文》引诗作"骈（péng）骈"。"旁"是"骈"的借字。骈骈：马雄壮的样子。这句说四匹被甲的马驾着战车，威风凛凛的。

③二矛：一车设二矛，以防备折坏。重（chóng）英：加上英饰。"英饰"是用染红的毛羽或染红的丝线做的，相当于现在刀矛上缠上红

缨以作装饰。

④河：黄河。翱翔：鸟回旋飞行的样子，这里是形容操练时左右盘旋。

⑤消：地名。《毛传》："消，河上地也。"

⑥麃（biāo）麃：威武的样子。

⑦乔：《韩诗》作"鷮（jiāo）"。"乔"是"鷮"的假借字。鷮：雉的一种，又称"鷮雉"。重鷮是加上鷮羽作为英饰。

⑧轴：地名。《毛传》："轴，河上地也。"按：彭、消、轴都是黄河边的郑地，三地大约相距不远。

⑨陶陶：驰驱的样子。

⑩左旋右抽：闻一多说"身左旋以右手抽拔兵刃，以习击刺。"

⑪中军：春秋军制分上、中、下三军。"中军"是由主帅亲领。作好：容好，指军容威严。这句突出中军，目的在夸奖主帅指挥有方。

【品评】

这首诗是描写郑国清邑的士兵军事训练的，赞扬其军容严整，战术精熟，充满着勇武的精神。

旧注以为此诗是讽刺郑文公和郑将高克的，但诗意并无讽刺意味，故不取。

女 曰 鸡 鸣

女曰："鸡鸣?"士曰："昧旦①！子兴视夜②，明星有烂③。将翱将翔④，弋凫与雁⑤。"

"弋言加之⑥，与子宜之⑦。宜言饮酒，与子偕老⑧。琴瑟在御⑨，莫不静好⑩。"

"知子之来之⑪，杂佩以赠之⑫，知子之顺之⑬，杂佩以问之^⑭；知子之好之^⑮，杂佩以报之^⑯。"

【注释】

①士：丈夫。《说文》："士者，夫也。"昧旦：黎明。

②子：你。兴：起来。

③明星：行星名，即金星，天将亮时出现于东方，所以又称启明星。有烂：烂烂，明亮的样子。

④翱翔：回旋飞翔。

⑤弋（yì）：一种带丝绳的箭，这里用作动词，射的意思。凫（fú）：野鸭。上六句大意是：妻子问："鸡叫了？"丈夫说："天快亮了！你起来看看天色，启明星亮得很呢！鸟儿快要出来飞翔了，我该去猎取野鸭和大雁了。"

⑥言：语助词。加：射中（zhòng）。之：它，指上章凫与雁。

⑦宜之：使之宜，即将凫、雁做成美味。宜：适合，此指可口。

⑧以上四句说：你射来野鸭、大雁，我替你做成美味，好菜加上好酒，祝愿我们相爱到老。

⑨御：本意为驾驶车马，这里指乐器调好了弦。这句非实写，而是比喻，古代常以琴瑟比喻夫妇的关系。

⑩静好：安好。上两句承接"偕老"，大意是：夫妇关系就像调好弦的琴瑟一样，没有不协调的。

⑪来：劳来，关怀。

⑫杂佩：用多种类型的珠玉组成的佩饰，称为"杂佩"。《离骚》："佩纷纷其繁饰兮"，就是说的这种"杂佩"。之：语助词。

⑬顺：顺从，亲热。

⑭问：遗（wèi），赠送。

⑮好：相好，恩爱。

⑯报：赠物报答。

【品评】

这首诗通过夫妇间关于日常生活的对话，表现了劳动人民和谐的家庭生活，以及夫妇间真挚的感情。首章是妻子与丈夫一问一答；次章妻子对答丈夫；三章丈夫再答妻子。

这首诗通篇都是对话，生动逼真，情趣盎然，确如前人所赞美的"脱口如生，传神之笔"。

萚　兮

萚兮①，萚兮，风其吹女②。叔兮，伯兮③，倡④，予和女⑤！

萚兮，萚兮，风其漂女⑥。叔兮，伯兮，倡，予要女⑦！

【注释】

①萚（tuò）：落叶。

②其：将。女：同"汝"，你，指落叶。

③叔、伯：女子对爱人的称呼。叔、伯是一个人。

④倡（chàng）：领唱。

⑤予和（hè）女：我和你。

⑥漂：同"飘"。

⑦要（yāo）：成，相合，即和的意思。

【品评】

这首是劳动时唱和的情诗，是女辞。一位姑娘看到风吹树叶，四处飞扬，心有所感，随口编唱了这首歌。男女唱答，本是民歌常见的形式，这首短诗可能是一组对唱歌词的开头一节，其后还有男的唱词。诗的情调非常欢快，富有节奏感，同劳动的动作完全协调。

褰 裳

　　子惠思我①，褰裳涉溱②。子不我思③，岂无他人？狂童之狂也且④！

　　子惠思我，褰裳涉洧⑤。子不我思，岂无他士⑥？狂童之狂也且！

【注释】

　　①子惠思我：蒙你见爱想念我。惠：爱。

　　②褰（qiān）裳：提起裤子。溱（Zhēn）：水名，发源于河南密县东北圣水山谷。这条河水比较浅，稍提起裤管就能渡过。《孟子·离娄》中，有郑子产用车子渡人过溱洧的记载。后来连河道也被淤塞了。

　　③不我思：不思我。连下句说：你不想念我就算了，难道没有其他的男人么？

　　④狂童：傻小子。狂：痴愚。且（jū）：语助词。这句是姑娘同那小伙子开玩笑的，她说：你这个傻子中的傻子啊！意思说他最傻。

　　⑤洧：水名，发源于河南登封县东阳城山。溱、洧是郑国两大河流，在密县汇合，为双洎河。诗两章分指二水，只是换韵的需要，并非真的要情人渡过这两条河。

　　⑥士：男子的通称。他士：别的男人。

【品评】

　　这是一位姑娘和她所爱的小伙子开玩笑的情诗。这个姑娘非常爽朗、泼辣，她要那个小伙子渡水过来同她相好，证实爱情忠贞，要是不来，追求她的小伙子有的是！这是大胆主动的追求和试探，意在要小伙子当机立断，明确表态。另外也可看出，她是多么希望得到对方肯定的答复啊！这个姑娘在爱情问题上是锋芒毕露的，绝不同于后来在封建礼教束缚下的女性。

风　雨

风雨凄凄①，鸡鸣喈喈②。既见君子③，云胡不夷④？
风雨潇潇⑤，鸡鸣胶胶⑥。既见君子，云胡不瘳⑦？
风雨如晦⑧，鸡鸣不已。既见君子，云胡不喜？

【注释】

①凄凄：凄凉冷静。

②喈（jiē）喈：象声词，鸡呼伴的叫声。上两句是兴。它创造了一个孤寂悲凉的气氛，烘托出女子思念丈夫的痛苦心境。

③既：终于，用在这里颇有"突然"的意味。君子：妻称丈夫。

④云：语助词。胡：何，怎么。夷：平，指心情由焦虑到平静的变化。

⑤潇（xiāo）潇：形容风雨声猛烈而急促。

⑥胶胶：象声词，鸡呼伴的叫声。

⑦瘳（chōu）：愈，病好了，这里指心情一下子变得愉快了，如陡然病愈。

⑧晦：夜晚。这句说，风紧雨急，天色阴沉，就像夜晚。

【品评】

这首诗写妻子乍见到久别的丈夫时的喜悦心情。在一个风雨大作、天色阴沉的日子里，她的周围除听见鸡叫声外，一切是那么沉寂，那么悲凉。可怕的寂静使她更加怀念阔别的丈夫。谁能想到就在这当儿，丈夫忽然到家了，霎那间她的一切忧愁烦恼，化为乌有，真像大病霍然得到痊愈，高兴得叫她没法说。诗人在三章中用了夷、瘳、喜三个字，便把这个思妇一霎那间感情的起伏变化传达出来了，使我们不能不佩服这位无名诗人"善于言情，又善于即景以抒怀"（方玉润《诗经原始》）。

子　衿

青青子衿①，悠悠我心②。纵我不往，子宁不嗣音③？
青青子佩④，悠悠我思。纵我不往，子宁不来？
挑兮达兮⑤，在城阙兮⑥。一日不见，如三月兮！

【注释】

①衿（jīn）：衣领；一说通"紟（jīn）"，系衣的带子。子：你，与"衿"是复指。青青：即青色，是衿的颜色。这句如变化一下就是："子，青衿"，即"你，青色的衣领"。这里"青衿"是借指情人。

②悠悠：遥远的样子，这里是形容忧思深长。

③宁：岂，难道。嗣：继续。音：问。嗣音，继续相问，即保持联系的意思。《韩诗》"嗣"作"诒（yí）"，送给。音：音信。上两句从《韩诗》大意是：纵然我没有去你那里，难道你就不能捎个信儿来吗？

④佩：用"青青"来形容"佩"，此"佩"当指佩玉的绶带。

⑤挑达：双声连绵词，急剧地来回走动。这一动作是心情不安的表现。

⑥城阙（què）：城门楼。

【品评】

这首诗写一位姑娘与情人约会，久等不来，急得她团团转，似乎一天没有见着情人，好像隔了三个月一样。她想得入神，以致仿佛看见了情人的青色衣领和佩饰。此时她一腔怨情油然而生，免不得要埋怨情人不捎信来，让她久等。诗用倒叙的方法，很细腻地刻画了这个热恋中的少女缠绵幽怨的心情。

出 其 东 门

出其东门，有女如云①。虽则如云，匪我思存②。缟衣綦巾③，聊乐我员④。

出其闉阇⑤，有女如荼⑥。虽则如荼，匪我思且⑦。缟衣茹藘⑧，聊可与娱⑨。

【注释】

①如云：形容众多。

②匪我思存：不是我想念的。匪：同"非"，不是。思存：想念。

③缟（gǎo）衣：白衣。綦（qí）：暗绿色。綦巾：暗绿色的头巾。"缟衣綦巾"，是穷人家妇女的装束。这里以穿戴作人的代称，下章"缟衣茹藘"同此。

④聊：愿，可以。乐我：使我快乐。员：同"云"，语助词。《韩诗》"员"作"魂"，就是精神的意思。这一章的意思是：出了城东门，漂亮的姑娘多如云，虽然多如云，但都不是我想念的。只有那个白衣绿头巾的姑娘，才可以使我快乐。

⑤闉（yīn）阇（dū）：外城的城门。

⑥如荼（tú）：像茅花。荼：郑玄云"茅秀"即茅花，色白。这句说，姑娘们像白茅花一样美丽。

⑦思且：同"思存"。且：借作徂（cú），《尔雅》："徂，存也"。

⑧茹藘（rúlú）：即茜草，其根可作绛红色染料，这里借指绛红色头巾。

⑨娱：乐。

【品评】

这首诗写一个男子只钟情于一位穷人家的姑娘，尽管其他女子像积云一样多，像茶花一样美丽，但都不能打动他的心，表现了他坚贞的爱情。

野有蔓草

野有蔓草①，零露漙兮②。有美一人③，清扬婉兮④！邂逅相遇⑤，适我愿兮⑥！

野有蔓草，零露瀼瀼⑦。有美一人，婉如清扬。邂逅相遇，与子偕臧⑧。

【注释】

①野：野外。蔓（màn）：延伸。蔓草：茎细长如藤的草类。

②零：落。漙（tuán）：形容露水结成水珠。按：《说文》无"漙"字，李善注《昭明文选》引《毛诗》作"团"，大约古本《毛诗》作"团"。以这两句以相遇的地点起兴，点明了时间——野草蔓生，是春夏之交；露珠晶莹，则是清晨的特征。

③有美一人：即有一美人的变换说法。

④清扬：清明，形容眼珠灵活有神。婉：美丽。上两句描绘女子的貌美，大意是：有一位美人眼珠滴溜溜的，实在漂亮。

⑤邂逅（xièhòu）：不约而相遇，无意中碰见。逅：旧读 gòu。

⑥适：合。上两句说：无意中遇见一位美人，真合我的心愿。

⑦瀼（ráng）瀼：露水多的样子。

⑧偕：同。臧：善，好。偕臧：相爱。

【品评】

　　这是一首求爱的情歌。写一个男青年在露珠晶莹的田野，偶然遇见了一位漂亮的姑娘，她有着一对水汪汪的眼睛，小伙子为她的美丽着了迷，高兴得不得了，马上向她倾吐了爱慕之情。这首诗所反映的男女结合，是非常直率朴实的。这种求爱方式的原始性，反映了当时的婚姻习俗。

　　鲁迅说过："要极省俭的画出一个人的特点，最好是画他的眼睛。"这首诗的作者正是从眼睛来描绘姑娘的美，可见二千多年前的民间诗人就已经为我们提供了这一经验。

溱　洧

　　溱与洧方涣涣兮①，士与女方秉蕑兮②。女曰："观乎③?"士曰："既且④。""且往观乎⑤? 洧之外洵訏且乐⑥!"维士与女⑦，伊其相谑⑧，赠之以勺药⑨。

　　溱与洧浏其清矣⑩，士与女殷其盈矣⑪。女曰："观乎?"士曰："既且。""且往观乎? 洧之外洵訏且乐!"维士与女，伊其将谑⑫，赠之以勺药。

【注释】

　　①溱、洧：见本书《褰裳》注②、⑤。方：正。涣（huàn）涣：水流涨漫的样子。

　　②士与女：泛指春游的男女。秉（bǐng）：拿。蕑（jiān）：生在水边的泽兰，与生在山上的兰草不是一物。郑国的风俗，上巳日男女拿着泽兰，用以扫除邪恶，祈求吉利。

　　③观乎：去看看吧。

④既且：同"既徂（cú）"，已经去过了。徂：往，去。

⑤且往观乎：再去看看吧。且，复，再。

⑥洵（xún）：确实。訏（xū）：大，指盛会的场面。乐：好玩。这句说，洧水的外边确实场面大而好玩。以上两句是女劝男的话。

⑦维：语助词。

⑧伊：语助词。其：他们，即士与女。相谑：互相调笑。

⑨勺药：香草名，三月开花，芳香可爱。古代男女相别赠勺药表示爱慕。

⑩浏（liú）：水清的样子。

⑪殷：众多。盈：充满。这句大意是，男的女的多极了，挤得满满的。

⑫将：相互。

【品评】

这首诗是描写郑国上巳节男女聚会的盛况与欢乐的，反映了当时郑国民间的风俗。上巳节是三月上旬的巳日，曹魏以后定为三月三日。据说春秋时代在三月上巳这一天，郑国男女到溱、洧二水的岸边举行祭祀，消除灾害。少男少女们也借此春游的机会谈情说爱。

这首诗是以第三者的语气来写的，通过对环境、风俗、人物的描述，并穿插对话，生动地展现了聚会中笑谑欢乐的场面与气氛，宛如一幅风俗画。

齐风

　　齐，本是西周初姜尚的封国，后又兼并些小国，是春秋时期的一等大国，其领土大致包括今山东的昌潍、临沂、惠民、德州、泰安等地区以及河北沧州地区的南部。"齐风"就是这个区域的诗。

　　齐国地大物博，盛产鱼、盐，纺织、刺绣等手工业很发达，人口分布也较他国稠密。自太公姜尚历十五世，至齐桓公时（前六八五年即位），称霸于天下。其后再传十四世，政权落入新贵田氏手里，仍号为齐国。

　　在"齐风"中半数以上也是关于婚娶和爱情的诗，其余几首或是反映人民对沉重劳役的不满；或是揭露齐襄公与其妹文姜通奸的丑行；或是描写田猎和射技等。

　　"齐风"除少数讽刺齐襄公的诗可知作于公元前六九七—前六八三年，其余的诗年代多不可考。

　　"齐风"共有十一首诗，本书选其中三首。

鸡　　鸣

　　"鸡既鸣矣①，朝既盈矣②。""匪鸡则鸣，苍蝇之声③。"
　　"东方明矣，朝既昌矣④。""匪东方则明，月出之光⑤。
　　虫飞薨薨⑥，甘与子同梦⑦。""会且归矣⑧，无庶予子憎⑨！"

【注释】

　　①既：已经。

84

②朝：朝堂，国君召会群臣的地方。盈：充满。以上两句是妻子告诉丈夫鸡已叫了，朝堂上的人大约已经满了。

③匪：同"非"，不是。则：之。这两句是丈夫回答妻子的话。他说不是鸡叫，是苍蝇的声音。按：鸡叫与苍蝇的声音绝没有相像的地方，何况在晚上苍蝇也不会嗡嗡的。这里诗人运用了巧妙的讽刺手法，强调了这个官吏的糊涂痴愚。

④昌：盛。这句说，朝堂上人已极多。上两句是妻子再次催促丈夫的话，时间已由鸡叫到东方发白了。

⑤这两句又是官吏回答妻子的话，他还把天亮当作月光，赖着不肯起身。

⑥薨（hōng）薨：虫飞的声音。这里他还以夜间游虫正在活动，证明天未明。

⑦甘：乐。子：你，指妻子。上两句是官吏接着上章说的，意思是：夜间的游虫还在飞的飞、叫的叫呢，咱们还是再睡一觉吧！

⑧会：朝见国君。且：将要。归：指散朝回家。

⑨无庶：是"庶无"的倒文。庶：幸，希望。无予子憎，否定句宾语前置"予""子"都是憎的宾语，即"无憎予子"。无：同"毋"，不要。上两句是妻子对官吏的劝告。她说臣子们朝会结束将要回家了，希望不要让别人来憎恨你和我。这是妻子对丈夫赖着不肯起床的不满。

【品评】

这是一首绝妙的讽刺诗。诗人模拟一个朝官的夫妻对话，惟妙惟肖地画出了这个官吏昏庸腐朽的形象。全诗以对话展开：开头是妻子听见鸡叫，催促丈夫起身去朝会，可是昏庸的官吏竟认为是苍蝇的声音；接着他又把天明当作月光，糊糊涂涂，直到朝会快要散时，他还想做场好梦！在全诗中，作者不着一字评论，让这个官吏用自己的话来自我画像，自我暴露，类似旧戏中丑角的自白。这首诗构思巧妙，表现手法新颖。

东 方 未 明

东方未明，颠倒衣裳①。颠之倒之，自公召之②。

东方未晞③，颠倒裳衣。倒之颠之，自公令之④。

折柳樊圃⑤，狂夫瞿瞿⑥。不能辰夜⑦，不夙则莫⑧。

【注释】

①衣裳：古代"衣"与"裳"有区别，"衣"指上衣，"裳"指裤子。这句说，衣服与裤子穿颠倒了。

②公：公家，指奴隶主统治者。召：召唤，呼喊。之：被召者。这句补充说明穿衣动作慌乱的原因。

③未晞（xī）：天没有亮。晞：借作"昕（xīn）"，日将出。

④令：号令，命令。

⑤柳：指柳条。樊圃：菜园的篱笆。樊：篱笆。圃：菜园。

⑥狂夫：指监督劳动的人。瞿瞿：眼睛瞪视的样子。

⑦辰：通"晨"，指白天。不能辰夜，不能分清白天黑夜。

⑧夙：早。莫：通"暮"。以上两句说：你自己分不清白天黑夜，使得我们不是起早就是摸黑。按：本来是奴隶主强迫他们不分白天黑夜地干活，但是诗人不这样直说，却讲奴隶主因为分不清白天黑夜，使我们没日没夜地干。这就显得风趣幽默，话中有刺，充满着对奴隶主的怨恨与轻蔑。

【品评】

这首诗反映了奴隶对繁重劳役的不满。这一、二两章意思相同，说因统治者紧急召唤，天不亮就慌慌张张地爬起来，把衣服裤子都穿颠倒了；第三章说被召唤去是砍折柳条编扎菜园的篱笆，劳作时被人监督着，不分白天黑夜地干。诗人在简短的事实叙述中，抒发了自己的不满情绪。

猗 嗟

猗嗟昌兮①，颀而长兮②，抑若扬兮③，美目扬兮④。巧趋跄兮⑤，射则臧兮⑥。

猗嗟名兮⑦，美目清兮⑧。仪既成兮⑨，终日射侯⑩，不出正兮⑪，展我甥兮⑫。

猗嗟娈兮⑬，清扬婉兮⑭。舞则选兮⑮，射则贯兮⑯，四矢反兮⑰，以御乱兮⑱。

【注释】

①猗嗟：赞叹声。昌：盛，这里有健壮的意思。

②颀（qí）而：颀然，高高的样子。

③抑若：抑然，美丽的样子。抑：通"懿"，美。《韩诗》"抑"作"懿"。古代称额头宽阔为"扬"。一说抑、扬就是俯仰，这里是说射者一俯一仰的动作很有风度。

④扬：举目。这里是形容眼睛灵活有神。上四句是描写射者体貌的美，大意是：啊呀，他多健壮啊，高高的个儿，额头宽宽的，一对漂亮的眼睛，炯炯有神。

⑤趋：快步走。巧趋：脚步敏捷。跄（qiàng）：行走敏捷的样子。

⑥臧：善。上两句写少年走射，说他动作敏捷，精于射技。

⑦名：通"明"，盛。《淮南子·说林》："长而愈明"，高诱注："明，犹盛也。"这句义同上章首句。

⑧清：清朗，形容目光敏锐。

⑨仪：法则，这里指射箭的方法，即射技。成：完备。"仪既成

分"就是说射者掌握的射技全面而纯熟。

⑩侯：即现在的"靶"。

⑪正：即靶上的红心。以上两句写他精湛的射技，从早到晚箭箭命中。

⑫展：诚，确实。甥：古代称女婿或姐妹的儿子为甥。《尔雅·释亲》："妻之父为外舅"，郭璞注："谓我舅者，吾谓之甥；然则，亦宜呼婿为甥。"这句说，真不愧是我的外甥！

⑬娈（luǎn）：健美。

⑭清扬婉兮：是总上两章"美目扬兮"与"美目清兮"而来的，意思是说射者的眼睛灵活有神，很好看。婉：美好。

⑮舞：周代规定射技表演前，射者在乐师的奏乐声中，拿着弓矢起舞。选：齐，指合拍。这句说，射者的舞蹈的动作与乐曲完全合拍。

⑯贯：穿通。姚际恒说："此言射而贯，贯必有力。"

⑰反：复，指箭先后都射中原处。这两句说，箭箭都穿透靶子，一连四根箭从一孔射出。这比上章说的"不出正"难度更大。

⑱御：止，平息。这句意思是赞扬射者有大将的才干，能够担负起平息国家祸乱的重任。

【品评】

这首诗赞美一个善射者。以"展我甥兮"句推测，作者可能是被称赞者的舅父或岳丈。首章写射者的外貌和风度，并点明他善射；第二章写他射技高超，百发百中；第三章写他善射而力大，可以保卫国家。

三章诗都是赋，作者运用铺叙的方法，细致地绘出了射者的身段、面容、风度、眼神、步履，特别是对他的精湛射技，写得尤其具体生动，使我们不能不为这位神箭手矢无虚发而喝彩，惊服他高超的本领。

魏风

魏，是西周初分封的姬姓小国，故址在今山西芮城，鲁湣公元年（前六六一）为晋献公所灭，以其地封给晋臣毕万。战国时魏国的统治者，就是他的后代。

古魏国北与晋国相邻；春秋之初，秦国领土向东扩张，占领了西周王畿故地，魏又西与秦接壤。因此它常受到晋、秦的侵夺。在这种情况下，魏国的统治者既要扩张军备，又不肯克制自己的奢侈生活，因此国内人民所受的经济剥削与兵役负担是很沉重的。现存的魏诗虽然不多，但人民反对剥削和兵役的呼声却是很高的。除此之外，魏风中还可听到某些有识之士忧国忧时的嗟叹。

由上观之，魏诗的时代，我们以为多数应是春秋初期的作品，其中有个别诗或早或迟，很难说。宋人苏辙、朱熹都怀疑魏诗是晋诗，就像邶、鄘都是卫诗一样。不过这也只是推论，无确凿根据。

"魏风"共有七首诗，本书选其中五首。

园 有 桃

园有桃，其实之殽①。心之忧矣，我歌且谣②。不我知者，谓我士也骄③。"彼人是哉④，子曰何其⑤？"心之忧矣，其谁知之⑥！其谁知之！盖亦勿思⑦！

园有棘⑧，其实之食。心之忧矣，聊以行国⑨。不我知者，谓我士也罔极⑩。"彼人是哉，子曰何其？"心之忧矣，其谁知之！其谁知之！盖亦勿思！

【注释】

①之：作宾语"实"提前的标志。其实之殽，就是"殽其实"。

89

殽：古作"肴（yáo）"，食。上两句是起兴，诗人看到园中的桃子，尚可供给人食用，联想到自己有"才"无所用。所以下句他接着说自己心里的忧闷无法解脱，只得放声高歌，聊以自慰。这大概就是后人"长歌当哭"的意思。

②"歌"与"谣"对文是有区别的，用乐器伴唱叫"歌"，清唱叫"谣"。

③谓：认为。士：诗人说明自己属于士阶层。我、士是复指。骄：傲慢。上两句大意是：不了解我心情的人，还以为我这个人傲慢呢！

④彼人：那个人。是：这样，指上面说的"骄"。

⑤子：你。曰：说。其：语助词，这里表示一种疑问语气。上两句是诗人假托别人以问话的语气来批评自己，大意是："那个人如此傲慢，你说是不是？"

⑥其：这里表示一种强调语气，略相当口语的"可"字。连说两句"其谁知之"，是他内心忧愤烦躁情绪的流露。

⑦盖：通作"盍"（hé），何不。亦：语助词。这句是诗人自我慰藉，意思说：没有人了解，你何必再想呢？

⑧棘：枣树。按：古代枣树和酸枣树都可称作"棘"。诗中所说的"棘"是园中所生，因此当指枣树。上两句是起兴，用法与上章首两句同。

⑨聊：姑且。行国：离开本国。行：去，离开。这句意思指要到别的诸侯国谋求出路。

⑩罔极：无常。承上意思说：不了解我的人，还以为我这个人反复无常哩！

【品评】

这首似是士大夫忧时伤己的诗。因为诗中对"忧"的原因与内容没有具体说明，所以历来解说纷纭，牵强附会的地方很多。我们从诗本身分析，只能知道这位作者属于士阶层，他对所在的魏国不满，是因为那个社会没有人了解他，而且还指责他高傲和反复无常，因此他在忧愤

90

无法排遣的时候，只得长歌当哭，自慰自解。最后在无可奈何中，他表示要"去国"远游，置一切不顾了。因此，从诗的内容和情调判断，属于怀才不遇的可能性极大。

这首诗读来给人以"欲言还止"的感觉，前人说它"含蕴沉郁"，确实道出了此诗的风格特征。

陟　岵

陟彼岵兮①，瞻望父兮②。父曰③："嗟④！予子行役⑤，夙夜无已⑥；上慎旃哉⑦，犹来无止⑧！"

陟彼屺兮⑨，瞻望母兮。母曰："嗟！予季行役⑩，夙夜无寐⑪；上慎旃哉，犹来无弃⑫！"

陟彼冈兮⑬，瞻望兄兮。兄曰："嗟！予弟行役，夙夜必偕⑭；上慎旃哉，犹来无死！"

【注释】

①陟（zhì）：登上。岵（hù）：多草木的山。

②瞻：望。上两句诗人自述登高远望父亲，下两章则是望母、望兄，实际是互文见义。登山远望亲人，反映了行役者深切怀念亲人的心情。

③以下是诗人想象父亲如何惦记着他。下两章手法同此。

④嗟：叹息声，相当"唉"。

⑤予：我。行役：因公事在外奔波跋涉，包括行军、劳役和其他差事。

⑥夙夜：早晚。无已：没得休息。

⑦上：同"尚"，庶几，表示希望的意思。旃（zhān）：之。慎旃：慎之。

⑧犹：还。犹来：指能平安地回来。无止：毋止，不要留在外边。意思是指不要死在外边。上五句大意是：父亲说，"唉，我的儿子在外奔波，早晚没得休息。希望多加小心啊，能平安地回来，可别永远留在外地。"

⑨屺（qǐ）：光秃的山。

⑩季：季子，小儿子。

⑪无寐：没得睡。

⑫无弃：毋弃，等于说"不要丢了性命"。

⑬冈：山顶。

⑭偕：俱，指集体行动。夙夜必偕：指无论早晚都得集体行动，意思是说不能随便休息。这与上两章"夙夜无已""夙夜无寐"同义。

【品评】

这是远地服役者怀念亲人的诗。他自述登上高山，远望故乡的父亲、母亲和兄长，尽管他的肉眼无法看见亲人的形象，然而他的心早已飞到亲人的身边，在幻觉中仿佛听到了亲人对他深情的叮咛和祝颂。诗人把这个幻景写得如此真切，从父母想念儿子、兄长想念弟弟，映衬出行役者对亲人的思念，艺术手段是很高明的，以致使我们今天读来，还能唤起对这个不幸家庭的无限同情，对制造人间灾难的统治者无比愤恨！

十亩之间

十亩之间兮①，桑者闲闲兮②。行，与子还兮③。
十亩之外兮④，桑者泄泄兮⑤。行，与子逝兮⑥。

【注释】

①十亩：疑为某块桑田的代称，现在农村里还有以面积作为某块田

地代称的习惯的，遇上同面积的有几处时，还常在前面冠上"路东"、"路西"或"村前"、"村后"等字样以为区别。

②桑者：指采桑的人。古代采桑养蚕的工作一般由妇女来担任，这首自然是妇女所唱的歌了。闲闲：轻松闲散的样子，这里是形容采桑者将要歇工时的情景。

③子：你。还：回家。以上是采桑者对同伴说的话，意思是：十亩那块园里，采桑的人已准备歇工了，走，我们一块回去吧！

④外：指"十亩"附近的桑园。

⑤泄（yì）泄：松松散散的样子，与"闲闲"相近。《孟子·离娄》："泄泄，犹沓沓也。"《说文》："语多沓沓也。"所以"泄泄"的本义当是人声嘈杂，这里用的是其引申义。

⑥逝：往，回去。

【品评】

这是采桑女歇工时邀伴回家唱的歌，她们用歌声召唤同伴，说："远近采桑的人都要收工了，我们也一同回去吧！"歌者以白描的方法，在短短的几句歌词中，便把夕阳余照下，一群采桑妇女唱着歌儿归来的情景，生动逼真地描绘出来了，字里行间跳动着她们劳动后的轻松愉快的情绪，确实能给人以美的享受。

伐　　檀

坎坎伐檀兮①，置之河之干兮②，河水清且涟猗③。不稼不穑④，胡取禾三百廛兮⑤？不狩不猎⑥，胡瞻尔庭有县貆兮⑦？彼君子兮，不素餐兮⑧！

坎坎伐辐兮⑨，置之河之侧兮⑩，河水清且直猗⑪。不稼不穑，胡取禾三百亿兮⑫？不狩不猎，胡瞻尔庭有县特兮⑬？彼君子兮，不素食兮！

　　坎坎伐轮兮，置之河之漘兮^⑭，河水清且沦猗^⑮。不稼不穑，胡取禾三百囷兮^⑯？不狩不猎，胡瞻尔庭有县鹑兮^⑰？彼君子兮，不素飧兮^⑱！

【注释】

　　①坎（kǎn）坎：伐木声。檀（tán）：树名，木质坚硬，可作车料。

　　②置：放。干：岸。句中第一个"之"是代词，第二个"之"是助词。

　　③涟（lián）：水波纹。猗（yī）：同"兮"，啊。这句是伐木者的感慨，他们看着泛起微波的清流，自由荡漾，联想到自己却要在主子的皮鞭下讨生活，不由得心头火起，于是愤怒地提出了一连串责问。

　　④稼：耕种。穑（sè）：收获。

　　⑤胡：为什么。禾：指谷物。三百廛：三百户农家的收获物。古时一夫所居叫"廛"，这里"一廛"就是指一户农家的税收；一说"廛"，通"缠"，即"捆"。三百廛，就是三百捆。"三百"极言其多，非实数。下两章同此。

　　⑥狩（shòu）：冬天打猎。猎：夜间打猎。这里"狩"、"猎"都是泛指打猎。

　　⑦瞻：望见。尔：你，指剥削者。庭：院子。县：同"悬"，挂。貆（huán）：幼小的貉（hé）；一说猎獾。

　　⑧素餐：白吃饭。这上两句是反诘，尖锐讽刺剥削者过着寄生生活。大意是：那些君子是不白吃饭的啊！

　　⑨伐辐（fú）：同上章"伐檀"、下章"伐轮"，互文足义，指砍下檀树做车辐、车轮。辐：既辐条，指车轮当中的直木。

　　⑩侧：旁边。

　　⑪直：指水流平直。

　　⑫亿：极言剥削者榨取谷物数量之大；一说"亿"借作"繶"，

即捆。

⑬特：大野兽；一说生长了三年的野兽。

⑭漘（chún）：水边。

⑮沦：小的波纹。

⑯囷（jūn）：圆形的谷仓；一说"囷"同"稇"，即捆。

⑰鹑（chún）：鹌（ān）鹑。狟、特、鹑三章中变化用，除押韵关系，在意义上还说明剥削者贪婪，对农家的猎物，无论是兽还是禽，大大不拘，全占为己有。

⑱飧（sūn）：熟食，这里指吃饭。

【品评】

这是伐木者之歌。一群伐木者替主子砍伐檀树制造车子时，联想到主子不种庄稼，不打猎，却占有着大量财富，过着不劳而获的寄生生活，因而非常愤怒。他们你一言我一语，发出了责问的呼声。三章诗意思相同：先写伐檀、造车的艰苦劳动；次写对主子的愤恨与责问；最后用反话揭露剥削者的寄生虫本质。这首诗反映了春秋时代被剥削者的觉醒。

这是一首很富有战斗性的民歌，可是旧注却百般歪曲，阉割其思想意义。《诗序》说："《伐檀》，刺贪也。在位贪鄙，无功而受禄，君子不得仕进耳。"朱熹则说是"甘心穷饿而不悔"。他们完全掩盖了这首诗所揭示的春秋时代阶级对立的现实，以及被剥削者所蕴藏的满腔反抗的怒火。

这首诗直抒胸臆，仿佛是与剥削者面对面地斗争。诗人不加任何渲染，也不用形象的语言，然而却有着强烈的感染力量，大概原因有二：其一，由于叙事中饱和着诗人仇恨与愤怒的感情，深刻而本质地揭露了社会现实；其二，由于诗人采用了长短不齐的杂言句，或直陈，或反说，自由地抒发了自己的感情。总之，诗的战斗的思想内容和艺术形式是统一的。

硕　鼠

硕鼠硕鼠①，无食我黍②！三岁贯女③，莫我肯顾④。逝将去女⑤，适彼乐土⑥。乐土乐土，爰得我所⑦！

硕鼠硕鼠，无食我麦！三岁贯女，莫我肯德⑧。逝将去女，适彼乐国。乐国乐国，爰得我直⑨！

硕鼠硕鼠，无食我苗！三岁贯女，莫我肯劳⑩。逝将去女，适彼乐郊。乐郊乐郊，谁之永号⑪！

【注释】

①硕鼠：大老鼠。硕，大。一说"硕鼠"，即《尔雅·释兽》中所说的鼫（shí）鼠，也就是"田鼠"。古代"硕"与"鼫"通用。

②无：同"毋"，不要。黍（shǔ）：见本书《黍离》注①。

③三岁：多年。三：表示"多"，非实数。贯：借作"宦"，侍奉；一说"贯"借作"豢"，饲养。女：同"汝"，你。

④莫我肯顾：是"莫肯顾我"的倒装，大意是：不管我的死活。顾，顾及，照管。

⑤这句说：发誓要离开你了。逝：同"誓"；一说为语助词，无义。去：离开。

⑥这句说：到那个快乐的地方去。适：到。乐土：与下文的"乐国"、"乐郊"，都是劳动人民向往的安居乐业的地方。

⑦爰（yuán）：焉，于是。所：处所，地方。

⑧德：恩惠，此作动词用，即"给予恩惠"。

⑨直：同"职"，处所；一说"直"同"值"，报酬。

⑩劳：慰劳，抚恤。

⑪之：语助词，用在这里表示反诘语气。永号：长叹。这句连同上

句大意是：在那安居乐业的地方，谁还会唉声长叹呢！

【品评】

这是一首反抗沉重剥削的诗。头两句形象地把剥削者比作大老鼠，并以命令的口吻发出警告；三、四两句写剥削者贪婪而残忍，揭示了尖锐的阶级对立；最后四句写劳动人民决计以逃亡来反抗剥削者，幻想找到没有剥削和压迫的人间乐土。全诗表现了被剥削阶级对残酷剥削的抗议和对美好生活的追求，尽管诗中的"乐土"只是一种幻想，但这却是他们从不幸的生活境遇出发，在斗争中产生的社会理想，千百年来一直鼓舞着被压迫阶级的斗争。

唐风

　　唐，是周成王弟叔虞的封国，其子燮（Xiè），改国号为晋。统治区大致包括今山西的太原以南沿汾（Fén）水流域的一带地方。"唐风"就是这个区域的诗。朱熹说："其诗不谓之晋而谓之唐，盖仍其始封之旧号耳。"（《诗集传》）

　　"唐风"产生的时代，难以论定，按照《诗序》的解释，其中有部分诗，如《扬之水》与《采苓》等，当是春秋初期之作。不过序说并无确证，只能作参考。

　　"唐风"共有十二首诗，本书选其中五首。

蟋　蟀

　　"蟋蟀在堂①，岁聿其莫②。今我不乐，日月其除③。""无已大康④，职思其居⑤。好乐无荒⑥，良士瞿瞿⑦。"

　　"蟋蟀在堂，岁聿其逝⑧。今我不乐，日月其迈⑨。""无已大康，职思其外⑩。好乐无荒，良士蹶蹶⑪。"

　　"蟋蟀在堂，役车其休⑫。今我不乐，日月其慆⑬。""无已大康，职思其忧⑭。好乐无荒，良士休休⑮。"

【注释】

　　①《七月》说蟋蟀"九月在户"，"在户"与"在堂"都是指蟋蟀已由野外迁至室内。古人常以候虫对气候变化的反应来表示季节的更易。这句是用"蟋蟀在堂"说明已到了寒凉的节气。

　　②岁：年。聿：同"曰"，语助词。其莫：将暮。莫是"暮"的本字。上两句说，蟋蟀已进入室内，一年快完了。

98

③日月：指光阴。除：去。上两句说，现在我不好好快乐一番，光阴就将白白过去了。

④无：同"毋"，不要。已：用来承接上文，相当"这样"。《尔雅·释诂》："已，此也。"大：读如"太"。康：安乐。大康，过分安乐。

⑤职：杨树达《词诠》释为"当"，相当口语"得"。居：处，指担负职责。

⑥荒：废弃。

⑦良士：好男儿。瞿瞿：原义是"瞪视"的样子，这里是形容保持警惕的状态。以上四句大意是：不要这样过分安乐，得想想自己所负的职责。爱玩乐但不能废弃事业，好男儿要时刻警惕着！按：下两章后四句的意思与此大同小异。

⑧逝：过去。

⑨迈：行，逝去。

⑩外：本职以外的事。

⑪蹶（jué）蹶：勤快。

⑫役车：一种安上方形车箱的载重车子，可供官差或农民运输用。孔颖达说："役车休息，是农工毕也。"（《毛诗正义》）

⑬慆（tāo）：逝去。

⑭这句说：得想想自己可忧的事情。

⑮休休：同《尚书·秦誓》"其心休休焉"之"休休"，郑玄注"宽容貌"。这句承上，意思说良士因为能想到可能的隐患，所以平常他是心宽无忧的。

【品评】

这是一首劝人勤勉的诗。全诗以两人的对话形式展开，可能是长者教导后生的。三章的意思相同，头四句是感物伤时，流露出要及时行乐的思想；后四句则是针对前四句而发的，告诫他不要贪图安乐，荒废事业，应当考虑自己的职责和可能的忧患，积极要求上进。至于作者的身份很难据诗论断；有人说是农民，这大概是根据"役车其休"一句说的。其实诗人只是借所见之物起兴，感叹时序的变化，并非说自己"役车其休"，因此不足为据。

绸　缪

绸缪束薪①，三星在天②。今夕何夕？见此良人③。子兮子兮④！如此良人何⑤？

绸缪束刍⑥，三星在隅⑦。今夕何夕？见此邂逅⑧。子兮子兮！如此邂逅何！

绸缪束楚⑨，三星在户⑩。今夕何夕？见此粲者⑪。子兮子兮！如此粲者何！

【注释】

①绸缪（móu）：缠绵，形容密密缠绕的样子。束薪：捆好的柴。风诗中"薪"常连及男女婚事。如《汉广》："翘翘错薪"；《南山》："析薪如之何"；《东山》："烝在栗薪"。这大约与当时婚礼的风俗习惯有关。下二章"束刍""束楚"同此。据说过去有的地方，嫁娶的时候，男家把柴用红绒缠绕着送到女家；女家则把炭用红绒缠绕着回赠男家。这与"绸缪束薪"正合。

②三星：参星。参星在黄昏后出现于东方。"三星在天"，是晚上的景象。这句点出了举行婚礼的时间。下两章第二句同此。

③良人：可爱的人。

④子：你。指新郎或新娘。下两章同此。

⑤以上四句是戏谑新郎或新娘的，大意是：今晚是何等美好的夜晚，见到如此可爱的人。你啊你啊，将如何亲爱这个美人儿？

⑥刍（chú）：牧草。

⑦在隅（yú）：指在天空的一角。隅：角落。

⑧见此邂逅（xièhòu）：是"见此邂逅之人"的省语。邂逅：《毛传》释为"解说（悦）之貌"；《广雅》"解，悦也"。"解说之貌"用现在的话说，就是"和蔼的样子"。所以"邂逅之人"，即和颜悦色的人。

⑨楚：见本书《汉广》注⑨。

⑩户：窗。参星的亮光斜照在门窗上，说明它的位置仍在天空的一角，与上两章第二句表示的是同一时间。

⑪粲者：美人。粲：华美鲜明，即漂亮。

【品评】

这是一首闹新房时唱的歌，全诗都用戏谑的口吻。在新婚的晚上，举行唱歌会，除新婚夫妇对唱外，参加婚礼的人也以唱歌来祝贺，至今有的少数民族还保留这一风俗。这首诗大约就属于这种性质。诗三章意思相同，首两句是起兴，创造缠绵的气氛，并点明时间；下四句是用玩笑的话来戏谑这对新夫妇：问他（她）在这良宵美景中，将如何享受这幸福的爱情。

诗的语言风趣活泼，具有浓厚的生活气息。

鸨　羽

肃肃鸨羽①，集于苞栩②。王事靡盬③，不能蓺稷黍④。父母何怙⑤？悠悠苍天⑥！曷其有所⑦！

肃肃鸨翼，集于苞棘⑧。王事靡盬，不能蓺黍稷。父母何食？悠悠苍天！曷其有极⑨！

肃肃鸨行⑩，集于苞桑。王事靡盬，不能蓺稻粱⑪。父母何尝⑫？悠悠苍天！曷其有常⑬！

【注释】

①肃肃：鸟扇动翅膀的声音。鸨（bǎo）：似雁而大，据说最大的可达一米长。按：鸨脚没有后趾，不习惯在树上栖息，要不时扇动翅膀才能保持平衡，所以不断地发出"肃肃"的声音。羽：指鸟翼。

②集：止，栖息。苞：丛生。栩（xǔ）：栎树，一名柞树，果实叫橡栗。上两句是兴中含有比意，用鸨栖树之苦，比喻人民服劳役之苦。

③王事：指统治者摊派的差役。靡盬（gǔ）：没有止息。靡：无。盬：止息。

④蓺：种植。稷黍与第三章的"稻粱"，都是举部分以概全体，泛指庄稼。

⑤怙（hù）：依靠。上两句说，国家的差役没完没了，我们种不上庄稼，爹娘靠什么养活呢？

⑥悠悠：高远的样子。

⑦曷：何时。所：处所，这里指能够安居的地方。上两句是诗人在极度痛苦之下，对天倾诉，意思是：高高在上的老天爷啊，何时才能有个安居的地方？

⑧棘（jí）：酸枣树。

⑨极：止，尽头。这句说，何时才能有个尽头。

⑩行（háng）：《毛传》释为"翮（hé）"，原指"羽根"，引申为鸟翼。

⑪粱：粟类。

⑫尝：吃。

⑬常：正常。这句说，何时才能过正常生活。

【品评】

这是农民控诉繁重徭役的诗。写一个农民由于长期被征调去当兵或服劳役，不能从事耕种，家中的田园荒芜了，父母生活没有着落，面临着饿死的危险。他瞻前顾后，无可奈何，痛苦地呼喊着老天，无休止的劳役给他带来了悲惨与不幸。这首诗揭示了沉重的徭役破坏农业生产这个重大的社会问题，表现了农民对统治阶级的强烈抗议。春秋时期"役人"暴动很普遍，大概就是这一阶级矛盾发展的必然结果。

葛　生

葛生蒙楚①，蔹蔓于野②。予美亡此③，谁与独处④？
葛生蒙棘，蔹蔓于域⑤。予美亡此，谁与独息⑥？
角枕粲兮⑦，锦衾烂兮⑧。予美亡此，谁与独旦⑨？
夏之日⑩，冬之夜。百岁之后⑪，归于其居⑫。
冬之夜，夏之日。百岁之后，归于其室⑬。

【注释】

①生：生长。蒙：覆盖。楚：又名牡荆。

②蔹（liǎn）：似栝楼的一种蔓生植物。蔓：延伸。以上两句以葛藤覆盖荆条，蔹蔓延于野地，象征夫妇相依关系。

③予美：我的爱人。亡：去，离开的意思。此：指人间。

④独处：独住。这句是以活人猜度死人，怜悯其夫孤独地埋在地下，没有伴侣。"谁与独处"即"独处谁与"，句意是：独个人住在那里，谁相伴呢？"谁与"：谁同，谁作伴。

⑤域：野地。

⑥息：义同"处"。

⑦角枕：刺绘上兽角作装饰的枕头。"粲"与下句"烂"互文，鲜明的样子。

⑧锦衾（qīn）：彩色的绸被子。以上两句是睹物思人。"角枕"、"锦衾"是他们夫妇共同生活的用物，"物在人已逝"，怎叫她不伤心呢？潘岳《悼亡诗》其二"辗转眄枕席，长簟竟空床"那一段泣诉，

与这两句诗意相同。

⑨独旦：朱熹注"独处至旦"。陈奂注"独旦，犹独处、独息"，闻一多进而申明其义："旦，通作坦，安也。"这两说意思相近，都可通。

⑩这以下两章是说自己今后孤苦的日子难以打发，现在只有盼望死后葬在一处了。"夏之日，冬之夜"，是举夏季的"长昼"与冬季的"长夜"，来代表一年四季的日日夜夜。突出"夏昼""长夜"是为了从她的感觉上写出时日漫长，这两句意思是说，今后不知要熬过多少个日日夜夜。

⑪百岁：死后。

⑫其居：死者葬地，即坟墓。

⑬其室：同"其居"。

【品评】

这是妻子奠祭亡夫的悼词，《诗序》说"《葛生》，刺晋献公也。好攻战，则国人多丧矣。"据此，其夫当是战死的。诗中没有说明死的原因，序说也只是猜测的，不完全可信。诗前三章伤悼亡夫长眠地下的孤苦；后两章自伤今后漫长的岁月难熬。丈夫死了，生对她来说，不复有什么乐趣，因而她把全部的希望寄托在死后与亡夫同归一穴。全诗情调凄苦感人。后来像潘岳、苏轼等有名的悼念亡妻的诗词，很可能在写法上受到此诗的影响。

采 苓

采苓采苓①，首阳之颠②。人之为言③，苟亦无信④。舍旃舍旃⑤，苟亦无然⑥。人之为言，胡得焉⑦？

采苦采苦⑧，首阳之下。人之为言，苟亦无与⑨。舍旃舍旃，苟亦无然。人之为言，胡得焉？

采葑采葑⑩，首阳之东。人之为言，苟亦无从⑪。舍旃舍
旃，苟亦无然。人之为言，胡得焉？

【注释】

①苓（líng）：又名苓耳，即卷耳。

②首阳：指雷首山，即今山西境内的中条山。颠：顶。以上两句是兴，同下文只有谐音关系，没有意义上的联系。

③为言：假话。为，借作"伪"。一本"为"作"伪"。

④苟：诚，确实。亦：语助词。以上两句说，人家的假话确实不可信。

⑤旃：同"之"，指假话。

⑥无然：无是，不听信。

⑦胡：何。焉：语助词。以上四句意思说，只要真不听信假话，别人纵使要说，还能捞到什么呢？

⑧苦：即荼。

⑨与：同，信从。

⑩葑：芜青。

⑪从：信从。

【品评】

这首诗似是讽刺统治者相信假话的。在诗人看来，社会上之所以有人要说假话，就是因为有喜欢听信假话的统治者。如果对假话不听信，说假话的人捞不到什么油水，就自然停止造假了。诗人把说假话的罪责归到听假话的统治者，是很有见地的。讽刺的意思和矛头所向很清楚。《诗序》说："刺晋献公也。献公好听谗言。"据史书记载，晋献公曾因听信小老婆的话，无辜杀害太子申生。此后一个时期晋国陷于争权的混乱状态中，人民自然也遭受其害，因而写出这首讽刺诗很有可能。

秦风

　　秦，古秦国原址在犬戎（今陕西兴平东南），东周初，因秦襄公护送周平王东迁有功，开始列为诸侯，改建都于雍（今陕西凤翔），自此逐渐强大起来。统治区大致包括今陕西中部和甘肃东南部。"秦风"就是这个区域的诗。

　　《汉书·地理志》说："天水陇西，山多林木，民以板为室屋，及安定、北地、上郡、西河，皆逼近戎狄，修习战备，高上（崇尚）气力，以射猎为先。"所以在秦风中，有一种在别的风诗中少见的尚武精神和悲壮慷慨的情调。

　　秦诗产生的时代，大致说来是自春秋初至秦穆公（死于前六二二年）这一百五六十年间的诗。

　　"秦风"共有十首诗，本书选其中三首。

蒹　葭

　　蒹葭苍苍①，白露为霜②。所谓伊人③，在水一方④。遡洄从之⑤，道阻且长⑥；遡游从之⑦，宛在水中央⑧。

　　蒹葭凄凄⑨，白露未晞⑩。所谓伊人，在水之湄⑪。遡洄从之，道阻且跻⑫；遡游从之，宛在水中坻⑬。

　　蒹葭采采⑭，白露未已⑮。所谓伊人，在水之涘⑯。遡洄从之，道阻且右⑰；遡游从之，宛在水中沚⑱。

【注释】

　　①蒹（jiān）：没有长穗的芦苇。葭（jiā）：初生的芦苇。苍苍：茂盛的样子。

②白露：露水本无色，因凝成霜呈白色，所以称"白露"。为霜：结成霜。上两句是以眼前所见的景色起兴，既点出深秋季节，又衬托出诗人当时惆怅的心情。

③所谓：所说，这里指心里念叨的。伊人：是人，这个人。

④一方：那一边，指对岸。

⑤溯（sù）：沿着岸边向上游走。洄（huí）：曲折的水道。从：跟踪追寻。之：他（她）。

⑥阻：难，指路险难走。

⑦游：流，指直流的水道。

⑧宛：仿佛。中央：中间。以上六句写无法寻找意中人。意思是，我想念的人儿，在河的那一方。沿着上游曲折的河岸去找他（她），道路艰险又漫长；顺流而下去找他（她），仿佛就在水中间。

⑨凄凄：借作"萋萋"，茂盛的样子。

⑩晞（xī）：干。

⑪湄（méi）：岸边。

⑫跻（jī）：地势渐高。

⑬坻（chí）：水中小块陆地。

⑭采采：鲜明的样子。这句与上两章首句互文见义，蒹葭长势茂盛，色彩必然浓郁，所以说它"鲜明"。

⑮已：止。未已，没有全干。"霜""晞""已"三字表示时间的变化，大约是从清晨到午前的光景。

⑯涘（sì）：水边。

⑰右：上，高。"长""跻""右"三字表示远、渐远、最远的渐进层次。

⑱沚：义同"坻"。

【品评】

这是一首表现怀人惆怅心情的诗。在一个深秋的清晨，大地铺着薄薄的霜花，诗人透过一片茂密浓郁的芦苇丛，久久地凝视着河的对岸，那大概是他（她）意中人居住的地方。然而，这是可望而不可即的。逆流而上吧，道路是那样崎岖而遥远；顺流而下吧，他（她）又仿佛在水的中央，同样无法到那里。他（她）含情脉脉地痴想着，直到太阳快把晶莹的露水晒干……从诗人流露出的这种彷徨失望的情绪看，似乎是爱情受到挫折，具体情况很难确定。然而不管怎样，诗中所描绘的这一情景交融的画面，却是很动人的。

黄　鸟

　　交交黄鸟止于棘①。谁从穆公②？子车奄息③。维此奄息④，百夫之特⑤。临其穴⑥，惴惴其栗⑦。彼苍者天，歼我良人⑧！如可赎兮⑨，人百其身⑩。

　　交交黄鸟止于桑。谁从穆公？子车仲行。维此仲行，百夫之防⑪。临其穴，惴惴其栗。彼苍者天，歼我良人！如可赎兮，人百其身。

　　交交黄鸟止于楚。谁从穆公？子车鍼虎。维此鍼虎，百夫之御⑫。临其穴，惴惴其栗。彼苍者天，歼我良人！如可赎兮，人百其身。

【注释】

　　①交交：鸟叫声。黄鸟：一说黄莺；一说黄雀，这里是凄凉的叫声，当指黄雀。止：栖息。棘：酸枣树。按：三章分别用止于"棘""桑""楚"，除换韵作用外，还利用字的谐音来暗示：棘—急；桑—丧；楚—痛楚。首句以黄鸟悲鸣起兴，制造悲凉的气氛，以烘托下文。

　　②从：从死，指以活人殉葬。穆公：秦穆公姓嬴名任好，公元前六五九至前六二一在位，春秋时五霸之一。

　　③子车：秦国大夫的姓。奄息：与下两章"仲行""鍼虎"都是

人名。

④维：语助词。

⑤百夫：百人。特：匹，抵得。这句说，子车奄息的才干能抵得上一百人。

⑥临：到。穴：墓穴。

⑦惴（zhuì）惴：恐惧的样子。其栗（lì）：同"栗栗"，发抖的样子。以上两句是写子车奄息被拉到坟穴殉葬时恐怖颤抖的情况。

⑧歼（jiān）：灭，这里是"杀害"的意思。良人：善人。

⑨赎：赎身，指替换。

⑩人百其身：是"以人百赎其身"的省语，连上句是说，如果可以替换的话，愿意用一百人来换他。其：指奄息。

⑪防：比，当，也就是"抵得"的意思。

⑫御：当，与"特""防"义同。

【品评】

　　这是一首对殉葬者的挽歌，三章前半段分挽三人，后半段似是集体歌唱的和声。《左传·文公六年》记载："秦伯任好卒，以子车氏之三子奄息、仲行、铖虎为殉，皆秦之良也。国人哀之，为之赋《黄鸟》。"《史记·秦本纪》记载："缪（穆）公卒，从死者百七十七人。"所以此诗当作于公元前六二二年，作者大约属于贵族。考察本诗的思想倾向，同《左传》引用的那位"君子"对这次殉葬评论的精神是一致的，对秦穆公不满之处就在"收其良以死"，不一定是反对殉葬制度本身。但由于诗中真实地描述了子车氏三子殉葬时毛骨悚然的景象，同时又对受难者倾注了最深挚的同情，发出了肝胆俱裂的呼声，因而在客观上暴露了殉葬制度的罪恶，激起了人们对惨无人道的奴隶主阶级的痛恨。

无　　衣

　　岂曰无衣？与子同袍①。王于兴师②，修我戈矛③，与子同仇④。

岂曰无衣？与子同泽⑤。王于兴师，修我矛戟⑥，与子偕作⑦。

岂曰无衣？与子同裳⑧。王于兴师，修我甲兵⑨，与子偕行⑩。

【注释】

①子：你。袍：外面的长衣。闻一多说："行军者日以当衣，夜以当被。""同袍"是表示友爱的意思。

②王：指秦王。于：语助词。兴师：起兵。

③我：我们。戈：一种长木柄的横刃武器。矛：一种长木柄的直刺武器。

④仇：匹。同仇，同伴。以上三句是表示积极响应秦王的号召，团结一心，做好战斗的准备。

⑤泽：借为襗 (zé)，内衣。

⑥戟 (jǐ)：一种既能直刺又能横击的武器。

⑦偕作：共同行动。偕：一同。作：起，行动。

⑧裳：指战裙。古代上为衣，下为裳。

⑨甲：皮甲。兵：武器。

⑩偕行：同行，一同出发。

【品评】

这是一首慷慨激昂的军歌，反映了兵士间的团结友爱和饱满的战斗热情，以及保家卫国的决心。至今读起来仍能给人以鼓舞的力量。

陈风

　　陈，西周初分封的诸侯国。开国君主名妫满，据说是帝舜的后代，因有功于周，武王封他于陈，并把自己的大女儿嫁给他，号胡公。陈建都宛丘（今河南淮阳），统治区大致包括今河南东部和安徽西北部的部分地方。陈风就是这个区域的诗。

　　在陈国最高统治集团的倡导下，全国盛行巫风，竞于歌舞。这种祭祀歌舞的集会，方便了青年男女的交往，所以在陈风中反映这种巫风的诗常伴以爱情。这是区别于其他风诗的一个显著特点。

　　陈诗产生的时代，有史实可考的是《株林》，揭露陈灵公君臣私通夏姬而被杀的事。这首诗当作于公元前五九九年。因此一般都认为这是《诗经》中最晚的一首诗。至于"陈风"中的上限时间，难以断定。

　　"陈风"共有十首诗，本书选其中五首。

东 门 之 枌

东门之枌①，宛丘之栩②。子仲之子③，婆娑其下④。
穀旦于差⑤，南方之原⑥。不绩其麻⑦，市也婆娑⑧。
穀旦于逝⑨，越以鬷迈⑩。视尔如荍⑪，贻我握椒⑫。

【注释】

①东门：陈国国都的东部。枌（fén）：白榆树。

②宛丘：四边高中间低的地方叫"宛丘"，这里是地名，大约因其地形而得名。按：在《诗经》中，这首诗的前一首也是描写在"宛丘"举行舞会的，诗中说这种舞会"无冬无夏"，意即不论寒冬炎夏常年如

111

此。从这两首诗推测，"宛丘"可能在陈国都城的东门附近，是当时陈国群众游览的场所。栩：见本书《鸨羽》注②。上两句点明盛会的地点。

③子仲：姓氏，姬姓的分支。子仲之子，子仲家的女儿。

④婆娑（suō）：形容舞姿袅袅的样子。其下：指枌、栩树的浓荫下。以上四句大意是：在城东门宛丘那白榆树和柞树的浓荫下，子仲家的女儿，翩翩起舞。

⑤穀旦：好日子。穀：善，吉。旦：日。于：是，宾语前置的标志。差：选择。

⑥南方：宛丘的南边。原：宽阔的平地。

⑦绩：缠麻线。

⑧市：集市。因宛丘游览人多，如街头一般，故称"市"。东汉王符《潜夫论·浮侈篇》引"市"作"女"。上四句大意是：选择了一个大好的日子，在宛丘南边的广场上，女人们放下缠麻线的活计，到这闹市般的场地上飘飘然跳起舞来。

⑨逝：往。这是诗人自说前往观看，当与上章所说的"穀旦"是同一天。

⑩越以：语助词。翪（zōng）：通作"奏"，进。迈：行。翪迈，在这里是赶路的意思。以上两句说，在那个大好日子里，诗人也兴冲冲赶去看热闹。

⑪尔：你，指诗人的意中人，即"子仲之子"。蓻（qiǎo）：锦葵，植物名，花冠淡紫色，可供观赏。

⑫贻（yí）：赠给。握：一把。椒：香草。以上两句大意是：我看你像锦葵花一样美丽，你就送给我一把香花椒。

【品评】

这是一首反映陈国酷爱歌舞的风俗诗。写一个大好的日子里，男男女女聚集到宛丘的广场上，举行欢乐的舞会，青年男女借此机会选择对象。在舞会中，子仲家的女儿送给诗人一把喷香的花椒，作为定情物。

他接受了她的爱情，并且高兴地唱出了这支动人的情歌：首章写情人独舞；次章写姑娘们群舞；第三章写自己得到了爱情。

衡　门

衡门之下①，可以栖迟②。泌之洋洋③，可以乐饥④。
岂其食鱼⑤，必河之鲂⑥？岂其娶妻，必齐之姜⑦？
岂其食鱼，必河之鲤？岂其娶妻，必宋之子⑧？

【注释】

①衡门：以横木为门，指房屋极简陋。衡：借作"横"。

②栖迟：栖息，居住。

③泌（bì）：涌出的泉水。洋洋：水流不竭的样子。

④乐饥：以游乐而忘饥。连上句说，清泉游玩之乐可以忘却饥饿。《韩诗外传》：乐作"疗"。连上句则是"清水也可以充饥"的意思。

⑤岂：表示反诘语气，相当"难道"。其：凑音节，无实义。

⑥河：黄河。鲂（fáng）：团头鲂，也叫武昌鱼，味较通常鳊鱼鲜美。

⑦齐之姜：齐国的姜姓女儿。齐国是姜尚的封国，国君姜姓，因此姜氏是齐国最有权势的贵族。这章前两句是后两句的比喻，说娶妻不必定要名门闺秀，这正如吃鱼不必定要黄河产的团头鲂一样。下章意思全同此。

⑧宋之子：宋君的女儿。宋国是殷的后代，姓子。

【品评】

这首诗的中心思想是宣扬安贫守贱，不慕权贵。郭沫若有一段很好的分析，他说："这首诗也是一位饿饭的破落贵族作的，他食鱼本来有吃河鲂河鲤的资格，但是贫穷了，吃不起了。他娶妻本来有娶齐姜宋子的资格，但是贫穷了，娶不起了。娶不起，吃不起，偏偏要说几句漂亮话，这正是破落贵族的根性，我们在现代也随时可以看见。"（《沫若文集》第十四卷，第一六九页）

这首诗表现的思想对旧社会的知识分子很有影响，许多人常把"衡门栖迟"、"泌水乐饥"作为典故写进诗词和文章中，借此抒发安贫乐道的思想。今天我们必须认清它的消极影响。

墓　　门

墓门有棘①，斧以斯之②。夫也不良③，国人知之④。知而不已⑤，谁昔然矣⑥。

墓门有梅⑦，有鸮萃止⑧。夫也不良，歌以讯之⑨。讯予⑩不顾，颠倒思予。

【注释】

①墓门：陈国国都的城门名；一说坟墓通道的门。棘（jí）：酸枣树。

②斧以：用斧头。"斧"提在介词"以"之前，这是古汉语中一种特别的介宾格式。斯：离析，剖开。上两句意思说，城门边有棵酸枣树，我恨不得用斧头劈了它！这是比喻诗人对坏人的痛恨。

③夫：彼，那个，指所痛恨的坏人。也：语助词。不良：不善。

④国人：国都中之人。

⑤已：止，停止。

⑥谁昔：同"畴昔"。"久"的意思。然：如此。以上两句大意是：那个家伙为人不善，已为大家所共知。大家知道他也不肯悔改，很久以来就是这样了。

⑦梅：王逸注《天问》引诗作"棘"，从诗的比喻意义而论，似作"棘"为好。

⑧鸮（xiāo）：猫头鹰。萃（cuì）止：栖止。

⑨讯：责问。"讯"一作"谇（suì）"，义同。

⑩予：而。下句"予"同。不顾：不念及，即置之不理。

【品评】

这一首诗是人民痛恨坏人的诗。诗人把那个坏蛋比作无用的酸枣树和面目可憎的猫头鹰，说他坏得出奇，无人不知，可是他却半点不肯悔改；唱诗对他警告，他也无动于衷，甚至还颠倒是非。因此诗人对他恨得咬牙切齿，以致想用劈开酸枣树那样的方法来处置他。至于这个坏人是谁，干了什么坏事，诗中没有明说，我们也就无从知道。《诗序》说"刺陈佗"。陈佗曾杀死陈桓公的太子自立为国君，《诗序》大约就是据此猜测的。

月　　出

月出皎兮①。佼人僚兮②，舒窈纠兮③，劳心悄兮④！
月出皓兮⑤。佼人懰兮⑥，舒懮受兮⑦，劳心慅兮⑧！
月出照兮。佼人燎兮，舒夭绍兮，劳心惨兮⑨！

【注释】

①皎（jiǎo）：清澈明亮。这句写环境。

②佼（jiǎo）人僚兮：《史记索隐·司马相如传》、《一切经音义》卷九皆引作"姣人嫽兮"。"佼"与"姣"通，美人；"僚"与"嫽"通，矫美。第三章"燎"亦同此。这句写美人面容。

③舒：缓缓地，形容女子态度端庄文静。窈纠：迭韵联绵词，形容

女子行走时轻盈柔美的姿态。这句写美人的体态。

④劳心悄兮：同"忧心悄悄"。劳：忧。悄：忧愁的样子。这句是诗人自述心情。上四句的大意是：在皎洁的月光下，我想起那漂亮的爱人，她是那样端庄文静，走起路来轻盈盈，我想念她的心情痛苦得很。

⑤皓（hào）：义同"皎"。

⑥懰（liǔ）：美好。

⑦懮（yǒu）受：与下章"夭绍"都是迭韵联绵词，义均同"窈纠"。

⑧慅（cǎo）：忧愁的样子。

⑨惨：朱熹说当作"懆（cǎo）"，忧愁不安的样子。

【品评】

这是一首月下怀念爱人的诗。高悬的明月，可以千里同照，而清澈幽冷的月色，又常给人一种静谧孤寂的感觉，因此在月下是最容易勾起思乡怀人之情的。这首诗的作者就是如此，他在皎洁的月照下，想起了自己那位漂亮的爱人，于是心中被骚动，惶惶然不能自己，以至陷于深沉的痛苦之中。

这首诗在语言的运用上很有特色，姚际恒说："似方言之聱牙（不顺口），又似乱辞（尾声）之急促，尤妙在三章一韵，此真风之变体，愈出愈奇者。每章四句，又全在第三句使前后句法不排。盖前后三句皆上二字双，下一字单；第三句上一字单，下二字双也。后世作律诗欲求精妙，全讲此法。"

泽　陂

彼泽之陂①，有蒲与荷②。有美一人③，伤如之何④？寤寐无为⑤，涕泗滂沱⑥。

116

彼泽之陂，有蒲与蕳⑦。有美一人，硕大且卷⑧。寤寐无为，中心悁悁⑨。

彼泽之陂，有蒲菡萏⑩。有美一人，硕大且俨⑪。寤寐无为，辗转伏枕⑫。

【注释】

①陂（bēi）：圩岸。

②蒲（pú）：水生植物，茎可制席，嫩苗可食。荷：荷叶。以上两句以鲜嫩的新蒲与荷叶象征女性之美。这两句也有人认为是男女相遇的地点，闻一多说："荷塘有遇，悦之无因，作诗自伤。"

③有美一人：等于说"有一位美人"。

④伤：《尔雅·释诂》："伤，思也。"《鲁诗》"伤"作"阳"。《尔雅·释诂》："阳，予也。""予"即"我"。毛、鲁二家诗皆可通。如之何：奈之何，怎么办。这句表现思念之深，而又无可奈何，是一种失望的情绪。

⑤寤（wù）：醒。寐（mèi）：睡。无为：不知如何办。

⑥涕：眼泪。泗（sì）：借作"洟（tì）"，鼻涕。滂沱：大雨的样子，这里借来形容涕泪如雨。上两句说自己醒时梦中都想不出好主意，痛苦地在泪水中度日。

⑦蕳（jiān）：生在水边的泽兰。《韩诗》"蕳，莲也。"从韩诗则上章"荷"、此章"蕳"、下章"菡萏"为同一物的三部分，即荷叶、莲子、荷花。亦可通。

⑧硕（shuò）：高大。卷：《释文》引作"婘"，"卷"是"婘"的本字，美好的样子。这句说，那个美人身躯高大、相貌美丽。古代男女都以高大健壮为美。

⑨悁（juān）悁：郁闷不乐。

⑩菡萏：荷花。

⑪俨（yǎn）：端庄。这是指态度。

⑫辗转：见本书《关雎》⑩。这句说伏在枕上翻来覆去睡不着。

117

【品评】

这是一首单相思恋歌，同《关雎》很相似。写一个男子在池塘边遇见一位身材高大、容貌美丽、端庄矜持的女郎，从此他着了迷，然而又无可奈何。他甚至为此伤心落泪，睡不着觉。

桧风

桧（Kuài），西周分封的诸侯国，妘（Yún）姓，故都在今河南的密县与新郑之间，其统治区大致包括今密县、新郑、荥阳的一些地方。桧风就是这个区域的诗。

桧国于春秋初年为郑武公所灭。桧诗产生的时代，一说在桧灭之前，即春秋初以前；一说桧诗实际是"郑诗"，即桧灭之后（朱熹《诗集传》引苏氏说）。二说都系猜测，姑并存待考。

"桧风"共有四首诗，本书选其中二首。

隰 有 苌 楚

隰有苌楚①，猗傩其枝②。夭之沃沃③，乐子之无知④！
隰有苌楚，猗傩其华⑤。夭之沃沃，乐子之无家⑥！
隰有苌楚，猗傩其实。夭之沃沃，乐子之无室！

【注释】

①隰：见本书《简兮》注⑭。苌（cháng）楚：藤科植物，今称羊桃。

②猗傩：同"婀娜（ē'nuó）"，《鲁诗》作"旖旎"（yǐnǐ），都是茂盛而柔美的样子。以上两句是说，低地里的羊桃，它的柔枝随风招展。

③夭：少，这里指苌楚生命力旺盛。之：语助词。沃沃：形容叶子润泽的样子。这句是描写苌楚的长势。

④乐：这里有"羡慕"的意思。子：指苌楚，这是将它拟人化。知：知觉。以上两句说：羊桃藤生机勃勃，叶子光润润的，我非常美慕

119

你没有知觉。言外之意是说，自己因为有知觉，才感到社会给予的重压和烦恼，这反映了诗人对现实生活的痛恨情绪。

⑤猗傩其华：胡承珙说："'猗傩'固可以美盛言，而亦有柔顺之义。至于华实皆附于枝，枝既柔顺，则华实亦必从风而靡，虽概称'猗傩'不妨。"（《毛诗后笺》）华：花。

⑥旧说"男有室，女有家"，"室""家"就是结婚成家的意思。这句"无家"与下章末句"无室"义同，意思是说，没有家庭的牵累。

【品评】

这首诗的主题近人颇有争论。有人说这是没落贵族厌世之作；有人说它反映了劳动人民在残酷压迫和剥削下的痛苦；也有人说这是女子爱慕一个未婚男子的恋歌。我们细玩全诗，觉得诗人的心情是极为沉痛的，他羡慕羊桃没有知觉，没有家庭的牵累，无忧无虑地生活着。寥寥数语中，真不知包含着诗人的多少痛苦和愤恨！至于为什么产生这种思想，似是因为生活负荷太重，无力养家活口。朱熹说："政烦赋重，人不堪其苦，叹其不如草木之无知而无忧也。"这是有一定道理的。

匪 风

匪风发兮①，匪车偈兮②。顾瞻周道③，中心怛兮④。
匪风飘兮⑤，匪车嘌兮⑥。顾瞻周道，中心吊兮⑦。
谁能亨鱼⑧？溉之釜鬵⑨。谁将西归⑩？怀之好音⑪。

【注释】

①匪：彼，那。发：同"发发"，疾速的样子。
②偈（jié）：同"偈偈"，疾驰的样子。以上两句说，在那疾风当中，车子飞快而去。按：因他离家远行，留恋亲人，所以感觉车子跑得

太快。

  ③顾瞻：回头看。周道：同"周行（háng）"，大路。

  ④中心：内心。怛（dá）：悲痛。

  ⑤飘：旋风叫"飘"，这里是形容风势急速，与上章"发"同义。

  ⑥嘌（piāo）：轻快的样子。

  ⑦吊：悲伤。

  ⑧能：善。亨：古"烹"字。

  ⑨溉：洗涤。之：指善烹者。釜（fǔ）：锅。鬵（xín）：大锅。这里以愿替善烹鱼者涮锅，作下两句的比喻。

  ⑩西归：回西方去，指诗人的故乡。

  ⑪怀之好音：托他捎封报平安的信。怀：归，这里有"托付"的意思。之：指西归的人。音：音信。

【品评】

  这首似是出外远行的人在途中思乡之作。他驱车向东急驰，疾风呼呼从耳际掠过，离家愈来愈远了，他回过头看看大路，不由得心头悲痛起来。这时，他非常希望能在路上碰见一位回西方去的老乡，替他捎封报平安的家信。这首诗起句突兀，结尾两句含有无限深情，真实地反映了远游者的内心活动。

曹风

曹，国名。西周初武王封其弟叔铎于曹，建都陶丘（今山东定陶西北），是为曹国，公元前四八七年为宋景公所灭。曹国的统治区在今山东菏泽地区一带。曹风就是这一区域的诗。

曹诗产生的时代，从内容判断，多为东迁以后，在风诗中，它产生的时代较晚。

"曹风"共有四首诗，本书选其中一首。

下　泉

冽彼下泉①，浸彼苞稂②。忾我寤叹③，念彼周京④。
冽彼下泉，浸彼苞萧⑤。忾我寤叹，念彼京周。
冽彼下泉，浸彼苞蓍⑥。忾我寤叹，念彼京师。
芃芃黍苗⑦，阴雨膏之⑧。四国有王⑨，郇伯劳之⑩。

【注释】

①冽（liè）：寒冷。下泉：地下的流水。

②苞：草木丛生叫"苞"，此指丛生之根部。苞稂（láng）：稂苞，稂根。"稂"是一种有害禾苗的野草，属莠一类。

③忾（xì）我寤叹：范逸斋《诗补传》释为"忾然而叹"。忾：叹息声。这句说，我一直醒着叹息。

④周京：西周国都镐京。下两章"京周""京师"所指同此。

⑤萧：蒿类植物名，即艾蒿。

⑥蓍（shī）：多年生草木植物，别称"蓍草"。

⑦芃芃：见本书《载驰》注⑲。

⑧膏：滋润。以上两句与前三章的首两句对举，说黍苗在阴雨的滋润下，长得很盛。

⑨四国：四方。王：周王。

⑩郇伯（Xúnbó）：郇侯，其人不详。郇是古国名，姬姓，故址在今山西临猗，春秋时属晋地。《竹书纪年》："昭王六年，王锡郇伯命。"未知是其人否？劳：劳来，慰劳。以上两句说，四方诸侯有周王可仰仗，有郇伯慰劳。

【品评】

这首诗是曹国贵族感伤周王室卑微，小国得不到荫庇，在大国的侵伐下，处于危境。本诗前三章的头两句是用植物受地下水的浸害，比如小国受到大国的欺凌，后两句则是怀念西周王朝。末章回忆在西周盛世时小国能得到王朝的保护，然而这已是一去不复返了。诗人抚今思昔，感慨万分，真实地反映了西周王朝没落的历史变化。

豳风

豳（Bīn），古地名，在今陕西旬邑和彬县之间。周部族的先祖公刘由邰（Tái，今陕西武功县西南）迁居于此，到文王祖父古公亶父又迁于岐（今陕西岐山县）。豳风就是今陕西旬邑和彬县一带地方的诗。这些地方春秋时属秦国，豳诗之所以不入秦而独立，可能由于其时代较早，演唱的曲调有别于秦风。

旧说豳诗是周公旦所作或为周公旦而作的，此说虽不完全可信，但有的诗同周公旦的事迹有关却无疑问。不过就写作时代说，即使是西周初的诗，也是经过后人加工了的，从形式技巧看，其写定的时代，不可能早于西周中期。

"豳风"共有七首诗，本书选其中四首。

七　　月

七月流火①，九月授衣②。一之日觱发③，二之日栗烈④，无衣无褐⑤，何以卒岁⑥！三之日于耜⑦，四之日举趾⑧，同我妇子⑨，馌彼南亩⑩。田畯至喜⑪。

七月流火，九月授衣。春日载阳⑫，有鸣仓庚⑬。女执懿筐⑭，遵彼微行⑮，爰求柔桑⑯。春日迟迟⑰，采蘩祁祁⑱。女心伤悲，殆及公子同归⑲！

七月流火，八月萑苇⑳。蚕月条桑㉑，取彼斧斨㉒，以伐远扬㉓，猗彼女桑㉔。七月鸣鵙㉕，八月载绩㉖。载玄载黄㉗，我朱孔阳㉘，为公子裳。

四月秀葽㉙，五月鸣蜩㉚。八月其获㉛，十月陨蘀㉜。一之

124

日于貉^㉝，取彼狐狸，为公子裘^㉞。二之日其同^㉟，载缵武功^㊱。言私其豵^㊲，献豜于公^㊳。

五月斯螽动股^㊴，六月莎鸡振羽^㊵。七月在野^㊶，八月在宇^㊷，九月在户^㊸，十月蟋蟀入我床下。穹窒熏鼠^㊹，塞向墐户^㊺。嗟我妇子^㊻，曰为改岁^㊼，入此室处^㊽。

六月食郁及薁^㊾，七月亨葵及菽^㊿。八月剥枣⁵¹，十月获稻，为此春酒⁵²，以介眉寿⁵³。七月食瓜，八月断壶⁵⁴，九月叔苴⁵⁵。采荼薪樗⁵⁶，食我农夫⁵⁷。

九月筑场圃⁵⁸，十月纳禾稼⁵⁹：黍稷重穋⁶⁰，禾麻菽麦⁶¹。嗟我农夫，我稼既同⁶²，上入执宫功⁶³。昼尔于茅⁶⁴，宵而索绹⁶⁵。亟其乘屋⁶⁶，其始播百谷⁶⁷。

二之日凿冰冲冲⁶⁸，三之日纳于凌阴⁶⁹。四之日其蚤⁷⁰，献羔祭韭⁷¹。九月肃霜⁷²，十月涤场⁷³。朋酒斯飨⁷⁴，曰杀羔羊⁷⁵。跻彼公堂⁷⁶，称彼兕觥⁷⁷，万寿无疆⁷⁸！

【注释】

①七月：夏历七月。周人兼用夏历。火：星名，或称"大火"，每年夏历六月出现于正南方，位置最高，七月以后就偏西向下了，所以叫"流"。

②授衣：奴隶主将裁制衣服的差事分配给女奴。授：将物给人。

③一之日：周历一月的日子，就是夏历十一月的日子；"二之日""三之日""四之日"依此类推。而夏历三月不叫"五之日"，却称为"春"，从四月到十月依照夏历，即今农历。觱发（bìbō）：大风的呼叫声。

④栗烈：即"凛冽（lǐnliè）"，寒气袭人。

⑤褐（hè）：粗布，也指粗布制的短衣。

⑥卒岁：终岁，度过一年。上两句说，没有衣服，连件短衣也没

有，怎么度过寒冬。

⑦于：为，指修理。耜（sì）：古代翻土农具。

⑧趾：脚。举趾：下地耕种。

⑨同：偕同。我：诗人自称。妇子：老婆孩子。

⑩馌（yè）：送饭，此指把饭带下地。南亩：埂南北向的田地。这里是泛指。

⑪田畯（jùn）：农官。《国语》：虢公谏周宣王时说到"命农大夫戒农用"，韦昭注"农大夫，田畯也"。至喜：甚喜；一说"至而喜"。以上几句说：正月修理好农具，二月下地干活，带着老婆和孩子，把饭捎到野地吃，农官看见很欢喜。

⑫春日：三月的日子。载：开始。阳：暖和。

⑬有：语助词。仓庚：黄莺，亦称黄鹂。

⑭执：拿。懿（yì）筐：深筐。

⑮遵：沿。微行（háng）：小路。

⑯爰（yuán）：焉，于是，在此。求：找，指采。柔桑：嫩桑叶。以上四句说，三月里天气开始暖和，黄莺儿叫了。妇女们拿着深筐子，沿着小路，来到这里采摘嫩桑叶。

⑰迟迟：缓慢，指白天的时间很长。这是从女奴的感觉上写她们对沉重劳动的厌倦情绪。

⑱蘩：白蒿。据说用煮蘩的水滋润蚕子，容易孵出。祁（qí）祁：很多的样子。以上两句的意思是说，三月里日子长，采了这么多蘩还不晚。

⑲殆（dài）：危险，引申为怕。公子：指贵族恶少。同归：指被抢去蹂躏。

⑳萑（huán）：苇的一种，又名荻，可以制蚕箔。这句意思是，八月收割萑苇，准备好来年的蚕箔。

㉑蚕月：养蚕的月份，指三月。条桑：修剪桑枝。

㉒斧斨（qiāng）：古人称柄孔圆的叫斧，孔方的叫斨。

㉓远扬：指高而向上长的桑枝。

㉔猗（yī）：借作"倚"，即"依"的意思；一说"猗"借作"掎（yǐ）"，牵引。女桑：嫩桑叶。以上四句说，到了三月要修剪桑树，拿着斧头砍下那向上伸展很高的枝丫，就此摘下它上面的嫩叶。

㉕鵙：伯劳鸟。《唐石经》作"鶪"，是其本字。本诗中常以虫鸟鸣叫、植物生长表示时序的变易，这句是其中之一。

㉖载：开始。绩：缠麻线。女奴们蚕桑之事刚完毕，又要动手绩麻织布了。

㉗载：相当"又是"。玄：黑色。连下句说，织成的丝帛与麻布还要染成各种颜色。

㉘我：我们。"我"也是上两句的主语。朱：大红色。孔阳：很鲜明。

㉙秀：植物结子叫"秀"。葽（yāo）：狗尾草。

㉚蜩（tiáo）：蝉。

㉛其获：庄稼即将收获。

㉜陨蘀（yǔntuò）：草木叶子脱落。

㉝于：往，去，与下句"取"互文。貉（hè）：像狐狸的一种兽。

㉞裘：皮袄。以上三句说，十一月猎取狐貉，用它们的毛皮替少爷做皮袄。

㉟同：会合，指聚众打猎。

㊱载：乃。缵（zuǎn）：继续。武功：武事。连上句说，十二月举行大规模的田猎，这乃是军事演习的继续。按：古代田猎包含有军事演习意味，所以说是"武功"的继续。

㊲言：语助词。私：作动词用，即"私人占有"的意思。豵（zōng）：一年的小猪，这里泛指小兽。

㊳豜（jiān）：三年的大猪，这里泛指大兽。公：指奴隶主贵族。

㊴斯螽（zhōng）：蝗虫类鸣虫。动股：相传斯螽两腿相磨擦发声。股：腿。

㊵莎（suō）鸡：纺织娘。振羽：振动翅膀而发声。

㊶以下四句承后省略主语"蟋蟀"。野：野外。

㊷宇：屋檐下。

㊸户：门，此指屋内。以上几句是以候虫蟋蟀由外而内地迁居，暗示节令的变换。

㊹穹（qióng）：空隙，此指鼠洞；一说指土墙的洞隙。窒（zhì）：堵塞。熏鼠：以柴草烧烟熏鼠洞。

㊺向：朝北的窗子。墐（jǐn）户：用泥涂实门缝。墐：涂。古代农村穷人是编扎竹木为门，涂上泥才能防风。上两句写奴隶收拾破屋过冬。

㊻嗟：叹息声，相当"唉"。

㊼曰：语助词。改岁：过年。

㊽处：住。按：据传说周代奴隶在农忙时住在田野临时搭的草棚中，冬闲才回村居住。

㊾郁：植物名，果实像李子。薁（yù）：野葡萄。这两种野果都能食用。

㊿亨：是"烹"的本字，煮。葵：菜名。菽（shū）：豆子。上两句是自述奴隶用野果粗菜充饥。

51剥：收取。一说"剥"，借作"攴"，即今"扑"字，"剥枣"就是打枣子。

52春酒：冬酿春成的酒。

53介：求。眉寿：长寿。人老时眉上有长毛，叫"秀眉"，所以称长寿为"眉寿"。

54断：摘下。壶：葫芦。

55叔：拾取。苴（jū）：一种可食用的麻子。

56荼：苦菜。薪樗（shū）：以樗当柴烧。樗：臭椿。

57食（sì）：给……吃。这一章诗人反复叙述自己食物的粗劣，并以统治者的生活来对比，由此可见出他当日内心的不平。

58筑场圃：把菜园修筑为打谷场。古代场圃轮用，春夏为圃，秋冬为场。圃：菜园。

59纳禾稼：将谷物入仓。禾稼：泛指庄稼，即下两句所说的八种农作物。

⑩稷：粟，又称谷子，去壳后，北方称"小米"。重穋（lù）：即种（tóng）穋。先种后熟叫"穜"，后种先熟叫"穋"。

⑪禾：小米。

⑫同：集中。指把所有粮食送到奴隶主那里集中。

⑬上：通"尚"，还。执：执行，指服役。宫：房屋的通称。宫功：室内的事。这句说还要为奴隶主干家内的活计。

⑭尔：语助词。于茅：去割茅草。

⑮宵：夜里。索绹（táo）：搓绳。

⑯亟：同"急"。乘：升，登。乘屋：登上屋顶去修缮。这里指修理田间的草棚。

⑰其始：将开始。以上两句说，赶快修好草棚，又快要播种了。

⑱冲冲：凿冰声。

⑲凌阴：冰窖。以上两句是互文，说十二月与正月为奴隶主储冰消暑。按：在陕西凤翔发现春秋时代秦国"凌阴"遗址一处，据发掘报导，原"凌阴"系一个倒置的长方形棱台，它的窖底面积为 8.5 米×9 米，窖口面积为 10 米×11.4 米，深 2 米，可储冰 190 立方米。（《文物》1978 年第三期）可见储冰是奴隶一项极繁重的劳役。

⑳蚤："早"的古字。"早"是一种祭祖仪式的名称，奴隶主贵族于每年二月初一日举行。

㉑羔、韭：都是"早"祭的用品。羔：羔羊；韭：韭菜。

㉒肃霜：指天高气爽。

㉓涤场：把谷物收拾干净。

㉔朋酒：两杯酒。斯：语助词。飨：同"享"，享用。

㉕曰：语助词。

㉖跻（jī）：登上。公堂：古代聚会的场所。

㉗称：举杯敬酒。兕觥（sìgōng）：兕牛角制的大型酒杯；一说是有兕形盖的大型铜质酒器。

㉘这是奴隶主们相互祝颂之词。万：多，长。无疆：无尽头。以上

129

五句写奴隶主举行年终（周历）宴会。

【品评】

　　这首诗具体描绘了三千年前奴隶的生活，真实地反映了西周社会的阶级矛盾。全诗八章：第一章总写奴隶从岁寒到春耕的苦况；第二章写女奴蚕桑劳动和怕被奴隶主恶少侮辱的心情；第三章写替奴隶主制作布帛衣料的过程；第四章写秋收后为奴隶主猎取野兽；第五章写奴隶为自己修补破屋过冬；第六章写奴隶主与奴隶的生活天壤之别；第七章写农事完毕还要替奴隶主日夜干活；第八章写寒冬为奴隶主储冰防暑和准备年终宴会。

　　这首诗虽不像《伐檀》《硕鼠》那样有强烈的反抗性，但其中两种生活的对比是鲜明的。我们可以看到，奴隶们一年忙到头：男的种地、打猎、酿酒、凿冰、修缮房屋、准备祭品；女的采桑养蚕、纺绩缝制，还随时有受到奴隶主恶少糟蹋的危险。而奴隶们的劳动成果却全部被奴隶主占有，自己只能吃野菜、住破屋，连御寒的粗布衣也捞不到一件，终岁饥寒。奴隶主呢？却过着夏绸冬裘、酒醉肉饱的奢侈生活，年终还要举行大规模的酒会。从鲜明的生活对比中，诗人控诉了奴隶社会的罪恶，揭露了剥削阶级贪婪、残酷、荒淫的丑恶本质。这是当时阶级关系的真实写照。

　　这首诗宛如一幅农事速写连环画，每幅画面虽寥寥数笔，环境、人物却无一不生动。诗人有着较高的艺术技巧，他首先是运用对比的手法，通过对衣、食、住等具有典型意义的细节描写，构成鲜明对立的形象；其次是分类直叙其事，一件件、一桩桩，如泣如诉，不作夸张渲染，真实感极强；最后是叙事中写景，画面以素描的方法构成，并与人物的心情相融合。叙事、写景、抒情浑然一体。

鸱　鸮

鸱鸮鸱鸮①，既取我子②，无毁我室③。恩斯勤斯④，鬻子之闵斯⑤！

迨天之未阴雨⑥，彻彼桑土⑦，绸缪牖户⑧。今女下民⑨，或敢侮予⑩！

予手拮据⑪，予所捋荼⑫，予所蓄租⑬。予口卒瘏⑭，曰予未有室家⑮。

予羽谯谯⑯，予尾翛翛⑰。予室翘翘⑱，风雨所漂摇⑲。予维音哓哓⑳。

【注释】

①鸱鸮（chīxiāo）：即猫头鹰，是一种凶猛的鸟，昼伏夜出，捕食小鸟、兔、鼠等。

②子：指雏鸟。

③无：毋，不要。室：鸟窝。以上两句是母鸟对鸱鸮说的话：你已经夺走了我的孩子，不要再毁坏我的窝了。

④恩：《鲁诗》"恩"作"殷"。"恩"与"殷"义相通。殷勤：在这里有尽心、勤苦的意思。斯：语助词。下句"斯"字同。

⑤鬻（yù）：借作"育"。闵（mǐn）：疾病。以上两句是说为抚养小鸟费尽了心血，以致累病了。

⑥迨（dài）：趁着。

⑦彻：通"撤"，取。土：《韩诗》作"杜"。桑杜：桑根。

⑧绸缪：见本书《绸缪》注①。牖（yǒu）：窗。牖户，指鸟窝空隙处。以上两句大意是：趁没有下雨，取来桑根，把窝补得牢牢的。

⑨女：即汝。下民：指人。因为窝在高处，所以称人为"下民"。民：人。

⑩或：有。上两句说：现在，下面的人们，有谁敢欺侮我呢？

⑪手：指脚爪。拮（jié）据：脚爪劳累的样子。

⑫所：尚。捋（luō）：成把地摘取。荼（tú）：苦菜。

⑬蓄租：蓄积；一说"租"同"苴"（jū）：茅草。"捋荼"与

"蓄苴"都是为了垫窝用的。

⑭卒：借作"悴"。卒瘏（tú）：疾病。这句说我的口患病了。

⑮曰：语助词。室家：指窝。以上五句说，由于赶造窝，我的口、爪都累病了，但窝还没有造好。

⑯谯（qiáo）谯：羽毛稀疏的样子。

⑰翛（xiāo）翛：羽毛凋零的样子。以上两句说由于劳累，周身和尾上的羽毛都稀少凋零了。

⑱翘翘：居高而不安稳的样子。

⑲漂摇：同"飘摇"。以上两句说，窝还没有做好，高而不稳，在风雨中晃动。

⑳哓（xiāo）哓：惊吓的叫声。

【品评】

这是一首童话诗，全诗以拟人化的手法，借一只母鸟自诉艰辛危苦，寓寄诗人对当前处境的感慨和不平。首章写母鸟对迫害它的鸱鸮的警告；第二章写母鸟趁天晴加固窝，以便抵御自然灾难和人祸；第三章写母鸟为建窝而劳累不堪；第四章写母鸟为窝未建成而忧惧。通篇都是深忧危苦之词，诗人想必是有所寄托的，但具体所指已无法知道了。旧注家根据《尚书·金滕篇》，说是周公向成王表白自己心迹而作的。然于诗义不合，不足信。

东　山

　　我徂东山①，慆慆不归②。我来自东③，零雨其濛④。我东曰归，我心西悲⑤。制彼裳衣，勿士行枚⑥。蜎蜎者蠋⑦，烝在桑野⑧。敦彼独宿⑨，亦在车下⑩。

　　我徂东山，慆慆不归。我来自东，零雨其濛。果臝之

实⑪，亦施于宇⑫。伊威在室⑬，蟏蛸在户⑭。町畽鹿场⑮，熠
燿宵行⑯。不可畏也，伊可怀也⑰！

　　我徂东山，慆慆不归。我来自东，零雨其濛。鹳鸣于
垤⑱，妇叹于室⑲。洒扫穹窒⑳，我征聿至。有敦瓜苦㉑，烝在
栗薪㉒；自我不见，于今三年㉓！

　　我徂东山，慆慆不归。我来自东，零雨其濛。仓庚于
飞㉔，熠燿其羽。之子于归㉕，皇驳其马㉖。亲结其缡㉗，九十
其仪㉘。其新孔嘉，其旧如之何㉙！

【注释】

　　①我：诗人自称。徂：去。东山：当在古奄国境内，而奄国在今山
东曲阜附近，后并入鲁国，《孟子·尽心上》中说"孔子登东山而小
鲁"，诗中的"东山"与《孟子》中的"东山"当是一处，即现在的
龟蒙山，在今山东蒙阴县南。

　　②慆（tāo）慆：久久。以上两句说，诗人自己参加东征离家已很
久了。

　　③来自东：从东方回来。

　　④零：落。其濛：同"濛濛"。以上两句说，当我从征地动身返乡
的时候，正下着濛濛细雨。阴雨绵绵，气氛悲凉，烘托出征人当时的心
境。全诗各章都用前面这四句开头，朱熹说："言其往来之劳，在外之
久，故每章重言，见其感念之深。"

　　⑤曰：语助词。以上两句大意是：我在东方听到将回去的消息，心
里不禁含悲怀念西方的故乡。

　　⑥制：缝制。裳衣：指普通百姓的服装。士：与"事"古通用。
这句中"士"做动词用，"从事"的意思。枚：筷子似的短棍。行枚：
即横枚，古代行军时嘴里横衔着枚，防止喧哗。这里借代军旅生活。以
上两句写出征人对和平生活的向往。意思是说，从此换上老百姓的服
装，不再过那军旅生活了。

⑦蜎（xuān）蜎：蠕动的样子。蠋（zhú）：野蚕。

⑧烝（zhēng）：多，指野蚕。以上两句是以桑林中密集的野蚕缓缓蠕动，比喻战士在外行军、露宿。

⑨敦（duī）：团。这里是形容战士睡时蜷缩一团。

⑩亦：语助词。下章第六句"亦"同此。

⑪果臝（luǒ）：栝楼或瓜蒌，蔓生葫芦科植物。

⑫施（yì）：蔓延。宇：屋檐。

⑬伊威：一名鼠妇，俗呼地虱，喜欢生活在潮湿的地方。

⑭蟏蛸（xiāoshāo）：一种长腿的小蜘蛛，即喜蛛。

⑮町畽（tǐngtuǎn）：田舍旁的空地、禽兽践踏的地方。鹿场：野兽活动的场地。

⑯熠燿（yìyào）：闪光的样子，此指燐火，俗称"鬼火"。宵：夜。行：流动。以上六句是征人想象自己家园荒凉的景象，大意是：地里的栝楼蔓延爬上屋檐了，屋里的地上活跃着地虱，门窗上喜蛛结了网，屋旁的空地布满了兽迹，简直成了野鹿出没的场所了。

⑰以上两句承上转折，用反衬手法，写出自己对故乡深切的爱。意思是说：即使家园荒芜成那样子也不可怕，仍然值得怀念。

⑱鹳（guàn）：一种像鹤的水鸟。垤（dié）：小土堆。因鹳性好水，见雨喜而长鸣。这句以鹳鸣暗示家乡同时在下雨。阴雨的时候，最容易勾起怀人的情绪，所以下面接着说"妇叹于室"。这句对思妇的心情有烘托作用。以下六句都是诗人想象妻子怀念他的情形。

⑲妇：征人的妻子。她叹息是因为思念丈夫。

⑳穹窒：塞住墙上的洞隙。我征：我的征人。聿：同"曰"，语助词。以上两句是征人想象其妻子如何收拾屋子迎接他。

㉑有敦：同"敦敦"，团团的。瓜苦：即瓠瓜。苦：通"瓠"。

㉒烝：多。栗薪：栗树柴。以上两句说，团团的瓠瓜放在栗树柴上。按：这是征人想象其妻子洒扫时所见物。古代结婚时夫妇各执一瓢盛酒漱口，称为"合卺（jǐn）礼"。这瓢就是用瓠瓜一剖为二的。"薪"也是与婚仪有关之物，详见本书《绸缪》注①。所以这两句是想象妻

子见物生情，想念远征的丈夫。

㉓于今：至今。以上两句是诗人想象之后的自我感叹，说自己已经三年没有见着妻子了。

㉔仓庚：黄莺。于：同"聿"，语助词。这句以下是征人由想念妻子，进而甜蜜地回忆起结婚时的情景。

㉕之子：见本书《桃夭》注③。

㉖皇：黄白色。驳：赤白色。

㉗亲：指女子的母亲。缡（lí）：妇女的佩巾。古代女子出嫁时，由母亲亲手给她系好佩巾、衣带。

㉘九十：极言其多，非实数。这句是说婚礼仪式的名目繁多。上四句是征人回忆当日到女家迎新娘的情形。

㉙新：指刚娶时。孔嘉：非常美。旧：久，指婚后至今。这两句说，新娶来时妻子很漂亮，现在时隔这么久，不知道她怎样了。

【品评】

这首诗是远征士兵在解甲回来的途中抒发思乡之情的，表现了古代人民对长期征战的厌恶及对和平生活的渴望。

旧说《东山》是周公东征归来为慰问战士而作的，这与诗的内容、情调不相符，但与周公东征的事有关或许可能。旧注根据《尚书大传》"周公摄政，二年东征，三年践奄"和《孟子》"（周公）伐奄三年讨其君"的记载，认为这首诗涉及的是周公镇压奄国叛乱的战争。未知是否。

这是国风中最出色的抒情诗之一。写征人思前想后，内心活动很复杂。他既为自己生还，今后能过上和平生活而欣喜，又为自己走后，家园残破而万分担忧；然而对故乡深厚的爱，又给予他重建家园的勇气和信心。再者，诗中写征人对妻子的怀念，无论是从妻子方面设想，还是从自己方面着笔，都不是泛泛写来，而是借助一些看来是琐屑的实则是细腻的描述，来抒发自己对妻子那种朴实而深厚的情意，非常真实。

破　斧

既破我斧，又缺我斨①。周公东征②，四国是皇③。哀我人斯④，亦孔之将⑤。

既破我斧，又缺我锜⑥。周公东征，四国是吪⑦。哀我人斯，亦孔之嘉⑧！

既破我斧，又缺我銶⑨。周公东征，四国是遒⑩。哀我人斯，亦孔之休⑪！

【注释】

①斨：见本书《七月》注㉒。以上两句写斧斨破缺。这是暗示从军日久与工务繁劳。按：据有关文献记载，西周时使用的武器主要是弓、矢、戈、矛、戟之类，这首诗中所说的却是斧、斨、锜、銶一类东西，这是农、工使用的工具，诗人可能是担任军中开路营建一类工作的，相当于后世的工兵。严粲说："惟行师有除道樵苏之事，斧斨之用为多，历时久则必弊。"（《诗缉》）

②周公：姬旦，周武王姬发之弟，是西周初期著名政治家。

③四国：四方。是：宾语前置的标志。皇：《毛传》"匡也"，即匡正。周公征服背叛的诸侯国，其他的诸侯国也变驯服了，所以这句说"四方得到了匡正"。

④斯：语助词。

⑤孔：很。之：凑足句中音节，无实义。将：臧，美。以上两句是诗人为自己能生还而庆幸。

⑥锜（qí）：凿类钻木工具。

⑦吪（é）：动，引申为"变化"，这里指以武力促成其"变化"。因此"吪"与上章"皇"意思相近。

⑧嘉：美。

⑨銶（qiú）：凿子之类；一说斧子之类。

⑩遒（qiú）：固，稳固，这里指由原来不稳固使之变为稳固。所以"遒"与上两章"皇""吪"意思相近。

⑪休：美。

【品评】

这是参加周公东征的战士庆幸生还的诗。根据《竹书纪年》记载：周成王元年、二年，殷、奄、徐、淮夷等属国先后叛乱，周公率军征讨，是从周成王二年秋开始，至五年春结束的，前后达三年之久。因这四国都在西周都城镐京（今西安市西）的东边，所以史称"东征"。

全诗三章，意思相同，头两句写自己从军日久，以致使用的工具都残破了；中间两句写周公东征的目的；最后两句说自己能生还那是太幸运了。诗人侧面反映了人民对战争的厌烦情绪以及对和平生活的热望。

大 小 雅

小雅

雅，也是由乐器之名演变为曲调之称的。这种曲调原盛行于西周王畿一带，是周王朝直接统治区的音乐。雅有正的意思，所以"雅乐"，也就是"正乐"。①

大、小雅的分别，当在于它们的使用场合不同。"大雅"用于国家的大典仪式。"小雅"则用于一般朝廷宴会。不过，这种用途的差别，最初也应该是由于音调的不同而决定的。

"小雅"大部分为贵族的作品，也有小部分来自民间，从风格看，它们酷似"风诗"。

"小雅"中大部分诗产生于西周后期和东周初期，因此有不少诗反映了时代的黑暗和动乱，有一定的进步意义。

"小雅"共有七十四首诗，本书选其中二十四首。

鹿 鸣

呦呦鹿鸣①，食野之苹②。我有嘉宾③，鼓瑟吹笙④。吹笙鼓簧⑤，承筐是将⑥。人之好我，示我周行⑦。

呦呦鹿鸣，食野之蒿⑧。我有嘉宾，德音孔昭⑨，视民不恌⑩，君子是则是傚⑪。我有旨酒⑫，嘉宾式燕以敖⑬。

① 参见《毛诗序》、章炳麟《大疋小疋说》、梁启超《释四诗名义》等。

138

呦呦鹿鸣，食野之芩⑭。我有嘉宾，鼓瑟鼓琴。鼓瑟鼓琴，和乐且湛⑮。我有旨酒，以燕乐嘉宾之心。

【注释】

①呦（yōu）呦：鹿相呼唤的声音。

②苹（píng）：植物名，旧说颇分歧，今取其中两种解释：一说"苹"是藾（lài）萧，与下章"蒿"同物异名；一说"苹"与"荓"（píng）通，即马帚菜，北方称作铁扫帚。上两句以鹿群在旷野欢乐地吃草起兴，引出下文主客交欢。

③我：主人自指。嘉宾：贵客。

④鼓：作动词用，这里有弹奏的意思。瑟：见本书《关雎》注⑫。笙（shēng）：一种簧管乐器。以上四句以奏乐和赠币表现主人热情待客，礼节周到。

⑤簧：笙管中的薄叶，又称舌簧。这里即指笙，"鼓簧"也就是"吹笙"。

⑥承：奉，双手捧着以示敬重。"筐"是放币帛用的竹器。将：行。这句是说，主人把筐恭敬地献给客人，行赠币帛之礼。按：这是古代宴会的一种礼节。

⑦人：指客人。示：指示。周行：大路。这里是比喻大道理。以上两句是主人向客人献上帛币时讲的客套话，大意是：客人对我友好，给我指示了大路。意思指客人给了他许多教益。

⑧蒿（hāo）：草名，这是指青蒿。

⑨德音：善言，指符合大道理的话。孔：很。昭：明。

⑩视：示。民：人。恌（tiāo）：借作"佻"（tiāo），轻薄。

⑪君子：指有道德者，即客人。则：法则，楷模。傚：同"效"，模仿。以上三句大意是说，客人高明的言论，能教育人不轻薄，您这位君子，是人们学习的楷模。

⑫旨酒：甜美的酒。

⑬式：语助词。燕：安，这里是庄重的意思。下章"燕"同此。

以：而。敖：借作"遨"，游，这里指行动从容。这句是说，客人饮宴时态度庄重而从容。《诗纪》引范氏说："'式燕以敖'，言其礼之从容也。夫庄而不至于矜（傲慢），和而不至于流（轻浮），此其德之纯也。"

⑭芩（qín）：植物名，一说属蒿一类；或说是芦苇属植物。

⑮湛（dān）：喜乐。

【品评】

这首是周代朝廷与民间宴会通用的乐歌，朱熹曾猜想是由朝廷宴乐"推而用之"于民间的。这可能是弄颠倒了。因为诗中以鹿群食草起兴，本身就证明它的古老性质，所以，事实上这首诗恐怕最初是民间宴会的乐歌，后来才被统治阶级采用的；当然他们有所加工修改，这恐怕是难免的。

马瑞辰说："此诗三章，文法参差，而义实相承。"首章与末章的前六句都是写自己热情待客，所不同的是首章后两句转到写客人对我的教益，末章后两句则是写客人的欢乐，这是由于我热情所致。次章是承首章末两句而来，赞美客人德高望重。全诗情调欢乐轻快。

伐　木

伐木丁丁①，鸟鸣嘤嘤②。出自幽谷③，迁于乔木④。嘤其鸣矣，求其友声⑤。相彼鸟矣，犹求友声。矧伊人矣⑥，不求友生⑦？神之听之，终和且平⑧！

伐木许许⑨，酾酒有藇⑩。既有肥羜⑪，以速诸父⑫。宁适不来⑬？微我弗顾⑭。于粲洒扫⑮，陈馈八簋⑯。既有肥牡⑰，以速诸舅⑱。宁适不来？微我有咎⑲！

伐木于阪⑳，酾酒有衍㉑。笾豆有践㉒，兄弟无远㉓。民之

140

失德^㉔，乾餱以愆^㉕。有酒湑我^㉖，无酒酤我^㉗。坎坎鼓我^㉘，蹲蹲舞我^㉙。迨我暇矣，饮此湑矣^㉚！

【注释】

①丁丁：伐木声。姚际恒以为"伐木"是兴，与诗旨无关；一说是取"伐木于山者，其声丁丁然相应"之意。(见《诗纪》引陈氏说)

②嘤 (yīng) 嘤：鸟鸣声。

③幽谷：深谷。

④乔木：高大的树木。

⑤友声：同类的声音；一说即"应声"。以上四句说，鸟从深谷飞向乔木，嘤嘤地叫着，在寻找着它的同伴。

⑥矧 (shěn)：况且。伊：是。

⑦友生：友人；一说"生"是语助词。以上四句是以鸟鸣求伴侣为喻，说明人不能没有朋友。

⑧以上两句的意思是说，神灵听着，我对朋友始终是忠诚的。范逸斋《诗补传》说："质之神明，终当与朋好而不变也。"

⑨许 (hǔ) 许：剞木皮的声音。《初学记》引作"浒浒"，义同。《说文》引作"所所"，段玉裁以为是锯声。

⑩釃 (shī, 又读 shān) 酒：将酒去糟滤清。有莒 (xù)：同"盨盨"，美的样子。这句说经过滤的酒很好。

⑪羜 (zhù)：羊羔。

⑫速：召，请。诸父：同姓的长辈。

⑬宁：何。适：往。这句意思说不要借口到别处而不来。

⑭微：无，勿。顾：念。勿我弗顾，意思就是"不要忘掉我"。以上两句是表示请客的诚心。

⑮于：读作"乌"，赞叹声。粲：鲜明，这里是洁净的意思。这句说为了迎接客人，打扫得干干净净。

⑯陈：摆设。馈 (kuì)：奉献食物给尊者叫"馈"，这里是指食物。簋 (guǐ)：古代盛黍稷稻粱的圆形器具。"八簋"是言其食物品种

之多。这句说摆设了许多食物。以上是说为迎客作好了各种准备。

⑰牡：指公羊。

⑱诸舅：指异姓长辈。

⑲有咎（jiù）：被责，怪罪。这句意思是希望客人来，不要让我受人家责备。按：后四句与前几句互文见义。

⑳阪（bǎn）：斜坡。

㉑有衍：同"衍衍"，盛满的样子。

㉒笾（biān）：古代祭祀和盛会时装果脯的竹器，形状像木制的豆。豆：古代食器。形似高足盘，或有盖，用以盛食物。多陶质，西周已有木制，晚期有铜豆。践：陈列。这句是说，宴客东西丰盛，盛食物的盘儿碗儿排列整齐。

㉓兄弟：平辈的亲友。无远：毋远，不要与我疏远，即见外的意思。

㉔民：人。失德：无恩德，指彼此间无情谊。

㉕乾餱（hóu）：干粮，这里指粗劣食品。愆（qiān）：过失，指彼此间关系坏。以上两句意思说，人们彼此之间没有友情，连粗劣的食物也不给人，造成彼此间关系很坏。言外之意是说，要盛情待客。《汉书·薛宣传》引此诗，颜师古注"言无恩德，不相饮食，则阙（缺）干餱之事，为过恶也。"

㉖湑（xiǔ）：同"醑"，过滤。

㉗酤（gū）：一宿酒，即速熟的酒。以上两句是倒装句，即"我有酒则湑之，我无酒则酤之。"一说"酤"，同"沽"，买酒。我：语助词。

㉘坎（kǎn）坎：击鼓声。

㉙蹲蹲：当作"墫（cún）墫"，起舞的样子。以上两句是写以乐舞娱乐亲友，意谓我为朋友坎坎而鼓，我为朋友墫墫而舞。一说"我"为语助词。

㉚迨：见本书《摽有梅》注④。暇：闲暇。以上两句是与客人别时约定后会，大意是：等我们有空闲的时候，再来一块儿饮酒。

【品评】

这首是民间宴请亲友的乐歌。旧说以为是周文王所作，或泛指天子之诗，都与诗意不大吻合。诗首章以鸟呼伴为喻，说明人不能没有亲友；次章说要以丰盛的酒肴，热诚地款待亲友；第三章说亲友间要真诚相待，往来之礼不可失。这首诗说的是亲友间正常的交往，表现了古代人民对待亲友的真挚感情，反映了社会生活的一个侧面。

采　薇

采薇采薇①，薇亦作止②。曰归曰归③，岁亦莫止④。靡室靡家⑤，猃狁之故⑥。不遑启居，猃狁之故⑦。

采薇采薇，薇亦柔止⑧。曰归曰归，心亦忧止。忧心烈烈⑨，载饥载渴⑩。我戍未定，靡使归聘⑪。

采薇采薇，薇亦刚止⑫。曰归曰归，岁亦阳止⑬。王事靡盬⑭，不遑启处⑮。忧心孔疚⑯，我行不来⑰！

彼尔维何⑱，维常之华⑲。彼路斯何⑳，君子之车㉑。戎车既驾㉒，四牡业业㉓，岂敢定居，一月三捷㉔。

驾彼四牡，四牡骙骙㉕。君子所依㉖，小人所腓㉗。四牡翼翼㉘，象弭鱼服㉙。岂不日戒，猃狁孔棘㉚！

昔我往矣㉛，杨柳依依㉜。今我来思㉝，雨雪霏霏㉞。行道迟迟，载饥载渴㉟。我心伤悲，莫知我哀㊱！

【注释】

①薇（wēi）：多年生草本植物，又名巢菜，嫩苗可食。

②"亦"同"已"。作：出生。止：语助词。这句说，薇的芽苗已

出生。

③曰归：说要回去。重复讲，表示思归的心情急切难耐和愿望不能实现的牢骚。

④岁：年。莫：是"暮"的本字。这句说，一年的时间已经要完了。

⑤靡（mí）：无，没有。室、家都是指家庭生活。这句意思说，因为远征不能与家人团聚，所以有家等于无家。

⑥狝狁（Xiǎnyǔn）：一作"猃允"，西周时北方的一个部族，春秋时称北狄，秦汉时叫匈奴。

⑦不遑（huáng）：没有功夫。启居：启是跪；居是坐。这里"启居"是指停下来休息。以上两句说，没有功夫休息，是因为狝狁侵扰的缘故。

⑧柔：指薇的幼苗鲜嫩。

⑨烈烈：形容心中忧愁如火烧一般。

⑩载饥载渴：又饥又渴。

⑪戍（shù）：驻守。使：指派，这里是委托的意思。聘：问候。以上两句说，我们一直没能驻扎下来，无法托人捎家信。

⑫刚：指薇苗已长成坚硬的茎。按：薇苗"作""柔""刚"的变化，表示时序的推移。

⑬阳：夏历十月。

⑭王事：国事，此指战争之事。靡盬：见本书《鸨羽》注③。

⑮启处：同"启居"。以上两句说，周王朝的差事无穷无尽，没有时候休息。

⑯孔：很。疚（jiù）：痛苦。

⑰来：归来，返回。以上两句大意是：我心中忧闷，极为痛苦，这次远征恐无生还。

⑱尔：通"茶（ěr）"，花盛开的样子。维：为，是。

⑲常：常棣（dì）之省称，植物名，即"郁李"。华：同"花"。以上两句一问一答：那盛开的是什么花？是郁李的花。这是起兴，以引

出下面关于战阵的问答。

⑳路：借作"辂（lù）"，一种高大的车子。斯何：同"维何"。

㉑君子：指军中将帅。这两句大意是：那高大的战车是谁的？是将帅的车子。

㉒戎车：战车，即上文的"路"。既：已。

㉓牡：雄马。业业：高大的样子。以上两句写即将交战，说战车由四匹高大的雄马驾着，准备出发。

㉔定居：指休息。三捷：多次取胜。"三"表示多，非实数。这两句承上总写战时情况，说我们哪敢安然休息，一月之中与敌人频频交战，屡次取胜。这里的情调与上三章不同，既点出战斗紧张艰苦，也说明取得了辉煌战果。

㉕骙（kuí）骙：奔走不息。

㉖依：凭靠，这里指乘坐。

㉗小人：指战士。腓（féi）：借作"屝（fèi）"，隐蔽。以上两句说，将帅乘坐的战车，战士们借以隐蔽。

㉘翼翼：行列整齐的样子。这里写战马，实则写人，说明军队训练有素，战阵严整。

㉙象弭（mǐ）：以象牙装饰的弓端。弭：弓的两端受弦处。鱼服：用沙鱼皮制的箭袋。服：借作"箙（fú）"，箭袋。以上六句的意思是：四匹强壮的雄马驾着战车，将帅乘坐着，战士们靠它作隐蔽，行列整齐，武器精良。

㉚日戒：日日戒备。孔棘：非常紧急。棘：借作"急"。以上两句写敌情：哪能不天天警戒，因为猃狁不断侵犯，情况吃紧。

㉛昔：过去，指初离家从军的时候。

㉜依依：形容柳枝轻拂的样子。以上两句回忆离家从军时的情景，以轻拂的柳枝作为春天的标志，点出当时的季节。

㉝思：语助词。

㉞雨：作动词用，落。霏（fēi）霏：形容雪花纷飞的样子。以上两句是写归途中所见的实景，这是一个大雪纷飞的日子。

145

㉟行道：行路。迟迟：缓慢。这两句说：一路上又饥又渴，总嫌走得慢。因为这个战士急切要与亲人团聚，所以心里感觉走得慢。

㊱最后两句写战士在归途中抚今追昔，不由得悲伤起来，但是别人并不知道他为什么悲伤。

【品评】

这首诗写一位远征战士罢战归来，在回乡途中，他抚今追昔，回想自己在军中的情况与心情。

周宣王（前八二七—前七八二年在位）执政的前夕，猃狁曾乘周王朝政治动乱和遭遇大旱灾的机会，侵扰北方边境。公元前八二七年宣王曾出兵征讨，这首诗反映的大约就是这次战争。

诗前五章都是回忆。首章写岁暮不能归家的缘故；次章写征战中无法给家人音信；第三章写征战劳苦，恐无生还。以上三章着重写怀乡思家，情调较低沉。第四、五章转到写对敌作战的情况，侧重表现紧张的战斗、军队的声威以及取得的战绩，诗人欣喜自豪之情约略可见。这一前后情绪的变化，正反映了当时人民对这次战争的态度，他们尽管为远离家乡亲人感到痛苦，但对这场自卫战争是支持的，所以都勇敢地投入战斗。最后一章写归途中的复杂心情，感时伤事，情景交融，历来誉为写景抒情的名句，一直为人们所传颂。

鸿　雁

鸿雁于飞①，肃肃其羽②。之子于征③，劬劳于野④。爰及矜人⑤，哀此鳏寡⑥。

鸿雁于飞，集于中泽⑦。之子于垣⑧，百堵皆作⑨。虽则劬劳，其究安宅⑩。

鸿雁于飞，哀鸣嗷嗷⑪。维此哲人⑫，谓我劬劳。维彼愚人⑬，谓我宣骄⑭。

【注释】

①鸿雁：大雁，一种候鸟，群居水边，一般排成行列飞行。于：语助词。考《诗经》中加在动词前的"于"字，大体都表示动作正在进行，虽释为语助词，但仍有"在"的意味，只是不明显罢了。

②"肃肃"与"羽"，均见本书《鸨羽》注①。关于上两句《诗纪》引苏氏说："人民离散，譬如鸿之飞四方，无所不往，徒闻羽声肃肃，未知所止也。"

③之子：这人，流浪者自指。征：行走。

④劬（qú）劳：劳苦。野：旷野。

⑤爰：焉，于是。矜（jīn）：苦人，穷人。

⑥哀：可怜。鳏（guān）寡：老而无妻叫"鳏"；老而无夫叫"寡"。这里"鳏寡"是泛指穷苦而无依靠的孤苦老人。以上四句是诗人从自己流浪之苦，联想到比他更苦的人，特别是那些可怜的孤苦无告的老年人。

⑦中泽：泽中。

⑧垣（yuán）：墙，这里用如动词，即筑墙。

⑨百堵：百重墙。一重墙称"一堵"。"一堵"又称"一板"，长六尺（郑玄说）。"百堵"极言其多。

⑩究：终。宅：居。以上四句非实写，只是诗人的幻想。他从鸿雁聚居沼泽中，联想到如能让大家动手盖上很多房子，虽然劳苦一时，但终究可以有个安身的处所。

⑪嗸（áo）嗸：哀鸣声。嗸：同"嗷"。

⑫哲人：智者，聪明人，指贤明的统治者。

⑬愚人：指昏庸的统治者。按：《诗经》中有几首都是以"哲人"或"圣人"同"愚人"对举，二者全指在位者。这里的"哲人"和"愚人"，也是如此。

⑭宣：示。骄：自恣，放纵。宣骄：不安分。

【品评】

　　这首是乱世流浪者的哀歌。西周后期政治黑暗。即使是号称中兴的周宣王时期，也是危机四伏。当时频繁的对外战争，加剧了国内的阶级矛盾，造成庶民、奴隶大量逃亡，迫使他不得不"料民于太原"，即以检查户口的方式，对人民严加控制。（参见《史记·周本纪》）其后周幽王统治时期，更是外患内乱交迫，社会经济凋弊，以致造成"瘨（diān，'害'的意思）我饥馑，民卒（尽）流亡"（《大雅·召旻》）。这首诗就是西周后期人民过着这种"流亡"生活的真实写照，反映了人民对黑暗统治的不满。

　　诗人以鸿雁比喻流浪者，说明自己作这首歌，等于鸿雁的哀鸣。全诗三章，首章自叹无处安生，并由此念及更苦的孤寡鳏独；次章幻想重建家室，使流浪者能安定地生活；三章说他作这首歌，是要使贤明的统治者知道这是他唱出自己心中的苦情，而昏庸的统治者却要说他桀骜不驯。

斯　干

　　秩秩斯干①，幽幽南山②。如竹苞矣！如松茂矣③！兄及弟矣④，式相好矣⑤，无相犹矣⑥。

　　似续妣祖⑦，筑室百堵⑧，西南其户⑨。爰居爰处，爰笑爰语⑩。

　　约之阁阁⑪，椓之橐橐⑫。风雨攸除⑬，鸟鼠攸去，君子攸芋⑭。

　　如跂斯翼⑮，如矢斯棘⑯，如鸟斯革⑰，如翚斯飞⑱。君子攸跻⑲。

　　殖殖其庭⑳，有觉其楹㉑。哙哙其正㉒，哕哕其冥㉓。君子攸宁^㉔。

下莞上簟^㉕，乃安斯寝。乃寝乃兴^㉖，乃占我梦。吉梦维何？维熊维罴^㉗，维虺维蛇^㉘。

大人占之^㉙，维熊维罴，男子之祥^㉚。维虺维蛇，女子之祥。

乃生男子，载寝之床^㉛，载衣之裳^㉜，载弄之璋^㉝。其泣喤喤^㉞，朱芾斯皇^㉟，室家君王^㊱。

乃生女子，载寝之地^㊲，载衣之裼^㊳，载弄之瓦^㊴。无非无仪^㊵，唯酒食是议^㊶。无父母诒罹^㊷。

【注释】

①秩秩：水流动的样子。斯：此，这。干：水涧。

②幽幽：深远的样子。南山：终南山，在今西安市之南。

③苞：植物丛生叫"苞"。茂：兴盛。这两句以"竹苞""松茂"象征家族团结兴旺。

④及：与。

⑤式：语助词。

⑥犹：欺诈。以上三句是祝愿主人家兄弟友好，真诚团结，永不相欺。

⑦似：借作"嗣"。嗣续：继承。妣祖：指先妣先祖，即远祖。

⑧筑室：指打墙。百堵：见本书《鸿雁》注⑨。以上两句说，继承先祖的事业，建造了很多住房。

⑨户：门。这句说宫室的门有朝西的、朝南的。

⑩爰：于是，在这里。居处：居住。笑语：笑谈。这两句是祝愿新居安乐。

⑪约：束，捆缚。阁阁：同"历历"，绳索交错缠绕的样子。这句是说捆紧筑板。参见本书《绵》注㉕。

⑫椓（zhuó）：槌打。橐（tuō）橐：用杵筑土的声音。

⑬攸：所。下面的"攸"字同此。

⑭芋："芋"借作"宇"。宇：覆盖，这里是居住的意思。上三句是说房屋建造得牢固，风雨鸟鼠不能为害，这是君子住的地方。

⑮跂（qì）：人两腿叉开站立叫"跂"。斯：语助词。翼：敬，这里是形容宫室庄严齐整。这句说，宫室整齐地排列就像人站立着。

⑯棘：通作"急"。射出的箭急速前进则成一直线。这句说宫室两端如射出的箭一般笔直。

⑰革：同"翮"（gé），鸟翅膀。这句说屋脊耸起如鸟展翅。

⑱翚（huī）：五彩的雉。飞：指屋檐上翘，如鸟飞。这句是说屋檐翘起而华美，如五色雉飞翔。

⑲跻（jī）：升，登，此指住。

⑳殖殖：平正。庭：庭院。

㉑有觉：同"觉觉"，高大的样子。"觉"是"桷（jué）"的借字，高大。楹（yíng）：柱子。

㉒哙（kuài）哙：同"快快"，明亮的样子。《广雅》："快，晓也。"《说文》："晓，明也。"正：指正屋。

㉓哕（huì）哕：同"熭（wèi）熭"，宽明的样子。冥：幽暗，此指宫室深邃处。以上四句说，宫室的庭院平正，屋柱高大，正屋亮堂堂的，就是深邃之处，也颇宽明。

㉔宁：安。

㉕莞（guǎn）：植物名，俗称"席子草"，此指莞草编的细席。簟（diàn）：竹席。连下句说，床铺下面垫着莞席，上面铺着竹席，睡在这里一定很舒适。

㉖兴：起来。我：诗人代主人自称。

㉗罴（pí）：熊的一种。

㉘虺（huǐ）：一种毒蛇。以上三句说，做了个吉利的梦，梦见熊罴虺蛇。朱熹说："梦兆而有祥，亦颂祷之词也。下章放此。"

㉙大人：太人，太卜之类的官。以下几句是太卜对梦的解释，意思说这个梦很吉利，预示主人家将添男育女。

㉚祥：吉利。

㉛载：语助词。下文五个"载"字同此。

㉜衣：作动词用，穿。裳：裙，此指小孩围兜之类东西。以上三句说，把生下的男孩，放在床上，罩上围兜。

㉝弄：玩弄。璋（zhāng）：玉器，形状像半个圭。男孩玩弄璋玉，大约是当时的风俗，表示将来尊贵。

㉞喤（huáng）喤：形容小孩哭声宏亮。

㉟朱：红色。芾（fèi）：古时的祭服。郑玄说："芾者，天子纯朱，诸侯黄朱。"皇：借作"煌"，鲜明。

㊱室家：指国家。以上两句说，男孩将来能穿天子之服，是一国之主。

㊲地：此地。

㊳裼（tì）：婴儿的衣服。

㊴瓦：纺砖，纺锤。女孩玩弄纺砖，这大约也是当时的风俗，表示将来能谨守妇道。

㊵非：违。仪：通"议"。

㊶唯：只是。是：宾语前置的标志。议：通"仪"，度。按：疑原诗中"仪"与"议"两字互讹。以上两句意思说，女子严守妇道，行不违逆，言无乱语，只有酒食一类才是她分内的事。

㊷诒：同"贻"，给。罹（lí）：忧患。这句意思指女子出嫁后各方面符合伦理道德规定，不给父母带来忧虑。

【品评】

这首诗是周天子官室落成的颂歌，《诗序》指实为周宣王"考（成）室"，恐未必是。从诗的内容考察，说是周王朝通用的颂诗似较合理。

首章总述新居面山临水，风景幽美；次章写继承先祖建造大量官室，宗族安乐；第三、四、五章赞美官室牢固美观，阳光充裕，适宜君子居住；第六、七、八、九章预祝主人幸福美满，生男将贵为王侯，生女善事夫家。

从这首诗可以明显地看出，贯穿中国两千余年的男尊女卑的伦理观念，在那时已严重地存在了。

无　羊

谁谓尔无羊①？三百维群②。谁谓尔无牛？九十其犉③。尔羊来思④，其角濈濈⑤。尔牛来思，其耳湿湿⑥。

或降于阿⑦，或饮于池，或寝或讹⑧。尔牧来思⑨，何蓑何笠⑩，或负其餱⑪。三十维物⑫，尔牲则具⑬。

尔牧来思，以薪以蒸⑭，以雌以雄。尔羊来思，矜矜兢兢⑮，不骞不崩⑯。麾之以肱⑰，毕来既升⑱。

牧人乃梦，众维鱼矣，旐维旟矣⑲。大人占之⑳，众维鱼矣，实维丰年㉑。旐维旟矣，室家溱溱㉒。

【注释】

①尔：你，指牛羊的所有者。

②维：通"为"。这句意谓拥有羊的数量之多。三百只是一群，按只数算则难点清了。

③犉（chún）：大牛。这句言外是说，大牛就有九十，其他牛尚多。按："九十""三百"都是表示极多，非实际数字。前四句以突如其来的问话开头，能唤起人们注意。

④思：语助词。下文"思"字同此。

⑤濈（jí）濈：陈奂说"濈"是"后人涉下'湿湿'，因误加水旁"。《说文》《太平御览》都引作"戢（jí）"，聚集的意思。这句说很多只羊亲热地头角交抵在一起。

⑥湿湿：借作"昭"，音同"湿"，形容耳朵摇动的样子。这章前

四句写数量，后四句写牛羊活跃。

⑦或：有的。降：下。于：从。阿：丘陵。

⑧讹（é）：动。《玉篇》引作"吪"，义同。以上三句写牛羊的活动，有的从坡上下来，有的在池边饮水，有的躺着，有的走动。

⑨牧：牧人。

⑩何：同"荷"，担在肩上，此指"背"或"戴"。蓑（suō）：草制的雨衣，今称蓑衣。笠：斗笠。

⑪负：背着。餱：干粮。以上三句写牧人的形象，说他们穿着蓑衣，戴着斗笠，有的背着干粮。

⑫物：毛色。这句说毛色有三十种之多。按："三十"也是表示多数，不是实指。

⑬牲：牺牲。古代为祭祀宰杀的牲畜叫做"牺牲"。具：全。这句说祭祀用的牺牲种类俱全。

⑭以下两句说牧人还要用闲余时间替牧主打柴和猎禽。以：取。薪：粗柴。蒸：细柴。"雌雄"指禽类，许谦《诗集传名物钞》："飞曰雌雄，走曰牝牡"；一说是放牧的方法，说牧人替牲畜选择有各类草的牧场，并将雌雄区分开来，便于配种，薪、蒸皆指草料。

⑮矜（jīn）矜：小心翼翼的样子。兢兢：怕落后失群的样子。

⑯骞（qiān）：亏损，指羊走失。崩：溃散，指羊群大乱。以上两句大意说，羊群很整齐，一个个紧挨着走，没有失散的，一点不乱。

⑰麾（huī）：通"挥"。肱（gōng）：指手臂。

⑱毕：全。既：尽，都。升：登，进，指羊入圈。按：方玉润说："或牛羊并题，或羊牛浑言，或咏羊不咏牛，而牛自隐寓言外，总以牧人经纬其间，以见人、物并处。"

⑲以上三句说：牧人做了个梦，梦见很多人和鱼，还梦见画着龟蛇和老鹰的旗子。维：与。旐（zhào）：画着龟蛇的旗子。旟（yú）：画着老鹰的旗子。姚际恒说："旐、旟所以聚众，故为民庶。"

⑳大人：见本书《斯干》注㉙。以下数句是"大人"占卜后解释梦的话。

㉑维：为。

㉒溱溱：同"蓁蓁"，很多的样子，指子孙旺盛。

【品评】

这是一首歌颂牛羊蕃盛的诗，可能是祭祀时祈年的祝词，作者是贵族。首章夸耀牧养的牛羊数量之多；次章和第三章描述牧人的形象，从牛羊驯服的行动中，见出牧人高超的放牧技术；第四章借牧人的梦祝颂牛羊蕃盛和家族兴旺。从诗中，我们可以看到当时畜牧业的发达情况，以及牧主对牧人的剥削。这首诗的艺术技巧是相当高的，诗人以刚劲的线条，速写似地绘出了一幅放牧图，生动地展现了牧人的形象和牛羊的动态，画面清新，富有生活气息。诗末章以牧人的梦结尾，反映了古人的思想意识和对生活的愿望，也是饶有风趣的。

节 南 山

节彼南山①，维石岩岩②。赫赫师尹③，民具尔瞻④。忧心如惔⑤，不敢戏谈⑥。国既卒斩⑦，何用不监⑧？

节彼南山，有实其猗⑨。赫赫师尹，不平谓何⑩？天方荐瘥⑪，丧乱弘多⑫。民言无嘉⑬，憯莫惩嗟！⑭

尹氏大师，维周之氐⑮。秉国之均⑯，四方是维⑰，天子是毗⑱，俾民不迷⑲。不吊昊天⑳！不宜空我师㉑。

弗躬弗亲㉒，庶民弗信㉓。弗问弗仕㉔，勿罔君子㉕；式夷式已㉖，无小人殆；琐琐姻亚㉗，则无膴仕㉘。

昊天不佣㉙，降此鞠讻㉚。昊天不惠㉛，降此大戾㉜。君子如届㉝，俾民心阕㉞。君子如夷，恶怒是违㉟。

不吊昊天！乱靡有定㊱。式月斯生㊲，俾民不宁㊳。忧心如醒㊴，谁秉国成㊵？不自为政，卒劳百姓㊶。

驾彼四牡㊷，四牡项领㊸。我瞻四方，蹙蹙靡所骋㊹。

方茂尔恶㊺，相尔矛矣㊻。既夷既怿㊼，如相酶矣㊽。

昊天不平，我王不宁㊾。不惩其心，覆怨其正㊿。

家父作诵(51)，以究王讻(52)，式讹尔心(53)，以畜万邦(54)。

【注释】

①节：借作"巀（jié）"，高峻的样子。南山：终南山，在今西安市南。

②岩岩：石头堆积的样子。以上两句以高峻的南山积石比喻太师的权势重大。

③赫赫：权势显赫的样子。师：太师的简称，周代三公之一。尹：姓。

④民：人。具：同"俱"，都。瞻：看。以上两句说，权势显赫的尹太师，人们都看着你。

⑤惔（tán）：火烧。《韩诗》作"炎"，义同。

⑥戏谈：指随便谈论政事。这大约同《国语·周语》中所记载的周厉王"弭（止）谤"类似。以上两句主语当是上句之"民"，意思说，人们看到太师尹的所为，心忧如焚，却不敢议论。

⑦既：已经。卒：尽。斩：绝。

⑧何用：何以，为什么。监：察看。以上两句是诗人责问尹氏，说现在国家已经危亡，你怎么就不睁眼瞧瞧！

⑨实：满，这里是形容山势庞大。有实：同"实实"，庞大的样子。猗：通"阿"，斜坡。以上两句是以山高坡斜比喻尹氏拥有权势而处事不平。

⑩谓何：奈何。这句说尹氏为政不公平怎么办呢？

⑪方：正。荐：再。瘥（cuó）：疫病。

⑫丧乱：死亡祸患。弘：大。以上两句是说天意不顺。按：古人以为天有意志，能给人以赏罚。这是唯心主义的。

⑬嘉：好。这句是说尹氏失却民心。

⑭憯（cǎn）：曾，乃，竟。惩：惩戒。嗟：语助词。以上四句是斥责尹氏，大意是：天正降下瘟疫，死亡多，祸患大，人们诅咒你，你竟然不知悔过！

⑮维：为，是。周：周王朝。氐（dī）：通"柢（dǐ）"，根本。这句是说尹氏在周王朝是举足轻重的人物。

⑯秉：执。均：通"钧"。古代秤叫"钧"，这里以秤比喻政权。

⑰是：宾语前置的标志。维：维系。

⑱毗（pí）：辅佐。《释文》引诗作"埤（pí）"，义同。

⑲俾（bì）：使。迷：无所适从。以上四句具体写尹氏应负的职责，大意是：尹氏执掌着国家大权，四方诸侯靠你维系，天子靠你辅佐，还要叫人们不至迷失方向。

⑳不吊：不淑，不善。昊（hào）天：广大的天。

㉑不宜：不该。空：穷，此作使动词用，指无路可走。师：众人。上两句是诗人将尹氏的作为与太师的职责对照后，忧心忡忡，以致向天呼诉，说不善良的天哪，不应该叫我们大家走投无路！

㉒弗：不。躬：亲身。这句指周王。范逸斋说以下数句"刺王不亲庶政，而专任师尹"。

㉓庶民：众人。上两句说，你不亲自过问政务，老百姓已不信赖你了。

㉔问：体恤，安抚。仕：事，办理。连下句是批评周幽王对贤才不安抚不任用，却以为没有贤才。

㉕勿：《经传释词》释此"勿"字为语助词。罔：无。君子：指贤德的贵族。

㉖式：语助词。夷：平，这里有"纠正"的意思。已：止。无：同"毋"，不要。小人：指师尹一伙。殆（dài）：危险。以上两句是承上归结，说上面所讲的不好的事情，该改正了，该制止了，不要让小人危害国家。

㉗琐（suǒ）琐：鄙陋的样子，指无才。姻：即现在所说的儿女亲

家。亚：即现在所说的连襟。这里"姻亚"是泛指亲戚。

㉘肶（wǔ）仕：高位厚禄。肶：厚，大。以上两句说，那些庸碌无才的亲戚，就不要让他们占据高位了。

㉙佣（yōng）：均，平。

㉚鞫讻（jūxiōng）：极大的灾祸。鞫：穷，极。讻：通"凶"，大祸。

㉛惠：顺。

㉜戾：祸患。以上四句是指斥上天不公平，不慈爱，降下一连串极大的灾祸。

㉝君子：同上章所指。届：至，这里指出来掌权。

㉞阕（què）：《说文》"阕，事已（完）闭门也"，此引申为止息，安定。

㉟是：宾语前置的标志。违：去，消除。以上四句是希望周幽王任用贤才，大意是：贤德的人如能执政，就可使人心安定下来；贤德的人如能纠正偏向，人们的愤怒情绪就可消除了。

㊱靡：无，没有。

㊲式月斯生：祸乱随着岁月俱增。式：用，以，因。斯：这，指上句"乱"。生：长。

㊳以上四句大意是：不善良的上天，使祸乱不平息，相反却一月甚似一月，叫人们生活无法安宁。

㊴酲（chéng）：因酒醉致病。

㊵成：平，均。秉国成：同"秉国均"。

㊶卒：终于。劳：苦。百姓：是周代对贵族的总称。以上四句说，我心里忧愁得像生了酒病一样，谁操纵着国家政权？周王不亲理政事，终于使贵族们受苦。

㊷牡：公马。

㊸项领：颈脖子肥大。这里暗示马很健壮。项：大。领：颈脖。

㊹蹙（cù）蹙：局促不安的样子。骋（chěng）：奔跑。这两句的意思说，自己虽有四匹健壮的公马，但四方诸侯国同样动乱不安，无处

可驰骋。

㊺茂：盛。尔：指尹氏。

㊻相：视。矛：见本书《无衣》注③，这里泛指武器。

㊼夷：这里指盛怒平息。怿（yì）：愉快。

㊽酬（chóu）：报，指以酒相敬。以上四句写尹氏喜怒无常的情状，说他一会儿发起怒来，看那样子就要抓起武器行凶了；一会儿高兴起来，简直又像要与人相互敬酒。诗人揭露尹氏这一丑态，目的是说明他是个小人，根本不配居太师要职。

㊾我王：周幽王。

㊿惩：止。覆：反。正：纠正。以上两句指尹氏，说他不控制自己的邪心，反而怨恨别人对他的纠正。

51家父：诗人自称。诵：作诗以讽谏叫"诵"。

52究：追查。王讻：周王任用的恶人。讻：同"凶"，恶。

53式：用。讹：动。尔：指周幽王。

54畜：养，这里引申为"复兴"的意思。万邦：全国。以上四句说，我写这首讽谕诗，目的是追查周王任用的恶人，让你周王的思想震动震动，从而复兴全国。

【品评】

这首诗是揭露周幽王任用坏人掌权的，追究的对象主要是太师尹氏。诗中说他身居要职，操纵国家大权，处事不公，树立私党，以致招来天怒人怨，使国家濒于危亡。诗人自称家父，说作诗的目的，就是为了追究造成王朝灾祸的人。家父是什么人呢？《毛传》说他是大夫。至于所属的时代，《诗序》说这是"家父刺幽王也"。《春秋》桓公八年（前七〇四）有"天王使家父来聘"的话；桓公十五年又有"天王使家父来求车"的话，这时上距周幽王已七十五年。所以关于家父和作诗的时间，就有周幽王时、平王时、桓王时三种不同的说法。我们参照旧说，考察诗的内容，认为是西周末年的作品，似较合理。

全诗十章。首章说尹氏逞淫威，不顾国家安危；次章说尹氏招来天怒人怨，而不知悔改；第三章说尹氏的作为与太师的重任不相称；第四章指斥尹氏打击贤才，树党结私；第五章说只有任用贤人，才可消除灾难；第六章说祸乱日增，而周王却不亲理政事，委政小人，致使贵族们遭难；第七章痛心自己无处可走；第八章说尹氏是喜怒无常的小人；第九章说尹氏坚持倒行逆施；第十章说明自己作诗的目的。

这是一首痛快淋漓的政治讽谕诗，叙事、抒情、议论结合得很自然，诗人在遣词造句方面有较多的修饰，已不像简短的民歌那样质朴了。

正　月

正月繁霜①，我心忧伤。民之讹言，亦孔之将②！念我独兮，忧心京京③。哀我小心④，癙忧以痒⑤。

父母生我，胡俾我瘉⑥。不自我先，不自我后⑦。好言自口，莠言自口⑧。忧心愈愈⑨，是以有侮⑩。

忧心惸惸⑪，念我无禄⑫。民之无辜，并其臣仆⑬。哀我人斯⑭！于何从禄⑮？瞻乌爰止？于谁之屋⑯。

瞻彼中林⑰，侯薪侯蒸⑱。民今方殆⑲，视天梦梦⑳。既克有定，靡人弗胜㉑。有皇上帝㉒，伊谁云憎㉓？

谓山盖卑，为冈为陵。民之讹言，宁莫之惩㉔。召彼故老㉕，讯之占梦㉖，具曰予圣㉗。谁知乌之雌雄㉘？

谓天盖高，不敢不局㉙。谓地盖厚，不敢不蹐㉚。维号斯言㉛，有伦有脊㉜。哀今之人，胡为虺蜴㉝！

瞻彼阪田㉞，有菀其特㉟。天之扤我㊱，如不我克㊲。彼求我则㊳，如不我得。执我仇仇㊴，亦不我力㊵。

159

心之忧矣！如或结之。今兹之正^㊶，胡然厉矣^㊷。燎之方扬^㊸，宁或灭之^㊹！赫赫宗周^㊺，襃姒威之^㊻。

终其永怀^㊼，又窘阴雨^㊽。其车既载，乃弃尔辅^㊾。载输尔载^㊿，将伯助予⁵¹。

无弃尔辅，员于尔辐⁵²。屡顾尔仆⁵³，不输尔载。终逾绝险⁵⁴，曾是不意⁵⁵！

鱼在于沼⁵⁶，亦匪克乐⁵⁷。潜虽伏矣⁵⁸，亦孔之炤⁵⁹。忧心惨惨⁶⁰，念国之为虐⁶¹。

彼有旨酒⁶²，又有嘉殽⁶³，洽比其邻⁶⁴，昏姻孔云⁶⁵。念我独兮，忧心慇慇⁶⁶。

仳仳彼有屋⁶⁷，蔌蔌方穀⁶⁸。民今之无禄⁶⁹，天夭是椓⁷⁰。哿矣富人⁷¹，哀此惸独⁷²！

【注释】

①正月：夏历的四月。繁霜：多霜。四月已是初夏，却多霜，这是气候反常的现象。古人迷信，认为这是天意不顺，所以诗人为此感到忧虑。

②讹言：假话。孔：很。将：大，广。这两句说，人们的谣言已到处蔓延。

③京京：同"殷殷"，非常忧虑的样子。以上两句说，我感到孤立，心中忧愁万分。

④小心：这里是"担惊受怕"的意思。

⑤瘼（shǔ）忧：隐忧。痒（yǎng）：病。以上两句说，可怜我在担惊受怕中过日子，忧惧使我得了病。

⑥胡：何。俾：使。瘉（yù）：病，此指苦痛。

⑦以上四句说，父母生下我，怎么叫我如此痛苦呢？灾祸不早不迟，恰恰发生在我生活的时代。

⑧莠（yǒu）言：坏话。

160

⑨愈愈：忧惧的样子。

⑩是以：因此。有侮：受侮辱，指被谣言中伤。以上四句大意是：在这个乱糟糟的时代，好话坏话随人口中编造，因此我顾虑重重，怕被人中伤。

⑪悙（qióng）悙：忧虑的样子。《尔雅》《释文》都说"悙"当作"茕"，孤独无依靠。

⑫无禄：无福。

⑬民：人。辜：罪。并：同。臣仆：奴仆。并其臣仆，即"一同将为臣仆"。周代有将犯罪的人充当奴隶的规定。以上两句是担心遭谗被害，无罪的人也一并要充当奴仆。

⑭我人：我这样的人。斯：语助词。

⑮于何：从什么地方。从禄：获福。连上句说，可悲啊，我这样的人，从哪儿能得到幸福呢？

⑯乌：乌鸦。爰：何处。这两句紧承上文，用乌鸦不知落在谁的屋上，比喻亡国之后，自己不知流落哪方受难。

⑰中林：林中。

⑱侯：维，为。以上两句说，看那树林里，都是些粗细不等的柴火。言外是说，既然是树林，本应有高大的树木，现在却没有成材的木料，只有薪、蒸。这里是比喻朝廷中尽为小人所占据，贤人被排斥。

⑲方：正。殆：危险。

⑳梦梦：同"蒙蒙"，不明的样子。这句连同上句是说，如今人们正处于危险的境地，看看老天爷也是昏沉沉的，对人间的苦难似无所见。

㉑克：能够。有定：指天意要安定人间。靡：无，没有。弗：不。胜：胜过。以上两句承上转折，说天意一旦要安定人间的动乱，那是没有人不可战胜的。意思是说坏人终会受到天的惩罚。按：这两句的意思近似现在所说的"不是不报，时辰未到"。

㉒有皇：同"皇皇"，伟大。上帝：天帝。

㉓伊、云：都是语助词。谁憎：憎恨谁？以上两句说，伟大的老天

爷到底憎恨谁呢？按：这里是问话，但从上文看来，诗人是确信老天爷将惩罚的是那些窃国乱政的坏蛋。

㉔谓：说。盖：读为盍（hé），何。下两章"盖"字同此。卑：低矮。冈、陵：泛指高地。宁：乃。惩：制止。以上四句是举例说明当时的谣言是很容易识破的。如说"山怎么变低了"，其实还是很高的，而昏庸的执政者，对人们的这一类谣言，却不加制止，听任蔓延。

㉕召：请。"召"与下句"讯"互文见义。故老：国家元老。

㉖讯：问。占梦：专管占梦的官。

㉗具：都。予圣：自称圣人。

㉘这句是诗人气愤的话，他以乌鸦难辨雌雄比喻"故老"与"占梦"的话是非难分。连上文大意说：我请问元老和占梦的，可是他们各讲各的理，都自认为是圣人，谁知道他们之中哪个对？按：诗人的意思是说明朝中当权者尽是些刚愎自用的家伙。

㉙局：曲，弓着身子。这举动意在怕触着天。一本作"跼"，义同。

㉚蹐（jí）：小步走。这举动意在怕地陷。以上四句是形容在恐怖的现实中生活。大意是：天何等高，但我们却不敢不弯着腰；地何等厚，而我们却不敢不小步走。

㉛维：语助词。号：叫喊。斯言：这话，指上面四句。

㉜伦：理。脊：《春秋繁露》引作"迹"。迹：道。"伦"与"脊"同义，即道理。这一句连同上句是说，讲这话是有道理的。

㉝胡为：为何。虺蜴（huīyì）：蜥蜴。因蜥蜴怕人，见人就逃走。这里诗人用来比喻处于乱世的人。这一句连同上句是说，可怜现在的人都成了怕人的蜥蜴一样。

㉞阪（bǎn）田：高坡上的田。

㉟有菀（wǎn）：同"菀菀"，茂盛的样子。特：特出的禾苗。这里诗人以特出的壮苗自比。

㊱扤（wù）：摇动，这里有"摧折"的意思。我：禾苗，诗人自比。

㊲克：制伏。以上两句说，天要摧残我，惟恐不能制伏我。

㊳彼：指周王。则：语助词；一说"则"属下句。

㊴执：留。仇仇：一本作"扰（qiú）扰"，松弛的样子，这里有随随便便的意思。

㊵不我力：不力我，不让我用力，即不能发挥作用。以上四句大意是：周王访求我的时候，似乎怕得不到我，一旦得到了，又随随便便，不让我发挥作用。

㊶今兹：现在。正：同"政"。

㊷胡然：怎么如此。厉：恶，暴虐。以上四句是说，我心里的忧愁，就像打上了结一样不可解开。当前的政治，怎么如此暴虐！

㊸燎：燎原之火。方扬：火势正旺。

㊹宁：乃。或：有。以上两句以燎原之火可灭，比喻下文兴盛的西周能被颠覆。

㊺赫赫：兴盛的样子。宗周：即西周。

㊻褒姒：褒国的女子，姒姓，被周幽王娶来作妃子，后为王后。褒国旧址在今陕西勉县东南。威：同"灭"。按：周幽王宠爱褒姒，废弃政事，结果于公元前七七一年被入侵的犬戎杀死，西周灭亡，周平王迁都洛阳。可见西周的灭亡，是由于周幽王荒淫无度招致的恶果，而不能说是"褒姒威之"，但如此诗确系写于西周灭亡之前，诗人公开指名责骂国王的宠妃，也是够大胆的了。

㊼终：既。永怀：长期忧虑。

㊽窘（jiǒng）：困。以上两句是比喻困境日益加重。朱熹说："阴雨则泥泞，而车易以陷也。"

㊾辅：装货的车箱板。

㊿前一"载"字为语助词，后一"载"字指所载的货物。输：坠落。

51将：请。伯：对人的敬称，相当今之"老大哥"。予：我。以上四句大意是说：这就像那车子已经装上了货物，却故意丢掉车箱板，载的货物掉下车了，再说请老大哥帮助，那已经迟了。

(52)员：益，加。辐：车辐，车轮当中直木，即轴。

(53)屡顾：不断照看。仆：赶车的人。这里是比喻治国的人才。

(54)终：终于。逾（yú）：跨过。绝险：最危险的地方。

(55)曾：乃。不意：不为意，不放在心上。以上六句是用赶车载物比喻使用人才。说正确使用人才就能化险为夷，可惜现在执政者却不把这放在心上。

(56)于：语助词。沼：小池。

(57)匪：非。克：能。

(58)潜：藏。伏：指隐蔽之处。

(59)之：语助词，凑足音节。炤（zhāo）：明，显著。《中庸》引"炤"作"昭"，义同。以上四句，诗人以沼鱼自比，说明池小水浅，无处藏身，即使躲到隐蔽处，也还是昭然可见的。

(60)惨惨：慼慼，伤心的样子。

(61)念：想。为虐：实行虐政。以上两句表现诗人对当时残暴统治的不满。

(62)彼：指当时得势的贵族。旨酒：美酒。

(63)嘉殽（yáo）：美味。

(64)洽：结交。比：亲近。

(65)昏：同"婚"。昏姻：这里泛指亲戚。云：古字像回转之形，有"周旋"的意思。孔云：即往来非常频繁。以上四句是指责当时专权的群小树党结帮。

(66)慇（yīn）慇：很痛心的样子。

(67)佌（cǐ）佌：义同"琐琐"，藐小的样子。

(68)蔌（sù）蔌：鄙陋的样子。方：有。穀：禄，薪俸。以上两句说，朝廷所任用的都是一些委琐鄙陋的人，这些人拥有大量财产，享受高官厚禄。

(69)民：诗人自指。之：语助词。

(70)天夭：天祸。椓（zhuó）：打击。

(71)哿（gě）：欢乐。

⑦2悍独：孤独无依靠。以上四句是诗人感慨世道不平。大意说，我现在无福，遭受大祸的打击，富人是那样快乐，可怜我竟如此孤独！

【品评】

这是一首愤世嫉俗的诗，大约是一位较有远见而无权势的贵族所作。他眼见西周王朝在周幽王的倒行逆施中崩溃了。因此他对荒淫误国的周幽王、嫉贤害能的群小，痛恨之极！对自己有才而被弃置不用，反遭迫害，愤愤不平！同时还为处于乱世，惴惴不安。总之，全诗中交织着诗人悲愤、恐惧、孤独、绝望的复杂情绪，在一定程度上反映了西周末年的黑暗统治。

这首诗的写作时代有两说：一说作于周幽王末年；一说作于周平王东迁之后。我们认为，从诗的内容和情调说，似以作于西周灭亡前夕为宜。当时王朝崩溃之势已成，但在诗人看来，周幽王如能及时悔悟从善，局势不是不可挽回的，诗的第十章就是抒写诗人的这一幻想。至于诗中"赫赫宗周，褒姒灭之"云云，那不过是对周幽王提出的警告，并不一定已成为现实。

全诗十三章。首章写天意不顺，谣言四起，自己为此忧惧而致病；次章自伤生不逢时，怕遭谗害而受辱；第三章写自己畏惧遭祸沦为奴隶，而又无处逃祸；第四章希望老天爷严惩专权的坏人；第五章指斥执政者不制止谣言，反为波助澜，是非不分；第六章说自己在极恐怖中度日；第七章说自己才智遭摧残，无可施展；第八章警告周幽王，宠爱褒姒，荒淫无道，必招致周王朝灭亡；第九章以车载物弃辅为喻，呼吁幽王趁早救乱，否则后悔无及；第十章再申前意，正面劝诱幽王改弦更张，化险为夷；第十一章担心自己在虐政之下，难以自全；第十二章痛伤专权的小人结党已成，自己势孤无援；第十三章写诗人对小人得势、贤人遭祸愤然不平。

十 月 之 交

十月之交①，朔月辛卯②。日有食之，亦孔之丑③。彼月而微，此日而微④。今此下民，亦孔之哀⑤。

日月告凶⑥，不用其行⑦。四国无政⑧，不用其良⑨。彼月而食，则维其常⑩。此日而食，于何不臧⑪？

烨烨震电⑫，不宁不令⑬。百川沸腾⑭，山冢崒崩⑮。高岸为谷⑯，深谷为陵⑰。哀今之人，胡憯莫惩⑱？

皇父卿士⑲，番维司徒⑳。家伯维宰㉑，仲允膳夫㉒。棸子内史㉓，蹶维趣马㉔。楀维师氏㉕，艳妻煽方处㉖。

抑此皇父㉗，岂曰不时㉘！胡为我作㉙，不即我谋㉚？彻我墙屋㉛，田卒汙莱㉜。曰："予不戕，礼则然矣㉝。"

皇父孔圣㉞，作都于向㉟。择三有事㊱，亶侯多藏㊲。不憖遗一老㊳，俾守我王㊴。择有车马，以居徂向㊵。

黾勉从事㊶，不敢告劳㊷。无罪无辜，谗口嚣嚣㊸。下民之孽㊹，匪降自天。噂沓背憎㊺，职竟由人㊻。

悠悠我里㊼，亦孔之痗㊽。四方有羡㊾，我独居忧㊿。民莫不逸○51，我独不敢休○52。天命不彻○53，我不敢效我友自逸○54。

【注释】

①十月之交：刚到十月。

②朔月：即"月朔"的倒文，指十月初一日。

③丑：恶。以上四句说，十月初，在辛卯那天，发生了日蚀，这是凶恶的征兆。按：据我国天文学家的推算，在公元前七七六年九月六日发生日蚀，即周幽王六年夏历十月初一日。这首诗中对日蚀年月日的记载，是世界上关于日蚀最早的可靠记载。

④微：暗淡无光。上句说月蚀，下句说日蚀。据我国古代天文学家推算，周幽王六年一月十五日发生过月蚀。

⑤这两句说，现在老百姓感到很悲哀。因为古人不懂得月蚀、日蚀发生的自然原因，以为是上天预示凶兆，所以有忧伤之感。

⑥告凶：显示凶兆。

⑦用：以，按照。行：道。以上两句说，日月显示凶兆，是因为它们没有遵循轨道。这两句是下两句的比喻。

⑧四国：四方，全国。无政：指政事荒废，政局混乱。

⑨良：善，指合理的政治措施。以上两句说，全国政治混乱，是没有按照合理的政治措施办事。

⑩维：是。常：常理。以上两句意思是说，月蚀是正常的道理。因为古人以月为阴道，象征臣民；以日为阳道，象征国君。所以月亏他们看来是合乎常理的，日则不应该亏损。以下两句对日蚀表示惊骇，就是基于这一认识。

⑪于何：对于什么。臧：善，好。以上两句说，这日蚀对于何事不吉利呢？

⑫煜（dé）煜：闪电雷鸣的样子。震：雷。电：闪电。夏历十月雷鸣交加，是非正常的自然现象，联系下文看，当是写地震发生前的征兆。

⑬宁：安。令：善。

⑭沸腾：形容地震中河水激荡。

⑮冢：山顶。崒（zú）：借作"摧"。崒崩：即崩塌。一说"崒"当作"卒"，尽的意思。

⑯为：变为。

⑰以上六句是写地震前后的情况：火光闪闪，雷声轰轰，人们一片惊恐，预感到不妙。大小河流像开水一样激浪翻腾，山顶崩陷。一时间高岸变为深谷，深谷化为丘陵。按：根据《国语》记载，周幽王二年在泾、渭、洛一带曾发生过大地震。这里诗人是追述其事。

⑱胡憯（cǎn）：何曾。憯：止。陈奂说"胡憯莫憯，言无有止乱也"。以上两句大意说，可怜现在的人，何曾有过安定的时候！

⑲"皇父"及下文"番""家伯""仲允""棸子（Zōuzǐ）""蹶""楀"（Jǔ）都是人名。卿士：西周官名，一作"卿事""卿史"，执掌朝政的。

⑳司徒：周代三公之一，管理教化的。

㉑宰：卿士衙门的属官，负责周王家中内外事务，包括传达周王命令。

㉒膳夫：掌管周王饮膳事务的官。

㉓内史：为周王起草政令的官。

㉔趣马：为周王掌管马匹的官。

㉕师氏：统兵的将官，常见于金文。

㉖艳妻：漂亮的妻子，即褒姒。煽：炽热，形容权重势大。方处：并处，指同处于朝廷中。这句说，褒姒与那七人相勾结，权倾朝廷，炙手可热。

㉗抑：借作"噫"，语助词，这是因对皇父不满而发出的呼声。

㉘不时：不是，不对。

㉙胡为：何为，为什么。我：诗人自称。作：起，行动。联系下文看，"我作"，当指皇父要他搬家之事。

㉚即：就。

㉛彻：借作"撤"，拆毁。从下章看，是拆屋逼迫人们迁居。

㉜宅：安全。汙（wū）：池。莱（lái）：长草。以上六句大意是：噫，这个皇父，那敢说你不对。为什么要我搬动，不来同我商量。居然拆掉我的房屋，弄得田园一片荒芜。

㉝戕（qiāng）：残害。以上两句是皇父对受害者讲的话。他说：不是我伤害你们，是按礼制规定这样办的。郑玄说："礼，下供上役，其道当然，文过（掩饰过失）也。"

㉞这句说皇父自以为是个大圣人。

㉟都：封地的都城。向：古邑名，春秋周畿内之地。在今河南省济源县南。

㊱有事：有司，指封国的卿士。按周代封国的规定，列国可设三个卿士。

㊲亶（dǎn）侯：的确是。多藏：所藏财富很多，即富有。以上两句说，皇父所选择的三个卿士，确实都是富翁。

㊳愁（yìn）：愿。遗：遗留。老：指世家老臣。

㊴俾：使。守：保卫。以上两句说，皇父把所有的老臣都带到自己的封国去，不愿留下一个来保卫周王。

㊵居：语助词。徂（cú）：往，到。以上两句说，皇父专门选择有车辆马匹的迁往自己的封都向。车马是军备物资，这里暗示皇父怀着扩充私家势力的野心。

㊶黾勉：竭力。

㊷告劳：诉说劳苦。

㊸嚣（xiāo）嚣：众口不绝的样子。以上四句说，我自己竭力干好事情，不敢说声劳苦，没有过失，而讲我坏话的人却不少。

㊹孽（niè）：灾难。

㊺噂（zǔn）：聚，指会面。沓（tà）：合。噂沓：当面彼此投合。背憎：背后相互憎恨。这句意思是："小人之情，聚则相合，背则相憎。"（朱彬《经传考证》）

㊻职：主。陈奂说这句意思是"主从人之竞为恶也"。以上四句是分析人们遭祸的原因。作者认为人们遭受灾难不是从天上降下来的，而是那些当面是人、背后是鬼的小人们，互相竞于干坏事造成的。

㊼悠悠：遥远的样子。

㊽痗（mèi）：病。以上两句是说，自己深忧，以致如大病一般。

㊾美：欣喜。

㊿居：语助词。以上两句是对自己遭遇的不平。

(51)民：人。逸：安。

(52)休：止息。

(53)不彻：不道。彻：道。这句说天的运行不按照轨道。意思是指日蚀、月蚀及地震而言。

(54)效：模仿。以上四句表示自己畏天命，不敢贪享安逸，要以勤于国政来挽回天命。

【品评】

这首诗写于周幽王六年（前七七六），也就是西周灭亡的前六年。

内容是揭露垄断西周王朝大权的皇父与褒姒等人相互勾结，扩充私人势力，削弱王朝的力量，任意戕害人民，破坏生产，把国家弄到了危亡的境地。诗人自然是个贵族，诗中表现了孤臣之心。他怀着极大的忧愁，斥责皇父等人倒行逆施，招来自然灾异；自己则表示要勤于国政来挽回天命。诗人虽然没有摆脱天命论，但诗中对皇父等人把人民的灾难归于"天降"，却有所批判，并在一定程度上反映了西周王朝崩溃前夕的黑暗统治和人民的苦难，在历史上有一定的进步意义。

全诗八章。首三章说各种自然灾异是老天对朝政提出警告，可是执政者仍不悔改。中三章写皇父等人利用权势胡作非为，损害王室，扩充私家势力。后两章一方面对自己的遭遇感到不平，一方面又表示要尽力挽回天命。

雨 无 正

浩浩昊天①，不骏其德②。降丧饥馑③，斩伐四国④。旻天疾威⑤，弗虑弗图⑥。舍彼有罪⑦，既伏其辜⑧。若此无罪，沦胥以铺⑨。

周宗既灭⑩，靡所止戾⑪。正大夫离居⑫，莫知我勚⑬。三事大夫⑭，莫肯夙夜⑮。邦君诸侯⑯，莫肯朝夕。庶曰式臧，覆出为恶⑰。

如何昊天！辟言不信⑱。如彼行迈⑲，则靡所臻⑳。凡百君子㉑，各敬尔身㉒。胡不相畏，不畏于天㉓？

戎成不退㉔，饥成不遂㉕。曾我暬御㉖，憯憯日瘁㉗。凡百君子，莫肯用讯㉘。听言则答㉙，谮言则退㉚。

哀哉不能言㉛！匪舌是出㉜，维躬是瘁㉝。哿矣能言㉞！巧言如流㉟，俾躬处休㊱。

维曰于仕㊲，孔棘且殆㊳。云不可使㊴，得罪于天子。亦云可使㊵，怨及朋友㊶。

谓尔迁于王都？曰予未有室家㊷。鼠思泣血㊸，无言不疾㊹。昔尔出居，谁从作尔室㊺？

【注释】

①浩浩：广大的样子。昊天：见本书《节南山》注⑳。

②骏：长。德：恩德。

③丧：灾难。饥馑（jǐn）：荒年。粮食歉收叫"饥"，蔬菜不熟叫"馑"。

④斩伐：杀害。四国：同"四方"。以上四句说，浩大的苍天，不长保持对人间的恩德。它降下如此大的灾荒，戕害四方的人。

⑤旻（mín）：《毛诗正义》说："定本作'昊天'，俗本作'旻天'，误也。"疾威：暴虐。

⑥虑：考虑。图：谋划。连上句是指责朝廷对老天爷严重的惩罚，不想方设法纠正。

⑦舍：除。

⑧伏：隐藏。辜：罪。

⑨沦：率。胥（xū）：相。沦胥：相继。铺：《韩诗》作"痛"，病，这里指受迫害。"铺"是"痛"的假借字。以上四句是揭露当时统治黑暗，倒行逆施，不处罚有罪的人，无罪的人反而相继遭害。

⑩周宗：周室的宗亲。既灭：指宗亲们远走绝迹，无影无踪。一说周为诸侯的宗主，"既灭"是指周失去了宗主的地位。

⑪戾（lì）：定。止戾：安定。以上两句说，周已失去了宗主的地位，全国没有一个安定的地方。

⑫正：长。正大夫，长官大夫。离居：离群独居。

⑬勚（yì）：劳苦。以上两句说，长官大夫放弃职守逃走了，我的劳苦再没有人知道。

⑭三事大夫：即三公大夫——司徒、司马、司空；一说指常伯（掌

171

管民事)、常任 (掌管官吏任免)、准入 (掌管司法)。

⑮凤夜：早晚。这句意谓不肯尽职。下文"莫肯朝夕"句意同此。

⑯邦君：封国之君，与"诸侯"同。

⑰庶：庶几。曰：语助词。式：用。式臧：行善。覆：反。出：进，更加。以上两句是说，周幽王不从当时的朝官们的离散中警觉过来，改邪归正，反而变本加厉地干坏事。

⑱辟：法。辟言：正确的话。

⑲行迈：行走。

⑳臻 (zhēn)：至。以上四句大意是：天啊，怎么办呢？正确的话他不听信。他就像一个行路人，漫无边际地乱闯。按："靡无臻"是暗喻周幽王胡作非为。

㉑凡百君子：指上章所说的"正大夫"以下那些官吏。

㉒敬：看重。这句的意思是说，群臣各自都为的是保全自己。按：据史载，郑桓公当时是王朝的卿士，他在西周灭亡的前三年，就设法为自己"逃死"，寄帑与贿在虢、桧两国。由此可见一斑。

㉓胡：何。畏：惧怕。这两句承上说，那些人怎么既不怕人，又不怕天呢？言外之意是说，他们干坏事无所顾忌。

㉔戎：兵。戎成：指战事将发生。西周末年西戎曾入侵。这里当是指入侵前显露的预兆。退：平息。

㉕遂：安。这句是指饥荒造成人民不安。

㉖曾：语助词。暬 (xuē) 御：待御，左右亲近的臣子。

㉗憯憯：同"惨惨"。日：一天天。瘁 (cuì)：病，憔悴。以上四句说，战争已在酝酿中，时局不太平，严重的饥荒，又造成人们不安，我这个近臣，为国事忧虑，一天天憔悴了。

㉘讯：相告。《韩诗》"讯"作"谇"，谏，劝阻。

㉙听言：顺从的话，指奉承阿谀。

㉚谮 (zèn)：说坏话诬陷人，这里指批评劝阻的话。以上四句大意是，大臣们不肯谏劝，是因为周王听奉承的话则答理，听见批评的话则斥退。

㉛不能言：不善说话。

㉜匪：非。匪舌是出，说话舌头不听使唤，意思是"笨嘴笨舌"。

㉝维：语助词。下章"维"字同此。躬：自身。以上三句承上章末句而来，感叹自己口拙，大意是：可怜我不善说话，舌头笨得很，只能处在穷愁的境地。

㉞哿（gě）：欢乐。

㉟巧言：指拍马屁的话。

㊱俾：使。休：福。以上三句承上章"听言则答"而来，说那些能言会道的人实在快乐，讲起好听的话就像流水一般滔滔不绝，常使自己处在幸福之中。

㊲于仕：出仕，做官。

㊳孔棘：很急，指事务紧张。棘：急。殆（dài）：危险。

㊴不可使：不可从。使：从。

㊵亦：语助词。

㊶以上几句是说，乱世的官难当，紧张而且危险，说坏事不能顺从，就得罪了天子，说坏事能顺从，又使正直的朋友们怨恨。

㊷以上两句是诗人叙述自己劝说那些"离居"的大夫回王都，但他们却以没有住房为借口而加以拒绝。

㊸鼠思：同"癙思"，忧虑。泣血：无声流泪叫"泣"，"泣血"是形容极悲痛，以致泪尽继以血。

㊹这句话，无话不惹人家怨恨。

㊺从：跟随。以上两句是反诘，驳斥大夫不愿迁回王都的话。大意是：你们过去迁出王都，谁给你们盖的房子。

【品评】

这首诗写作的时代，说法不一，有的说作于西周灭亡之前；有的说作于周厉王被放逐后；也有人认为是西周灭亡之后的作品。从诗的内容看，似是西周灭亡前夕之词。首章斥责周幽王苛虐昏暗；次章说朝廷内部人心离析；第三章写周王政乱和大臣们各为自身打算；第四章自述为外患内灾而忧劳成疾，责怨同僚们不肯进言；第五章说忠言直谏的人受害，巧言令色者得势；第六章感伤乱世仕宦；第七章对同僚们不肯辅助周幽王感到痛心之至。这些都是面对时弊，逆料局势无可挽回而发出的呼声，对西周末年黑暗政治有所暴露。诗的作者大约是侍御近臣，同《十月之交》一样表现了孤臣孽子之心。

关于《雨无正》这个诗题的由来与含义，旧说颇多牵强，不可信。李超孙说："'雨无正'当从《韩诗》作'雨无极'。……（韩诗）篇首多二句'雨无其极，伤我稼穑'。疑此为毛公脱简。"（《诗氏族考》）录于此备考。

小　旻

旻天疾威①，敷于下土②。谋犹回遹③，何日斯沮④？谋臧不从⑤，不臧覆用⑥。我视谋犹，亦孔之邛⑦！

潝潝訿訿⑧，亦孔之哀。谋之其臧⑨，则具是违⑩；谋之不臧，则具是依⑪。我视谋犹，伊于胡底⑫？

我龟既厌⑬，不我告犹⑭。谋夫孔多⑮，是用不集⑯。发言盈庭⑰，谁敢执其咎⑱？如匪行迈谋⑲，是用不得于道⑳。

哀哉为犹，匪先民是程㉑，匪大犹是经㉒；维迩言是听㉓，维迩言是争㉔！如彼筑室于道谋，是用不溃于成㉕。

国虽靡止㉖，或圣或否㉗。民虽靡膴㉘，或哲或谋㉙，或肃或艾㉚。如彼泉流，无沦胥以败㉛！

不敢暴虎㉜，不敢冯河㉝。人知其一㉞，莫知其他。战战兢兢㉟，如临深渊，如履薄冰㊱。

【注释】

①旻（mín）：天。旻天：暗指周幽王。疾威：暴虐。

174

②敷：布。下土：人间，此指全国。上两句是以昊天比周幽王，斥责他对全国实行残酷的统治。

③谋犹：谋略。犹：谋。回遹（yù）：邪僻。

④斯：则。沮（jǔ）：败坏。以上两句的意思是，国家基本策略邪僻不正，政权不日就要崩溃了。

⑤臧：善。

⑥覆：反。以上两句指斥周幽王好的策略不采纳，不好的反采用。

⑦孔：很。邛（qióng）：病。以上两句说，我看国家实行的策略，大有毛病。

⑧潝（xí）潝：势大权重的样子。一说"潝潝"是互相唱和。訿（zǐ）訿：腐败无能的样子。一说"訿訿"是互相诋毁。这句是斥责在位的小人权重而无能；或谓在位小人党同伐异。

⑨其：语助词。

⑩具：同"俱"，全。

⑪以上四句说，在位小人倒行逆施，完全舍弃好的策略，对坏的主意却百般听从。

⑫伊：语助词。于：向。胡：何。底：至。以上两句大意是：我看他们如此谋划，要把国家引向何方？

⑬龟：龟甲。古人以钻龟甲占卜吉凶。厌：厌烦。

⑭不我告：不告我。犹：道，办法。以上两句说，频繁地占卜，神龟已感到厌烦，不再把吉凶告诉我们了。

⑮谋夫：谋臣。

⑯是用：是以，因此。不集：不就，不成，即不能形成一致的意见。

⑰盈：满。

⑱执：任。咎：责。以上四句的意思说，朝廷中谋臣多，因此难取得一致的意见。发表意见的满院中都是，但有谁敢负起决断的职责呢？

⑲匪：彼。行迈：行路。

⑳道：路。以上两句承前文打比方，说明谋事的人多，七嘴八舌，

这就好像同行路的人商量大事，议论不一，无所适从。

㉑匪：非。先民：指古圣贤。是：宾语前置的标志。程：法。以上两句指责谋臣们确定国家方针政策，不效法古圣贤。

㉒"大犹"与下句"迩言"对举，当指"远谋"。"经"与下句"听"对举，当是动词，即"行""遵循"的意思。

㉓维：唯，只。迩言：近言，指为眼前的利益打算。

㉔争：争为"迩言"。以上三句大意说，执政者没有长远计划可遵循，只顾听信浅薄的言论，谋臣们也争相提出鼠目寸光的意见，以迎合主子。

㉕溃：遂，顺利。以上两句也是打比方，大意是，这就像在大路边盖房子，不断向走路的人征求意见，结果是不会顺利建成的。其意是指，行人各自主张，而主人又无定见，这就必然要耽误施工。成语"作室（或'舍'）道傍，三年不成"大约出典于此。

㉖国：指国论，治国的主张（用朱熹说）。靡止：不定，指主张不一。

㉗或：有的。圣：英明。否：读如"痞"，愚蠢。

㉘民：人。探下文，当指"哲、谋、肃、艾"之人，即贤才。靡膴（wǔ）：不多。膴：借作"忨（hū）"，大，这里引申为多。《韩诗》作"靡腜（méi）"，释为"无几何"。

㉙哲：贤明，此指明于事理的人。谋：指有谋略的人。

㉚肃：恭敬，此指品德端正的人。艾：借作"乂（yì）"，治理，此指有治国之才的人。

㉛无：语助词。沦：陷没。胥：相。以上几句大意是说，多种多样的人才，都有益于国，而周王却不任用他们，以致于像泛然而流的泉水，任其流失而干枯。

㉜暴虎：空手搏虎。

㉝冯（píng）：无船而渡河。

㉞其一：指"暴虎""冯河"。下句"其他"，则是暗指国事。以上四句很含蓄，大意是说，人们只知"暴虎""冯河"危险，而却不知道

国家已危在旦夕了。下面几句则是诗人自述当时面临危境的惊恐心理。

㉟战战：颤抖的样子。兢兢：小心翼翼的样子。

㊱履：走。以上三句的意思是，自己面对现实，怕得发抖，就像走到万丈深渊的旁边，就像在薄冰上行走一样。

【品评】

这首诗是痛惜周幽王昏庸，任用小人谋事，实行邪僻的政策，把个好端端的国家，弄得奄奄一息了。诗人面对这一现实，既是万分痛心，又极为恐惧。他大约是一位稍有政治远见而无实权的贵族，诗中流露出一种"世人都醉唯我独醒"的情绪。他责备当政者看不到危局已成，而还在"维迩言是争"。他为此痛心疾首，预料王朝不日就要崩溃。

全诗六章，围绕着"谋犹"两字来叙述周幽王失策，倾诉自己内心的痛苦、哀伤、惊骇、绝望的心情。首章、次章开门见山点出幽王任用小人，实行错误策略，国家亡在旦夕；第三章说朝廷多庸材，议论不得要领，无益于治国；第四章指出朝廷背弃先王，缺乏远谋。而信用浅薄的言论，决无成功之理；第五章说天下有贤才，而周幽王不能用，任国家败亡下去；第六章全用比喻，暗写出时局的危险，自己对此忧惧万分。

小　弁

弁彼鸒斯①，归飞提提②。民莫不穀③，我独于罹④！何辜于天⑤，我罪伊何⑥？心之忧矣，云如之何⑦！

踧踧周道⑧，鞫为茂草⑨。我心忧伤，惄焉如捣⑩。假寐永叹⑪，维忧用老⑫。心之忧矣，疢如疾首⑬。

维桑与梓⑭，必恭敬止⑮。靡瞻匪父⑯，靡依匪母。不属于毛⑰，不离于里⑱。天之生我，我辰安在⑲？

菀彼柳斯⑳，鸣蜩嘒嘒㉑。有漼者渊㉒，萑苇淠淠㉓。譬彼舟流㉔，不知所届㉕，心之忧矣，不遑假寐㉖。

鹿斯之奔，维足伎伎㉗。雉之朝雊㉘，尚求其雌㉙。譬彼坏木㉚，疾用无枝㉛。心之忧矣，宁莫知之㉜。

相彼投兔㉝，尚或先之㉞。行有死人㉟，尚或墐之㊱。君子秉心㊲，维其忍之㊳。心之忧矣，涕既陨之㊴。

君子信谗，如或酬之㊵。君子不惠㊶，不舒究之㊷。伐木掎矣㊸；析薪杝矣㊹，舍彼有罪㊺，予之佗矣㊻！

莫高匪山㊼，莫浚匪泉㊽。君子无易由言㊾，耳属于垣㊿。无逝我梁○51，无发我笱。我躬不阅，遑恤我后！

【注释】

①弁（pán）：借作"昪（biàn）"，欢乐。鹭（yù）：鸟名，即寒鸦。斯：语助词。下各章"斯"字同此。

②提提：结群而飞的样子。以上两句是诗人看到鸟结伴飞回窝，触景伤情，联想起自己失却父母欢心，连鸟儿都不如。于是由此起兴，引出下面一段伤心的诉述。

③民：人。穀：善。

④罹（lí）：忧愁，苦难。

⑤辜：罪。

⑥伊：维，为。以上四句说，别人都好，偏我落在苦难之中，我对老天犯了什么罪？我有什么罪？

⑦云：语助词。如之何：怎么办。以上两句自述心中愁苦而不知如何是好。

⑧踧（dí）踧：平坦易行。周道：周王畿大道，自岐山至丰镐，又东可至成周。

⑨鞠（jū，又读 jú）：穷，尽。以上两句说，本来是平坦好走的周王畿大道，现在却尽是茂盛的野草。《诗纪》引长乐刘氏说："昔者周

邦道路，有四时之朝宗觐遇，车辙马蹄，蹂践如掌，跦跦然垣平也，今之诸侯无复来，故尽生茂草矣。"刘氏的体会如不错的话，此诗当作于西周末或东周初。

⑩愿（nì）焉：忧思的样子。拊：今作"捣"。上两句是说自己心中忧愁，好像心被东西捣着一样的痛苦。一说《释文》"拊"作"瘩"；《韩诗》作"疛（zhǒu），心疾。"瘩"与"疛"同字。

⑪假寐：和衣而睡。永叹：长叹。这句说自己睡时仍在叹息不止。

⑫维：语助词。用老：以老。这句说忧愁使人老了。

⑬疢（chèn）：发烧。如：而。疾首：首疾、头痛。范逸斋解释上几句说："凡忧之状，外则年未至而先老，内则如有病在头目，言其痛切也。"

⑭维：语助词，一般用于陈述语气。梓：树名，落叶乔木，木材轻软，耐朽，可供建筑、制家具及乐器等用。

⑮止：之。范逸斋解释上两句说："桑梓者，父母手所植以给蚕食，以供器用之物。为子孙者，见桑梓如见父母，心恭敬之而不敢慢（轻视）。"见物尚如此，何况见人呢？这里诗人特以事例表明自己极孝敬父母，与前章"何辜于天"两句相呼应。

⑯瞻：敬仰。下句"依"与此句"瞻"互文，表示父母是自己所尊敬所依附的。匪：彼。下句同。

⑰属：连着。这句"毛"与下句"里"亦是互文。"毛"表示外在的骨肉关系，"里"表示内在的心腹关系。

⑱离：通"丽"，附着。以上是表明自己虽敬仰父母，却不得父母的欢心。

⑲辰：时。安：何。以上两句是诗人在气愤之下，质问老天，说："天让我降生在什么时辰？"按：古人迷信，以为个人的命运与降生的时辰吉凶有关系。这里诗人是借此发泄不满，他找不出被父母憎恶的原因，只得归到生辰不佳。唐韩愈曾用此诗意写道："我生之辰，月宿南斗，牛奋其角，箕张其口。"

⑳菀（wǎn）：茂盛的样子。

㉑蜩（tiáo）：蝉。嘒（huì）嘒：蝉叫声。

㉒有漼（cuǐ）：同"漼漼"，水深的样子。

㉓萑（huán）苇：苇的一种，又名荻。淠（pèi）淠：茂盛的样子。以上四句是诗人流浪中经过河边或湖畔所见的实景：郁郁的垂柳，怡然自乐的鸣蝉，深深的潭水，茂密的芦苇。这时当是盛夏，诗人见到这些生机盎然的景物，产生了人不如物的身世蹉跎之感。

㉔舟流：随水漂流的船。

㉕届：到。以上两句是说自己流浪在外，好比随流水漂浮的船只，无处可寄身。

㉖遑：暇。朱熹解释以上两句说："是以忧之之深，昔犹假寐而今不暇也。"意即忧愁使他想打个盹都不成了。

㉗伎（qí）伎：慢吞吞的样子。以上两句意思说，鹿奔跑，本应快，但因顾及伙伴，脚步却是缓缓的。

㉘雉（zhì）：野鸡。朝：早晨。雊（gòu）：野鸡叫。

㉙以上四句以鹿奔而顾恋其群，雉鸣而求其配偶，说明动物尚知爱其亲，以反衬父母对自己完全没有骨肉情谊。

㉚坏：《说文》《玉篇》引作"瘣（kuài）"，树干生肿块。

㉛疾：即"瘣病"。用：以，因。以上两句以树得瘣病无枝叶，主干也难以成活，比喻亲子被逐，失却臂膀，孤力无援。

㉜宁：乃。

㉝相：视。投兔：投网的兔子。

㉞或：有人。先之：先放掉它。以上两句大意说，投网的兔子，还可能有人先放掉它。

㉟行：道路。

㊱墐（jǐn）：埋葬叫"墐"。一说"墐"为"瑾（jǐn）"之误。埋葬路上的死人叫"瑾"。以上四句是以人对动物对旁人还有同情心，反衬父母对他毫无感情。

㊲君子：指诗人父亲。秉心：持心，存心。

㊳维其：何其。忍：残忍。以上两句说其父心何等残忍，毫无

爱慈。

㊴涕：眼泪。既：已。陨：坠落。

㊵酬：劝酒。郑玄注《仪礼》："先自饮，乃饮客，为酬。"连上句是说其父听信谗言，就像有人给他敬酒，得之便喝，毫无推辞。

㊶惠：爱。

㊷舒：缓，这里引申为宽恕。究：穷，极。连上句说其父对他一点不宽恕，狠狠地整他。

㊸掎（yǐ）：牵引。砍大树时，在树杪上拴住绳子，以控制树倒的方向，并让它慢慢倒下，以免折断。

㊹析薪：劈柴。杝（chǐ）：顺着树的纹理劈柴叫"杝"。这样容易劈开。上两句是以伐木牵引、析薪顺理来反衬其父不察事理，偏听偏信。

㊺有罪：指进谗者。

㊻予：我。佗（tuó）：加给。以上两句说，其父信谗，放过有罪的人，而把罪名加给自己。

㊼匪：非。下句"匪"字同。

㊽浚（jùn）：深。上两句说：不高不叫做山，不深不叫做泉。这两句是下两句的比喻，意指事出有因。

㊾无：毋，不要。由：于。

㊿属：连，此引申为贴、靠的意思。垣（yuán）：墙。以上两句是总结被谗的教训，意思说，君子不要轻易发表意见，担心有人把耳朵贴在墙上偷听。这两句在于说明在位者随便对"人"或"事"表示好恶的态度，坏人进谗就有隙可乘了。

(51)下四句见本书《邶风·谷风》注⑲。

【品评】

这首诗旧有二说：一说是周幽王太子宜臼遭褒姒谗害，被废逐而作（《诗序》以为是太子老师作的）；一说是周宣王的大臣尹吉甫在后妻的调唆下赶走前妻之子伯奇，伯奇作此诗。考这两种说法都起于汉代，显然是汉儒据诗比附，其实并非诗的本事。在先秦典籍中不见有此记载。虽然《孟子·告子下》有一毁孟轲批评高子指责《小弁》的话，但那里完全是就诗谈诗，没有一字涉及具体的人和事。孟、高去诗的时代未远，如诗本事同宜臼或伯奇有关，大概他们不会不知道。既知道，在论述《小弁》的得失时，就不可能抛开本事而泛泛议论；更何况高子是从伦常观念出发，斥《小弁》为"小人之诗"的，他又怎会斥周平王宜臼为"小人"呢？这种犯上的言论，在高子来说，是断然不可能的。《孟子》中这段关于《小弁》的话，证明了上面两种说法在战国时代还没有，因此其可靠性也就大成问题了。

我们认为，就诗论诗，《小弁》无疑是一个被父亲赶出家门、流落在外的人所作。有人说写的是贵族家庭，从一个侧面反映了贵族内部的矛盾，这是有道理的。因为诗的内容和风格确实说明了被逐者即诗人，是一个贵族子弟。诗中虽没有明确交代被驱的原因，只是说到父亲听信谗言，但想来是不会超出"权"与"利"两字的！春秋时代，史书里记载贵族家庭中父子、母子、兄弟、夫妻之间，争权夺利，骨肉相残的事，是屡见不鲜的。这首诗则是将贵族家庭中这方面的斗争作了形象的反映。

全诗八章。首章自明无罪被逐；次章痛心路途阻塞，无处诉冤；第三章说自己孝敬而失欢，是命运不好；第四章伤心自身无可依托；第五章、第六章责怨父母对己无骨肉情谊；第七章责怨父亲信谗不察，自己蒙不白之冤；第八章分析父亲信谗的原因和自我慰藉。

这是一首文情并茂的好诗。作者或用兴，或以比，或反衬，或寓意，手法多变，布局精巧，细腻地抒发了自己被逐的忧愤哀怨之情，具有较强的艺术感染力。

巧　言

悠悠昊天①，曰父母且②。无罪无辜③，乱如此幠④。昊天已威⑤，予慎无罪⑥！昊天泰忱，予慎无辜⑦。

乱之初生，僭始既涵⑧。乱之又生，君子信谗⑨。君子如怒，乱庶遄沮⑩。君子如祉，乱庶遄已⑪。

君子屡盟⑫，乱是用长⑬。君子信盗⑭，乱是用暴。盗言孔甘⑮，乱是用餤⑯。匪其止共⑰，维王之邛⑱。

奕奕寝庙⑲，君子作之。秩秩大猷⑳，圣人莫之㉑。他人有心㉒，予忖度之㉓。跃跃毚兔㉔，遇犬获之㉕。

荏染柔木㉖，君子树之㉗。往来行言㉘，心焉数之㉙。蛇蛇硕言㉚，出自口矣。巧言如簧㉛，颜之厚矣㉜。

彼何人斯㉝，居河之麋㉞。无拳无勇㉟，职为乱阶㊱。既微且尰㊲，尔勇伊何㊳？为犹将多㊴，尔居徒几何㊵？

【注释】

①悠悠：遥远的样子。昊天：见本书《节南山》注⑳。

②曰、且（jū）：都是语助词。

③辜：罪。

④乱：指被谗遭祸。忱（hū）：大。以上四句大意是：高高在上的老天啊，父母啊，我没有罪过，怎么让我遭受这样大的灾祸。

⑤已：甚。威：暴虐。

⑥慎：诚，确。

⑦泰：太。泰忱，是"威泰忱"的省说。以上四句承上再三申诉自己无罪遭祸，埋怨老天过分暴虐，隐含对周王的斥责。

⑧僭：当作"谮"。既：尽。涵：容，宽容。这两句是说，祸患当初所以能够发生，就是因为当权者开始对谗言宽容。

⑨君子：指当权者，即周王。这两句是说，祸患的进一步发展，是因为当权者好信谗言。

⑩庶：庶几。遄（chuán）：快。沮（jū）：止。这两句承上文反说。大意是，当权者如果怒斥谗者，祸患就可很快制止。

⑪祉（zhǐ）：福，这里有"庇护"或"扶助"的意思。这两句说，当权者如果信用贤者，祸患就可很快止住。

⑫盟：盟约。此指对谗人的信任。

⑬是用：是以，因此。长：加多。以上两句意思是说，当权者一再与谗人盟约，祸也因此而加重。

⑭盗：强盗，指谗人。暴：厉害，严重。

⑮盗言：陷害别人的话，同"谗言"。孔甘：很甜蜜。

⑯餤（tán）：进，加剧。以上两句说，强盗的话很甜蜜。听来信而不疑，因此祸患跟着步步加深。

⑰匪：彼，指谗人。止共：止恭，外表恭敬。

⑱维：是。邛（qióng）：病，指灾祸。以上两句意思是说，谗者外表毕恭毕敬，容易讨好人，所以他是国王的祸害。

⑲奕（yì）奕：高大的样子。寝庙：古代帝王的宗庙有寝和庙两部分。

⑳秩秩：聪慧。大猷（yóu）：大道，指治国的基本策略。

㉑莫：借作"谟"，谋划。

㉒他人：泛指臣民。有心：存心，想法。

㉓予：诗人代"圣人"自谓。忖度（cǔnduó）：思考，猜测。

㉔跃跃：来往奔走的样子。毚（chán）：狡兔，比喻谗人。

㉕以上八句意思说：圣明的君主建造了宗庙宫室，制定了治国的纲领。臣民的心意，他也能猜测到。那蹦来跳去的狡兔一样的坏人，遇上他一定被捉住。

㉖荏（rěn）染：柔弱下垂的样子。柔木：指椅、桐、梓、漆一类质地轻软之树木。

㉗树：栽种。以上两句是下文的比喻。

㉘行：路。行言：道听途说的话，即流言，指下文所说的"硕言"与"巧言"。

㉙焉：语助词。数：盘算，引申为"分辨"。

㉚蛇（yí）蛇：安闲的样子。硕言：大话，不符合实际的谎话。这

句意指善于撒谎。

㉛巧言：谄媚的话。如簧：是比喻谗人善于谄媚，讲起恭维的话就像乐器中簧舌发出的声音一样好听。

㉜颜之厚：脸皮厚，即不知羞耻。以上六句大意说，对流言，心里要加以分辨，对那些惯会造谣、善于恭维的无耻之徒，要特别加以注意。

㉝斯：语助词。

㉞麋：借作"湄"，水边，下湿之地。这里是比喻人之地位卑下。

㉟拳：力气。拳、勇：指才力。

㊱职：主，专。阶：阶梯。以上四句说，那是什么人，地位既卑下，又没有本事，他的职务就是专门制造祸乱。

㊲微：借作"癓（wēi）"。小腿受伤叫"癓"。尰（zhǒng）：脚肿病。

㊳伊：语助词。

㊴犹：诈谋。将多：很多。

㊵居：语助词。以上四句似是驳斥谗人的话，大概他自以为勇敢，同党者多，因此诗人挖苦他说：你这个跛腿肿脚的，还讲什么勇敢？你诡计多端，跟你跑的能有几个？

【品评】

这首是揭露谗人败国乱政、陷害好人的诗。作者可能就是被谗而遭受祸害的，他对"巧言如簧""职为乱阶"的进谗者恨入骨髓，诗中极力揭露他们的危害，绘出他们的丑态，并表示极大的蔑视；同时还进而揭示出，进谗者之所以得势，为所欲为，就在于当权者"信谗"。旧说这是讽刺周幽王的，但无实据。

全诗六章。首章自伤遭谗受害；第二、三章指出执政者"信谗"是祸害的根源；第四章赞美圣明的君主大能为国制定典章制度，小能明察是非；第五、六章痛斥巧言者厚颜无耻，以肇祸为能事。

巷 伯

萋兮斐兮①，成是贝锦②。彼谮人者③，亦已大甚④！

哆兮侈兮⑤，成是南箕⑥。彼谮人者，谁适与谋⑦？

缉缉翩翩⑧，谋欲谮人⑨。"慎尔言也，谓尔不信⑩。"

捷捷幡幡，谋欲谮言⑪。岂不尔受？既其女迁⑫。

骄人好好⑬，劳人草草⑭。"苍天苍天，视彼骄人！矜此劳人！"⑮

彼谮人者，谁适与谋？取彼谮人，投畀豺虎⑯！豺虎不食，投畀有北⑰！有北不受⑱，投畀有昊⑲！

杨园之道⑳，猗于亩丘㉑。寺人孟子㉒，作为此诗㉓。凡百君子，敬而听之㉔！

【注释】

①萋：借作"缕"，《说文》引诗作"缕兮斐兮"。缕斐（qīfēi）：文采相交错的样子。

②贝：一种软体动物，介壳有美丽的花纹。因其似织成的锦，故称"贝锦"。以上两句是比喻进谗者巧于编造坏话。

③谮（zèn）人：以说坏话陷害人的人。

④已：语助词。大甚：太过分。以上两句斥责谗言者，手段毒辣。

⑤哆（chǐ）：张口。侈：大。

⑥南箕：即箕星，共四星，排列的形状似张着大嘴巴的簸箕，因此得到了"箕星"之称。以上两句是比喻谗言者张着大嘴巴，任意陷害人。

⑦适（dǐ）：朱熹注"主也"，即主使。以上两句大概有所指，直

186

接了当地质问进谗者受谁主使？与谁密谋？

⑧缉（qī）缉：借作"咠（qì）咠"，《说文》引诗作"咠咠翩翩"。咠咠：贴耳私语。翩翩：往来不绝的样子，指谗言者暗地串通。

⑨以上两句是揭露进谗者暗地捣鬼，密谋害人。

⑩慎：谨慎，这里有保密的意思。以上两句是谗言者密谋的话。他们彼此告诫说："你说话要小心些，免得泄露出去，人家不信你了。"

⑪捷捷：善说的样子。幡（fān）幡：反复的样子。这两句是说，谗言者不断在一块密谋，编造坏话。

⑫岂：哪。受：指相信谗言。既：终于。女：同"汝"，你。迁：变易。汝迁，迁而及汝，改变主意而祸及于你。以上两句是承上章第三、四句而来，对谗言者提出警告。大意说，该担心的哪里是怕别人不受你的谗言欺骗，倒是害人者终究会害到自己头上。

⑬骄人：傲慢的人，指进谗言者。范逸斋说："谮人者以计行而得意，故曰骄人。"好好：得意的样子。

⑭劳人：忧伤的人，指被谗者。范逸斋说："被谮者以受诬而失措，故曰劳人。"草草：同"慅慅"，忧愁的样子。

⑮矜（jīn）：怜悯。以上三句大意是："青天啊青天，请看看那些进谗者多么得意，可怜可怜我这个被诬陷的人吧！"

⑯畀（bì）：交给。豺：猛兽名，似狼而体稍瘦，毛为茶褐色或灰黄色。

⑰有北：北方，在方位词前面加词头"有"，这是古汉语的习惯用法。古人视北方为寒凉不毛之地，所以要把谗言者丢弃到那里去。

⑱受：接受。朱熹说："不食不受，言谗谮之人，物所共恶也。"

⑲有昊（hào）：昊天，见本书《节南山》注⑳。"有"是词头。"投畀昊天"，是希望老天爷严惩进谗者。以上六句表现诗人对谗言者深恶痛绝，希望早早将其处死。

⑳杨园：园名，其地不详。道：路。

㉑猗：加。亩丘：丘名，其地不详。以上两句说，去杨园的路，在亩丘之上。这是诗人以所见物起兴，似别无深义；一说"杨园""亩

丘"是诗作者孟子所居之地。

㉒寺人：阉人，相当后世的宦宫。孟子：诗人自称。

㉓作为：制作，写作。

㉔凡：所有。百君子：泛指执政者。敬：慎重。以上两句说明作诗的目的，是正告执政者不要信谗言。

【品评】

这首是一个被谗言陷害而遭宫刑的阉官所作。作者自称孟子。"巷伯"本是内官，大约是他作此诗时的职务，因此取来名篇。诗中，孟子以形象的比喻和生动的描写，把那个进谗言的坏蛋的奸诈灵魂、狠毒手段、鬼祟行动，一一展现出来了；诗人对这个大坏蛋深恶痛绝，不共戴天，祈求苍天给以最严厉的惩罚，最后并正告执政者警惕坏人。诗中反映了当时社会上"正"与"邪"、"善"与"恶"的斗争，表现了诗人嫉恶如仇的斗争精神。

诗的首章以比喻说明进谗者巧于罗织罪状；次章说坏人专事造谣，并有主谋者；第三章说坏人暗中密谋害人；第四章警告坏人必将自食其果；第五章为坏人得势、好人遭殃鸣不平；第六章说对进谗者必须处以极刑；第七章诗人自述名字、身份和作诗的目的，并提醒执政者吸取教训。

通篇言辞激切，痛快淋漓，畅所欲言。

蓼 莪

蓼蓼者莪①，匪莪伊蒿②。哀哀父母，生我劬劳③！

蓼蓼者莪，匪莪伊蔚④。哀哀父母，生我劳瘁⑤！

瓶之罄矣⑥，维罍之耻⑦。鲜民之生⑧，不如死之久矣⑨！无父何怙⑩，无母何恃⑪？出则衔恤⑫，入则靡至⑬。

父兮生我，母兮鞠我⑭。拊我畜我⑮，长我育我⑯，顾我复我⑰，出入腹我⑱。欲报之德⑲，昊天罔极⑳！

南山烈烈㉑，飘风发发㉒。民莫不穀㉓，我独何害㉔！

南山律律㉕，飘风弗弗㉖。民莫不穀，我独不卒㉗！

【注释】

①蓼（lù）蓼：长长的样子。莪（é）：植物名，《本草纲目》以为是"抱娘蒿"。

②匪：非。伊：维，是。蒿（hāo）：蒿子。以上两句是起兴。马瑞辰引李时珍说："蒿与蔚（wèi）皆散生，故诗以喻不能终养。"

③劬（qú）劳：劳苦。以上四句诗人悲痛父母辛辛苦苦养大自己，而他却不能赡养父母。

④蔚：植物名，牡蒿。

⑤劳瘁（cuì）：劳累。

⑥瓶：器具名，这里指汲水用的瓶，较罍（léi）小。罄（qìng）：器中空，引申为"尽"。

⑦罍：器具名，古代有方、圆二形。这里是指盛水用的罍。以上两句以瓶喻父母，以罍喻子。瓶从罍中汲水，瓶空是罍无水可汲。这里用来比喻子无以赡养父母，没有尽到孝心，所以"为耻"。句中设喻是取瓶、罍相资之意，非取大小之义。

⑧鲜：寡，孤独。鲜民：孤独的人。

⑨久：早。以上两句说，孤子活着没有意思，不如早死。意谓从父母于地下。

⑩怙（hù）：依靠。

⑪恃：靠。

⑫衔恤（xù）：含忧。恤：忧。

⑬靡：无。靡至：无所归。因无父母，失去爱恋，所以他感觉有家好像无家。以上两句意思说，出门含着悲酸，进门好像没有归宿。范逸斋概括以上几句说："皆以不见父母，故不以生为乐也。"

⑭鞠：养育。以上两句互文见义，言父母生养我。以下数句皆就父母双方说。

⑮拊：同"抚"。《后汉书·梁竦传》引作"抚"。畜：爱。

⑯长（zhǎng）、育：是喂养、培育的意思。

⑰顾：看。复：指不舍离去。

⑱腹：怀抱。以上五句大意说：父母抚摩我，喜欢我，养活我，培养我，看顾我，舍不得我，出门在家都抱着我。按：以上连用九个"我"字，声调急促，如哭诉。姚际恒说："勾人眼泪全在此无数'我'字。"

⑲之：是，这。

⑳昊天：见本书《节南山》注⑳。以上两句是承上六句而来，意思是说父母的恩德如天一样大，是报答不完的。

㉑南山：终南山，在今西安市之南。烈烈：同"冽冽"，寒气逼人。

㉒飘风：暴风。发发：读为"拨拨"，风声。以上两句以高山寒流、疾风呼叫，象征自己遭遇不幸。

㉓穀：善。

㉔害：祸害，指父母死亡。何害：怎么遭此祸害。孔颖达解释上两句说："他得（他人能）孝养，已独寒苦。此怨者之常辞（通常的话）"。

㉕律律：同"烈烈"。

㉖弗弗：同"发发"。

㉗卒：终。这句说，我独不能终养父母。这章与上章同意，诗人反复诉述自己不能终养，絮絮叨叨，这正是他内心极痛苦的表现。

【品评】

这一首是儿子悼念父母的诗。诗人痛惜父母辛辛苦苦地养育了他，而他却不能报恩德于万一。子女赡养父母、孝敬父母，这是我国人民的美德之一，直至今日，在我们社会主义社会里，仍然是一项必须提倡的公德，人人都应尽这个责任。

　　这首诗前两章用比，表现"父母劬劳"；后两章用兴，象征自己遭遇不幸，首尾遥遥相对。中间两章一写儿子失去双亲的痛苦，一写父母对儿子的深爱。全诗情真意切，表现了作者对父母的深厚感情。

大　　东

　　有饛簋飧①，有捄棘匕②。周道如砥，其直如矢③。君子所履④，小人所视⑤。睠言顾之⑥，潸焉出涕⑦。

　　小东大东⑧，杼柚其空⑨。纠纠葛屦，可以履霜⑩。佻佻公子⑪，行彼周行。既往既来⑫，使我心疚⑬。

　　有冽氿泉⑭，无浸获薪⑮。契契寤叹⑯，哀我惮人⑰。薪是穫薪⑱，尚可载也⑲。哀我惮人，亦可息也⑳。

　　东人之子㉑，职劳不来㉒。西人之子，粲粲衣服㉓。舟人之子㉔，熊罴是裘㉕。私人之子㉖，百僚是试㉗。

　　或以其酒㉘，不以其浆㉙。鞙鞙佩璲，不以其长㉚。维天有汉㉛，监亦有光㉜。跂彼织女㉝，终日七襄㉞。

　　虽则七襄，不成报章㉟。睆彼牵牛㊱，不以服箱㊲。东有启明，西有长庚㊳。有捄天毕㊴，载施之行㊵。

　　维南有箕㊶，不可以簸扬。维北有斗㊷，不可以挹酒浆㊸。维南有箕，载翕其舌㊹。维北有斗，西柄之揭㊺。

【注释】

　　①有饛（méng）：同"饛饛"，食物装得很满的样子。簋（guǐ）：古代装食物的器具，圆口，旁有两耳。飧（sūn）：熟食。

　　②捄（jiù）：借作"觩（qiú）"。有觩：同"觩觩"，长而曲的样

子。棘：酸枣树。匕（bǐ）：勺子。棘匕：酸枣木做的勺子。上两句是说食物丰富，食具精美。

③周道：周王畿大道，自岐山至丰镐，又东可至成周。砥（dǐ，旧读zhǐ）：磨刀石。这两句说，大路像磨刀石一样平整，像射出去的箭一样笔直。

④君子：指周的贵族。履：走。

⑤小人：平民，此指东人。

⑥睠（juàn）言：睠然，四顾的样子。之：指周道。

⑦潸（shān）然：泪下垂的样子。朱熹解释上两句说："今乃顾之而出涕者，则以东方之赋役，莫不由是而西输于周也。"

⑧小东大东：指西周王畿以东的大小诸侯国；一说"小东大东"就是"近东远东"的意思。

⑨杼柚（zhùzhóu）：织具，即织布机上的梭子和梭子里面承受经线的轴。柚：通"轴"。这句意思说丝帛已被搜刮一空。

⑩纠纠：缠绕得很紧密的样子。葛屦（jù）：用葛布制的鞋子。这是一种夏天穿的鞋子。葛屦而"可以履霜"，是表示其质量之好。

⑪佻（tiāo）佻：轻狂的样子。《韩诗》作"嬥（tiǎo，又读diào）嬥"，矫柔作态的样子。公子：指周贵族。

⑫既往既来：是说官员来来往往，川流不息。意思是指催收赋税很紧急。既：又。

⑬疚（jiù）：内心痛苦。以上两句承上说，丝帛已被周人搜刮一空了，连留着寒冬走霜路的葛布鞋，也被拿走了，但是他们还是络绎不绝地来催缴赋税，使我心中无比忧虑。

⑭有冽（liè）：同"冽冽"，清澈的样子。氿（guǐ）泉：倾斜涌出的泉水。

⑮获薪：已砍下的柴。苏辙说："薪已获矣，而复渍之，则腐。民已劳矣，而复事之，则病。"

⑯契契：忧愁痛苦。寤叹：睡不着直叹息。

⑰惮（dàn）：同"瘅（dàn）"，劳苦。瘅人：劳苦的人。

⑱薪：第一个"薪"字作动词用。是：这。

⑲载：装载。以上两句说，如果把这已砍下的柴当作柴，还可以用车把它运走。这两句是下两句的衬托。

⑳息：歇息。这两句说，可怜我们这些劳苦的人，也该让我们休息了。

㉑东人：即第二章所说的"小东大东"之人，西周王畿以东诸侯国中的人民。

㉒职：主，从事。来：通"徕"，慰劳。这句说干着劳苦的事而得不到慰劳。

㉓粲粲：华丽的样子。

㉔舟人：疑指周人中的小贵族。舟：通"周"。

㉕熊黑（pí）：指用熊黑的皮毛制的裘。黑：野兽，似熊较大，毛色褐黑，能直立，俗称"人熊"。是：宾语前置标志。裘：皮袄，此作动词用，即穿皮袄。

㉖私人：周大贵族私家的官员。

㉗百僚：众官。试：用，做。以上四句互文见义，"舟人"、"私人"本来在周人中地位较低，但他们仍然穿的是高级的皮袄，委以各种官职。这更见出西人的地位和待遇远在东人之上，说明社会极不平等。

㉘"或"字直贯以下四句。

㉙浆：酒。以上两句说，西人不把东人所献的酒当作酒。

㉚鞙（xuàn，或juān）鞙：长长的样子。璲：同"瑞"，宝玉。一说"璲"，借作"繸（suì）"，古代用以连系佩玉的丝带，长三尺。以上两句说西人嫌弃东人所献的系佩玉的丝带不够长。

㉛维：语助词。汉：银河。

㉜监：通"鉴"，镜子。以上两句意思说，银河像镜子一样也有光亮，却不能用来照人。

㉝跂（qì）：成三角形。这句说织女三星鼎足而立。

㉞终日：整日。七襄：七次移动位置。襄：凌驾，这里指移动。织女星从卯至酉七个时辰要走七个星次，所以说"七襄"。

㉟报：反复，指织布时纬线不断往返。章：纹理。报章：指布帛。以上两句说，织女星虽然一天移动了七个星次，但终于织不成布帛。以下几句是说织女、牵牛、启明、毕星等都是有其名而无其实，比喻西周徒有宗主之名，而无保护属国之实。

㊱睆（huǎn）：星光明亮的样子。牵牛：星名。

㊲服：驾。箱：车箱。以上两句说，牵牛星不能驾牛拉车。

㊳"启明"与"长庚"都是金星的别名。因它早晨在东方先日而出，所以叫"启明"，傍晚在西方后日而入，所以称"长庚"。"庚"是继续的意思。

㊴天毕：星名。因其排列的形状像猎兔的毕纲（有柄的网），所以得名。

㊵载：乃。施：张设。行：路。毕是一种拿在手里捕兔的小网，张设在路上，自然无用。以上两句是说天毕星有名无实，不能用来捕兔。

㊶箕：星名，共四星，其排列的位置像张口的簸箕。连下句说南箕不能用来簸扬糠秕，也是虚有其名。

㊷北：指箕星之北。斗：原是一种有柄的舀取液体的器具，这里指南斗星，因其排列的形状像斗而得名。

㊸挹（yì）：舀取。以上两句说南斗星不能用来舀取酒浆。

㊹翕（xì）：吸取。舌：箕星排列似大口小底的簸箕，如向内吸其舌，作吞噬之状。这是比喻西人对东人的搜刮。

㊺西柄：柄指西方。揭：举。当南斗星与箕星同在南方时，南斗之柄指向西，斗口向东张开。这是西人勒索东人的象征。欧阳修说："箕、斗非徒不可用已；箕张其舌，反若有所噬；斗之柄反若有所挹取于东。"（引自吕东莱《诗纪》）

【品评】

　　这首是东方诸侯国的臣民怨恨西周王室赋税和劳役繁重的诗，反映了西周王朝与诸侯国臣民之间的矛盾。旧说此诗为谭大夫所选，近人也有认为是被征服的东方殷人、奄人所作。这些说法都无确证。

　　诗首章从饮食、行路总写出周人与东人是剥削与被剥削的关系；次章写东方财富被搜刮殆尽，但西人仍在加紧勒索；第三章写东人在西人的驱使下，劳苦不堪；第四章以事实对比揭示东人与西人在生活和地位方面的悬殊；第五章是过渡段落，前半段承上写西人对东人的苛求，后半段启下，与第六、七两章都是历举天上的星宿徒有其名，而无其实，借以倾诉人间社会的不平，从而讽刺西周王朝统治者窃据高位而不恤臣民。这首诗以鲜明的对照描写和奇特的想象抒写了诗人的积愤和不平，富有感人的力量。

四　　月

四月维夏①，六月徂暑②。先祖匪人③，胡宁忍予④？
秋日凄凄⑤，百卉具腓⑥。乱离瘼矣⑦，奚其适归⑧？
冬日烈烈⑨，飘风发发⑩。民莫不穀，我独何害⑪！
山有嘉卉⑫，侯栗侯梅⑬。废为残贼⑭，莫知其尤⑮！
相彼泉水⑯，载清载浊。我日构祸⑰，曷云能穀⑱？
滔滔江汉⑲，南国之纪⑳。尽瘁以仕㉑，宁莫我有㉒？
匪鹑匪鸢㉓，翰飞戾天㉔！匪鳣匪鲔㉕，潜逃于渊㉖！
山有蕨薇㉗，隰有杞桋㉘。君子作歌㉙，维以告哀㉚。

【注释】

①四月：夏历四月。下句"六月"同此。维：为，是。

②徂（cú）：往，至。徂暑：指六月已至暑热。以上两句点出被放逐江南的时间。

③匪人：非他人。王夫之说："不与己亲者，或谓之他，或谓之人。"（《诗经稗疏》）

④胡：怎么。宁：乃。忍：忍心。以上两句是诗人在无可奈何中责

怨祖先不保佑他，忍心叫他受苦。

⑤凄凄：凉风。

⑥百卉（huì）：百草。具：全。腓：借作"痱"，病。这里是"凋零"的意思。

⑦乱离：因乱而离散。瘼（mò）：病。

⑧奚：何。"奚"原作"爰"。《孔子家语·辨政篇》引诗作"奚"，今从之。适：往。以上两句说，因遭祸远离家人，忧患成病，现在我哪儿可去呢？

⑨烈烈：同"冽冽"，寒气逼人。

⑩飘风：暴风。发发：读为"拨拨"，风声。以上两句说，寒冷的冬天，大风呼呼叫。

⑪民：人。穀：善。这是诗人发出的不平呼声。这两句大意说：人家都好，偏我遭到祸害。

⑫嘉：善。卉：古代兼指草木。

⑬侯：语助词。栗：树名，果实可吃。

⑭废：大。残贼：摧残损害。

⑮尤：过失。以上四句大意是：山间美好的草、栗、梅竟无故遭到摧残，而不知自己有什么过失。这是比喻自己无故受害。

⑯相：视。

⑰我：诗人自称。日：天天。构祸：遇祸。构：借作"遘"。

⑱曷：何。云：语助词。这章前两句是后两句的反衬，大意是：看那泉水清能变浊，浊能转清，而我苦难的处境，就没有好转的希望吗？

⑲江：长江。汉：汉水。

⑳南国：南方。纪：纲纪。此指大小河流汇聚于江汉，成为南方的主河。

㉑尽瘁：精力耗尽。仕：事。

㉒宁：乃。莫：不。有：同"友"，亲近。这章前两句以所见的江汉比喻自己曾为国家出过大力，后两句说自己为国家疲惫不堪，可是如今当权者却不与他亲近了。

㉓鹑（chún）：鹌鹑。鸢（yuān）：一种猛鸟，又称鸱鹰，能高飞。

㉔翰（hàn）：高飞。

㉕鳣（zhān）：鲟鱼，肉鲜嫩。鲔（wěi）：是鲟鱼的古称。

㉖潜：深藏。渊：深水。以上四句大意说，可惜自己不是禽鸟，不能高飞上天；不是鱼类，不能潜逃到深水中去。

㉗蕨（jué）：多年生草本，嫩茎可食，根多淀粉。薇：见本书《采薇》注①。

㉘隰：见本书《简兮》注⑭。杞（qǐ）：杞树，属柳一类。桋（yí）：树名，又叫朱栋（shè）。郑玄解释上两句说："此言草木各得其所，人反不得其所，伤之也。"

㉙君子：诗人自称。

㉚维：是。告：诉说。以上两句是说，作者写诗的目的，是为了诉说自己的悲哀。

【品评】

这首诗的题旨过去颇多争议，一直没有定论，今考察全诗，似是遭祸被逐之作。其人自称君子，诗中愤愤不平地诉说自己曾为国事操尽了心，并以"南国之纪"的江汉，比喻自己曾是国家的重要角色。可是如今却被放逐江南，有家不能归，受着无穷的灾难。因此他恨自己不是鸟不是鱼，不然就可以上天入渊，逃之夭夭了。在这无可奈何中，他只得以诗来寄托自己的悲哀。

全诗八章。前三章叙述自己自初夏被逐，历经秋冬，孤苦无告；第四章以比喻说明自己无过受害；第五章叹息自己前途可悲；第六章为自己忠而见逐不平；第七章恨自己无计逃祸；第八章自叙作诗的目的。

北　山

陟彼北山①，言采其杞②。偕偕士子③，朝夕从事④。王事靡盬⑤，忧我父母⑥。

溥天之下⑦，莫非王土。率土之滨⑧，莫非王臣⑨。大夫不均⑩，我从事独贤⑪。

四牡彭彭，王事傍傍⑫。嘉我未老⑬，鲜我方将⑭，旅力方刚⑮，经营四方⑯。

或燕燕居息⑰，或尽瘁事国⑱。或息偃在床⑲，或不已于行⑳。

或不知叫号㉑，或惨惨劬劳㉒。或栖迟偃仰㉓，或王事鞅掌㉔。

或湛乐饮酒㉕，或惨惨畏咎㉖。或出入风议㉗，或靡事不为㉘。

【注释】

①陟：登。北山：山名，其地不详。

②言：语助词。杞（qǐ）：杞树，属柳一类。以上两句是以北山采杞起兴，比喻事务烦劳。

③偕偕：同"强强"，强壮的样子。士子：一般官吏的通称，这里是诗人自指。

④从事：办事。

⑤王事：国事，公差。靡盬：见本书《鸨羽》注③。

⑥忧我：为我担忧。以上两句说，朝廷的公差无止无尽，使父母为我担忧。

⑦溥：同"普"。

⑧率：自，循。滨：水边。王引之说："'自土之滨'者，举外以包内，犹言四海之内，……非专指地之四边言之。"（《经义述闻》）

⑨王臣：周王朝的臣民。以上四句说，普天之下，没有不是周王的土地。四海之内，没有不是周王的臣民。

⑩大夫：指主管行政的长官。不均：指摊派公务不公平。

⑪独：特。贤：多，繁重。以上两句说，长官分配任务不公平，我的公务特别繁重。按：下四章的意思都是从这两句引出的。

⑫四牡：见本书《硕人》注⑰。彭彭：与下句"傍傍"都是象声词，是车子颠簸的声音，表示奔走不得休息。

⑬嘉：夸赞。

⑭鲜：赞美。方将：方壮，正当壮年。

⑮旅："膂"的借字，脊骨，引申为"气力"。刚：强。

⑯经营：劳作。以上四句是诗人庆幸自己年富力强，奔走四方的差事，虽无休息，但还能对付。

⑰或：有的。燕燕：安闲的样子。居息：居家休息。

⑱尽瘁：精力耗尽。事国：为国效劳。

⑲息偃（yǎn）：安卧，安然地睡着。

⑳已：止。以上四句说，有的悠闲地在家休息，有的拼死拼活为国效力；有的安稳地躺在床上，有的要不停止地奔波。

㉑叫号：呼叫号哭，此指劳累过度。

㉒惨惨：同"懆懆"，不安的样子。劬（qú）劳：劳苦。以上两句说，有的根本不知人间有劳苦事，有的却一直劳累不息。

㉓栖迟：居住，此指无所事事。偃仰：同"息偃"。

㉔鞅掌：烦劳不堪的样子。以上两句说，有的无所事事，有的为公务烦劳不堪。

㉕湛（zhàn）：耽，沉溺。

㉖惨惨：同"懆懆"。畏咎（jiù）：怕犯过失。

㉗风：放。风议：夸夸其谈。

㉘靡：无。以上四句说，有的沉溺于享乐饮酒，有的却忧虑不安怕犯错误；有的内外高谈阔论，有的却没有什么事情不要他去干的。

【品评】

这是反映西周末期统治阶级内部劳逸不均的诗。有人说作者是大夫，有的认为是低于大夫的"士"；不论是前者还是后者，其身份都属

199

于统治阶层。

全诗六首。首章怨恨繁重的公差加在自己身上，给父母带来忧愁；次章说同为王臣，却劳逸不均，自己差事特别繁重；第三章自我庆幸年轻力壮，还能应付四方奔走的差役；第四、五、六章连用十二个"或"字，两两对举，具体揭示了劳逸不均的事实。诗人在这一系列鲜明的对照中，尽情地倾诉了心中的不平和牢骚，从一个侧面写出了社会的不平等。

大　田

　　大田多稼①，既种既戒②，既备乃事③。以我覃耜④，俶载南亩⑤。播厥百谷⑥，既庭且硕⑦，曾孙是若⑧。

　　既方既皁⑨，既坚既好⑩，不稂不莠⑪。去其螟螣⑫，及其蟊贼，无害我田稚⑬。田祖有神⑭，秉畀炎火⑮。

　　有渰萋萋⑯，兴雨祁祁⑰。雨我公田，遂及我私⑱。彼有不获稚，此有不敛穧⑲；彼有遗秉⑳，此有滞穗㉑，伊寡妇之利㉒。

　　曾孙来止㉓，以其妇子㉔，馌彼南亩㉕，田畯至喜㉖。来方禋祀㉗，以其骍黑㉘，与其黍稷㉙。以享以祀，以介景福㉚。

【注释】

　　①大田：肥美的田。这句意思说，对土地要选择，肥田才能多收庄稼。

　　②种：指选良种。戒：修整农具。

　　③既备：已完成。指上述各项备耕工作。乃：然后。事：耕种之事。以上三句说择田、选种、修农具等项准备好了，然后开始耕作。

　　④覃（tán）：《尔雅》郭璞注引作"剡（shàn）"。"覃"是

"刿"的借字，锐利。耜：见本书《七月》注⑦。

⑤俶（chù）载：始事，即开始耕种。俶：开始。载：劳作。南亩：见本书《七月》注⑩。

⑥厥：其。

⑦庭：直生，向上挺出。且：将。硕：肥大。以上四句说，用我的锋利的耜开始耕作，种下各种谷物，有的已长出肥壮的苗。

⑧曾孙：重孙，周王的亲族，即田地的主人。是：这，指上述所说的耕作之事。若：顺应的意思。这句意思是说，曾孙能顺应天时地利。

⑨方：房，指庄稼已经含苞。皁：同"皂"。谷物结实而外壳未坚硬叫"皁"。

⑩坚：壳坚硬，即已经成熟。好：指丰收景象。

⑪稂（láng）：是一种有害禾苗的野草。莠（yǒu）：狗尾草。

⑫螟（míng）、螣（tè）与下句的"蟊"（máo）、"贼"都是害虫名。"螟"食苗心，"螣"食叶，"蟊"食根，"贼"食节。

⑬稺：即稚，这里指幼苗。

⑭田祖：农神。神：灵。

⑮秉：拿。畀（bì）：投。这是祝祷之词，希求农神保佑庄稼安全生长，把野草、害虫除尽，一并拿去投到大火中烧死。

⑯有渰（yǎn）：同"渰渰"，阴云笼罩的样子。萋萋：《韩诗外传》、《说文》并作"凄凄"。"萋"是"凄"的借字。凄凄，见本书《风雨》注①。

⑰兴雨：起雨，即下雨的意思。祁祁：同"徐徐"，缓慢的样子。以上两句说：阴云密布，雨徐徐地下着。

⑱雨：作动词用。公田：又称籍田，是连同奴隶一块按贵族的等级分配给奴隶主的，这种田是要向国王纳税的。"私田"：贵族利用奴隶剩余的劳力开发的田，不向国王纳税。以上两句说，雨落到公田上，我们的私田也得到了好处。

⑲敛（liàn）：聚拢。秭（jì）：已割而散铺于田中的农作物。

⑳遗秉：遗漏于田中成把的禾。秉：把。

㉑滞穗：散落于田中的禾穗。

㉒伊：维，乃。以上五句说：那儿有留下未成熟不收割的庄稼，这儿有割下来没有聚拢的禾把；那儿有遗漏的成把的禾，这儿有散落在田间的禾穗。这些都是给予寡妇们的利益。按：这是站在剥削阶级立场上来看问题的。因丧失男劳力而孤苦无告的寡妇，只能拾点残禾遗穗度日，这正是当时统治者残酷剥削的结果，而不是他们给予的什么恩惠。

㉓止：语助词。

㉔妇子：指农夫的老婆孩子。

㉕馌彼南亩：见本书《七月》注⑩。

㉖田畯至喜：见本书《七月》注⑪。以上四句大意是：田主曾孙来了，命令农夫的妻儿把食物送到田间，让我们大吃大喝庆丰收，跟着来的田官也喜气洋洋。

㉗来：曾孙来。方：四方，此指祭四方神。禋（yīn）祀：以洁净的祭品祀神。

㉘骍（xīng）：赤色牲。黑：指黑色牲。

㉙黍稷：见本书《七月》注㉖。上三句说曾孙以洁净的赤色、黑色的牲牲和黍稷祭祀四方之神。

㉚享：享神。介：借作"丏"，求。景福：大福。这两句是说祭神求福。

【品评】

这首是西周的农事诗。首章说当春忙着耕种，作物初生的苗很苗壮；次章写当夏忙着除草灭虫，作物已快成熟，丰收在望；第三章写入秋雨水充足，获得丰收；第四章写收获时，田主在田头欢庆丰收，并祀神求福。

从这首诗中，我们可以看出西周时期农业生产发展的情况，那时的劳动人民在长期的生产实践中，已经积累了选择良种和消灭害虫的经验，大大促进了农业生产的发展。同时也由于劳动生产率的提高，奴隶主贵族已经利用奴隶开垦私田，加重对奴隶的剥削。私田的出现，开始冲破了奴隶社会土地所有制的堤防，后来正是由于这种私田的不断发展，才逐步被封建土地所有制所取代。从这首诗中，我们还可看到当时剥削阶级与劳动人民之间悬殊的生活状况。

宾 之 初 筵

宾之初筵①，左右秩秩②。笾豆有楚③，肴核维旅④。酒既和旨⑤，饮酒孔偕⑥。钟鼓既设⑦，举酬逸逸⑧。大侯既抗⑨，弓矢斯张⑩。射夫既同⑪，献尔发功⑫。发彼有的，以祈尔爵⑬。

籥舞笙鼓，乐既和奏⑭。烝衎烈祖⑮，以洽百礼⑯。百礼既至⑰，有壬有林⑱。锡尔纯嘏⑲，子孙其湛⑳。其湛曰乐㉑，各奏尔能㉒。宾载手仇㉓，室人入又㉔。酌彼康爵㉕，以奏尔时㉖。

宾之初筵，温温其恭㉗。其未醉止，威仪反反㉘。曰既醉止，威仪幡幡㉙。舍其坐迁㉚，屡舞僊僊㉛。其未醉止，威仪抑抑㉜。曰既醉止，威仪怭怭㉝。是曰既醉，不知其秩㉞。

宾既醉止，载号载呶㉟。乱我笾豆，屡舞僛僛㊱。是曰既醉，不知其邮㊲。侧弁之俄㊳，屡舞傞傞㊴。既醉而出，并受其福㊵。醉而不出，是谓伐德㊶。饮酒孔嘉㊷，维其令仪㊸。

凡此饮酒，或醉或否㊹。既立之监㊺，或佐之史。彼醉不臧，不醉反耻㊻。式勿从谓，无俾大怠㊼。匪言勿言，匪由勿语㊽。由醉之言，俾出童羖㊾。三爵不识㊿，矧敢多又㊿①。

【注释】

①宾：客人。初筵（yán）：刚入席。筵：铺在地上的坐具，古人席地而坐。

②左右：指东西方向。按古礼规定，主席设在东，客席设在西。秩秩：很有礼节的样子。以上两句说，初入席时，宾主之间彬彬有礼。

③笾（biān）：一种盛物的竹器。豆：盛食物的器皿，形似高足盘，或有盖。西周时多用陶制，亦有木制、铜制的。

④淆（xiáo）核：一作"肴覈（hé）"，食物。肉叫"肴"，骨叫"覈"。前句说盛食物的器皿，这句说所盛的食品。维：是。旅：陈放。以上两句大意说，摆得整整齐齐的笾豆中，装着肉类食物。

⑤和旨：酒味醇和甜美。

⑥孔：很。偕：齐。这句是说饮酒的动作很整齐。

⑦古代射礼饮酒有音乐，所以说钟鼓已陈列了。

⑧醻：或作酬，主客敬酒。逸逸：同"绎绎"，不断。这句说主客之间不断地互相敬酒。以上八句写射箭前饮酒，以下写射箭。

⑨侯：即现在的靶。大侯：君主射的靶。侯身一丈，白质画熊。抗：举，张设。

⑩斯：乃。张：设，陈放出来。

⑪射夫：射者。同：合，指射者两两配对比射。

⑫献：拿出。发功：射中之功。以上两句说，射者两两配对，已经排好了队列，你们各自拿出本领来吧！

⑬祈：求。比射时，射不中的要罚喝酒，所以射箭的时候，射者往往祝愿，我这一箭一定射中，必定要罚你喝一杯。上两句说的就是这个意思。

⑭籥（yuè）舞：执籥而舞。籥，见本书《简兮》注⑨。笙（shēng）：簧管乐器。这两句说，执籥而舞，与笙鼓相应和，演奏的乐曲很和谐。

⑮烝：进。衎（kàn）：享。烈祖：有功业的祖先。

⑯洽：合。以上两句说，进享有功业的祖先，百礼齐备。

⑰至：极，这里是齐备的意思。

⑱壬：大，指礼节隆重。林：众，指礼节繁多。以上两句说各种礼节齐备，非常隆重，名目很多。

⑲锡：赐给。纯：大。嘏（gǔ）：福。

⑳湛（zhàn）：乐。以上两句说，祖先赐给你们大福，子孙可以享受快乐。

㉑曰：语助词。

㉒奏：进，献。能：技能，指射技。以上两句大意是：祖先已赐给了幸福快乐，你们再各自拿出射箭的本领来吧！

㉓载：语助词。手：取。仇：匹，对手。这句说客人各自找好射箭的对手。

㉔室人：主人。入：进入。又：再。这里"入又"是指主人在客人两两比射之后，也进入自己的射位，再以射来奉陪客人。

㉕酌：斟酒。康：虚，空。爵：酒器。奏：奉献。

㉖时：是，指命中。以上两句写宾主射后再饮，这与上章末二句所说的罚不中者饮不同，这里是射中者饮。意思说，把空杯斟满酒，奉献给你得胜者。

㉗温温：斯文的样子。以上两句说，酒席开始时，大家斯斯文文，恭恭敬敬。

㉘止：语助词。反反：持重谨慎的样子。以上两句说，还没有醉时，个个都一本正经。

㉙幡（fān）幡：轻浮放肆的样子。这两句说，喝醉了酒，就轻浮放肆。

㉚舍：弃。坐：同"座"。迁：移动。这句是说，离开自己的座位，任意移动。

㉛屡：《尔雅·释言》"亟也"，急。僊僊：义同"跹跹"，轻举的样子。这句说乱舞乱动起来。

㉜抑抑：谨小慎微的样子。

㉝怭（bì）怭：怠慢的样子，指饮酒者彼此相轻侮。

㉞秩：常规。

㉟载：语助词。号（háo）：大叫。呶（náo）：喧哗。

㊱傞（qī）：借作"欹（qī）"，不正。傞傞：歪斜的样子。

㊲邮：借作“尤”，过错。

㊳侧弁（biàn）：歪戴着帽子。弁：古称帽子。俄：歪倒一边。

㊴傞（suō）傞：舞不止的样子。以上八句描写饮者大醉后的丑态：他们大呼小叫，把食器弄得乱七八糟，一个个斜戴着帽子。歪歪倒倒地舞个不止，什么过错也不顾了。

㊵以上两句说：已经醉了能自动出去，大家就受他的福了。言外是说醉后乱说乱动，大家都受其害。

㊶是：这。伐德：败德。以上两句说，醉后乱作一团，不顾礼仪，这是败坏道德。

㊷孔嘉：很好。

㊸维：是。令：美。仪：表。以上两句说，饮酒本来是很好的事，只是要有好的酒态。

㊹否：指未醉。

㊺“立监”与下句“佐史”，都是酒监，燕饮时，观察醉否，防止醉后失礼。

㊻臧：善。这两句说，醉了不好，可是醉者反以不醉为羞耻。

㊼式：语助词。谓：《尔雅·释诂》释为“勤也”，这里是劝勉的意思。俾：使。大怠：过分怠慢。以上两句说，对醉者不要再劝饮，不要使他们过分失礼。

㊽由：从。语：辩论。以上两句大意是：不当说的话不说，不要跟他们论辩。这两句是对未醉的劝告之辞。

㊾羖（gǔ）：牡羊。童羖：无角的牡羊。牡羊皆有角，无角的牡羊是没有的东西，朱熹说这是“醉而妄言”。以上两句大意是：醉者的话，不过都是“让人拿出没角的公羊”一类荒唐的话，不可信以为真。

㊿三爵：三杯。识：记。这句说三杯酒下肚，已昏昏然了。

(51)矧（shěn）：况且。又：复，再。

【品评】

这首诗是描写贵族饮宴场面的，客观上暴露了奴隶主贵族阶级礼节的虚伪和生活的腐朽。首章写贵族们在饮宴和奏乐中比射，这是他们所谓的"射饮"；次章写贵族们在乐舞中祭祖求福，然后边射边饮，这是他们所谓的"祭饮"；在这两种饮宴中，与饮者还似是彬彬有礼的，而在下两章所写的饮宴中，与饮的贵族们却是洋相百出了。

诗人细致地描写了他们未醉、刚醉、烂醉的变化，可谓穷形极相。未醉时一个个衣冠齐楚，斯文道学的；一旦醉了，便乱糟糟地离开座位，大舞起来；到了烂醉的时候，更大喊大叫，打翻菜肴，弄得笾豆狼藉不堪。并一个个斜戴着帽子，歪歪倒倒地乱蹦乱跳，没有一点德性。最后一章表现诗人对这种无节制的饮宴的不满，提出纠正的措施。可见作者当是一位贵族。《诗序》说是卫武公为刺周幽王所作，虽未必可靠，但这首是讽谕诗却是无可疑义的。诗中以突出的对比和细致的描写，鲜明地绘出了贵族饮宴的场面和醉汉的各种丑态，很生动逼真。

隰　桑

隰桑有阿①，其叶有难②。既见君子③，其乐如何？
隰桑有阿，其叶有沃④。既见君子，云何不乐⑤！
隰桑有阿，其叶有幽⑥。既见君子，德音孔胶⑦！
心乎爱矣⑧，遐不谓矣⑨！中心藏之⑩，何日忘之⑪！

【注释】

①隰（xí）：低湿的土地。阿（ē）：通"猗"，美。有阿：同"阿阿"，美丽的样子。

②难（nuó）：通"傩"或"娜"，盛。有难：同"难难"，茂盛的样子。这里柔美茂盛的桑叶，是年轻貌美的象征，所以诗人触景感怀，引起对情人的怀念。按："阿难"，本系联绵词，字或作"阿那""婀娜""阿傩"等。上两句将"阿""难"分开用，其义略有差别。

③既：已。下两句是设想之词，她想象自己如果能见到情人，那种快乐简直说不出来。

④沃：柔美。

⑤云：语助词。这句以反问的句式，把上章末句表达的意思，又推进一步，说明自己见到情人那欢乐的心情是无法压抑的。

⑥幽：通作"黝"（yǒu），微青黑色。叶子长得茂盛则色青近黑，所以"幽"还是形容桑叶茂盛。

⑦德音：这里指亲密的话，即情话。孔胶：很缠绵。胶：粘连不断，引申为缠绵。诗的头两章末二句从自己角度设想相见之乐，这章则是设想对方见到自己时，他一定尽情倾吐爱情，那情话缠绵得很。

⑧乎：于，在。

⑨遐：胡，何。谓：告诉。

⑩中心：心中。

⑪何日忘之：意思是说永远忘不掉。前三章都是假想，这章才进入现实，抒写自己当前的心情。这一章四句诗的大意是：我心里在爱他，何不去告诉他呢？老是藏在心里面，何日才能忘掉！

【品评】

这是"小雅"中少有的几篇爱情诗之一。诗中写一位姑娘心里深深地爱上了一位小伙子，又羞于向对方表达爱情，只得将"爱"的种子深藏于心底。然而已萌发的爱芽是无法压抑的，她几乎无时不想，无处不思。因此当她见到摇曳多姿的"隰桑"，就想到与情人会面后，自己是如何幸福地倾听着小伙子如胶似漆的话语。这首诗的作者，好像就是诗中的主人翁，她在这甜蜜的想象和真情的表白中，揭示了自己的内心世界，表现出她是多么纯真和幸福。这首诗的情调与风诗毫无二致。

渐 渐 之 石

渐渐之石①，维其高矣②。山川悠远③，维其劳矣。武人东征④，不皇朝矣⑤。

渐渐之石，维其卒矣⑥。山川悠远，曷其没矣⑦。武人东征，不皇出矣⑧。

有豕白蹢⑨，烝涉波矣⑩。月离于毕⑪，俾滂沱矣⑫。武人东征，不皇他矣⑬。

【注释】

①渐渐：同"嶄（chán）嶄"，山石险峭的样子。

②维：语助词。下同。

③悠远：遥远。

④武人：将士。东征：征讨东方。

⑤皇：同"遑"，闲暇。朝：日。"不皇朝"，陈奂说"犹言无暇日"。以上六句大意说：东征要经过陡峭的石山，长途跋山涉水，很劳苦，将士们一直向东进发，从没有空闲的日子。

⑥卒：借作"崒（zú）"，高峻而危险。

⑦曷：何。没：尽。这句说攀危涉险何时可了。

⑧出：出险地。这句意谓只知深入，无暇顾及今后能否脱险的事。

⑨豕（shǐ）：猪。蹢（dí）：蹄。下四句可能是引用当时的民间气象谚语，"猪涉河"，"月离毕"是将大雨的征兆。《尚书·洪范》伪孔传："月离于毕则多雨。"

⑩烝：众。涉波：过河。范逸斋说："东南之豕，四蹄多白，天气郁蒸，则众豕涉波，此雨之候现于地也。"

⑪离：借作"丽"，依附。毕：星名，见本书《大东》注㊴。

⑫俾：使。滂沱：水流很深的样子，这里指涨水。范逸斋说："毕为阴雨之星，月离毕星，则雨。此雨之候见于天也。士卒在险阻之中，惟雨是忧。"

⑬他：他事。这句说当前只担心遭遇大水，无暇顾及他事。

【品评】

这首诗是写东征劳苦的，酷似风诗，可能是下层军官所作。《诗序》说此诗作于周幽王时，写的是东征楚国的事。这是后儒猜测之词，从诗中既看不出来，在古代典籍中也无确证，因此《诗序》的话只能作为参考。

三章诗意思相仿，着重写将士们远途跋山涉水的辛劳，有不满情绪，但并不强烈。第三章头四句是关于气象的谚语，这是我国古代人民长期观察自然变化所总结出来的经验，很值得注意。

苕 之 华

苕之华①，芸其黄矣②。心之忧矣③，维其伤矣④！
苕之华，其叶青青。知我如此，不如无生。
牂羊坟首⑤，三星在罶⑥。人可以食，鲜可以饱⑦。

【注释】

①苕（tiáo，又读sháo）：草名，也叫"凌霄"、"紫葳"，木质藤本。夏季开花，花可供药用。华：花。

②芸（yún）其：芸然，形容花盛开时一片黄色的样子。以上两句与下章首两句互文见义，说苕的花一片黄色、叶子青青的。这两章的首二句是起兴，诗人看到苕叶青花黄，想到人民在荒年无法生活，感慨万端。

③之：结构助词。

④维其：何其。以上两句说，心里忧愁，何等悲伤啊！

⑤牂（zāng）羊：母绵羊。坟：大。绵羊头本小，而今头显得大了，这是因为身子瘦小。

210

⑥三星：即参星，这里泛指星星。罶（liǔ）：捕鱼的竹器。上两句说，荒年无以为食，宰母羊吧，可是它瘦得只剩下一个大头；捕鱼吧，竹器中只有星光不见鱼。王照圆说："举一羊而陆物之萧索可知，举一鱼而水物之凋零可想。"（《诗说》）

⑦鲜：少。以上两句表现人民对不合理现实的抗议。大意说：人人都可以吃的，现在却为什么只有少数人能吃饱呢？

【品评】

这首诗反映灾年饥荒，人民无法生活。《诗序》说："幽王之时，西戎、东夷交侵中国，师旅并起，因之以饥馑，君子闵周室之将亡，伤己逢之，故作是诗也。"这里除"君子闵周室"云云，大体是不错的。看来作者大约是一位饥民，他看到叶青花黄的紫葳，痛感自己作为人，还不如植物，碰上这个大荒年，几乎没有什么东西可吃了，在死亡线上艰难地挣扎着，还不如不生下来为好！这一极为沉痛的呼声，是人民对黑暗时代的诅咒，对制造人间灾难的统治者的无比仇恨！

何 草 不 黄

何草不黄①！何日不行②！何人不将③！经营四方④。
何草不玄⑤！何人不矜⑥！哀我征夫，独为匪民⑦！
匪兕匪虎⑧，率彼旷野⑨！哀我征夫，朝夕不暇！
有芃者狐⑩，率彼幽草⑪。有栈之车⑫，行彼周道⑬。

【注释】

①黄：枯黄。以草枯萎比喻征夫因劳累而疲惫不堪。
②这句意思说，征夫常年在外奔走，无一日休息。
③何人：服役者之中的任何人。将：行。这句说征夫没有一个不是

整年在外奔走的。

④经营：劳作。

⑤玄：赤黑色，是草枯腐以后的颜色。

⑥矜（jīn）：危。这句意思说，没有一个征夫不被折磨得半死不活的。

⑦匪民：不是人。以上两句说，可怜我们这些服役的人，偏偏不是人吗！

⑧兕（sì）：古代犀牛类的野兽名。

⑨率：循。以上两句意谓我们是人，不是野牛，不是老虎，怎么总在旷野中出没呢？这是征夫发出的抗议呼声。

⑩有芃（péng）：同"芃芃"，茂盛的样子，这里是形容狐狸尾巴毛蓬蓬的。

⑪幽：深僻。以上两句与前章头两句意思相同，大意说，只有尾巴毛蓬蓬的狐狸，才在深僻的草丛中出没。言外是说，我们是人，怎么同狐狸一样呢？

⑫有栈（zhàn）：同"栈栈"。栈：通"嶘（zhàn）"，绝高。

⑬周道：大路。以上两句说，高高的车子，行驶在大路上。按：乘车行于大路，自然是当官的，诗人以此同征夫行于旷野草丛相对照，正见出他的不平情绪。

【品评】

这首是征夫控诉长期在外服役苦难的诗，反映了沉重的兵役、徭役给人民带来的深重灾难。作者大约是士兵或民伕。

西周后期国力日衰，诸侯国纷纷背叛，周王朝为了维持统治，不断地发动战争，被迫服役的征夫，如野兽般长年累月在旷野、草丛中出没，过着非人的生活。而当官的却乘着高高的车子，惬意地行驶在大路上。这首诗通篇充满着作者的怨愤情绪。

大雅

"大雅"产生的时代，一部分诗在西周前期，另一部分则属于西周后期乃至东周初期。

"大雅"基本是贵族诗歌。其中最有价值的，当推周部族的史诗和政治讽谕诗，揭示了一定的时代面貌。

"大雅"共有三十一首诗，本书选其中七首。

大　明

明明在下①，赫赫在上②。天难忱斯③，不易维王④。天位殷适⑤，使不挟四方⑥。

挚仲氏任⑦，自彼殷商⑧，来嫁于周⑨，曰嫔于京⑩。乃及王季⑪，维德之行⑫。大任自身⑬，生此文王。

维此文王⑭，小心翼翼⑮，昭事上帝⑯，聿怀多福⑰。厥德不回⑱，以受方国⑲。

天监在下⑳，有命既集㉑。文王初载㉒，天作之合㉓。在洽之阳㉔，在渭之涘㉕。文王嘉止㉖，大邦有子㉗。

大邦有子，伣天之妹㉘，文定厥祥㉙。亲迎于渭㉚，造舟为梁㉛，不显其光㉜。

有命自天，命此文王，于周于京㉝。缵女维莘㉞，长子维行㉟，笃生武王㊱。保右命尔㊲，燮伐大商㊳。

殷商之旅㊴，其会如林㊵。矢于牧野㊶。"维予侯兴㊷，上帝临女㊸，无贰尔心㊹！"

牧野洋洋㊺，檀车煌煌㊻，驷騵彭彭㊼。维师尚父㊽，时维

213

鹰扬㊾。凉彼武王(50)，肆伐大商(51)，会朝清明(52)。

【注释】

①明明：同“勉勉”，勉力，指勤奋于政事。下：天之下。

②赫赫：显耀的样子。上：指天。上两句大意说，王在下勤奋于政事，他的显赫的功绩就能上达于天。

③忱（chén）：同“訦（shén）”，相信。斯：语助词。这句意指“天意不一”。

④易：轻率怠慢。维：为。

⑤天位：天子之位。适：读为“嫡”。殷适：殷的嫡嗣，殷的正传后代，即指纣王。

⑥“使”上省去主语“天”。挟：据有，这里指统治。四方：全国。以上四句说，天命难信任，为王不可马虎。纣的天子之位是殷嫡传，殷本受命于天，而现在天却不让纣再统治全国。按：殷、周的统治权的一失一得，给周初的统治者以深刻的教训，他们感觉到“天难忱斯，不易维王”，即无德可以丧失天命，积德则可以得到天命。这里虽没有摆脱“天命论”，但已较殷人全信天命，有了进步。

⑦挚：古国名，可能是殷畿内国，故下句说“自彼殷商”。王夫之则认为“挚”“薛”古音相近通用，“挚”即薛国。仲：文王母太任的字。任：姓。马瑞辰引段玉裁说：“女子后姓，所以别于男子先氏”。

⑧殷商：指殷商畿内。

⑨周：周国。

⑩曰：语助词。嫔（pín）：妇。京：京邑，这里指周。

⑪乃：于是。及：与。王季：太王古公亶父之子，文王的父亲。

⑫维：同“唯”，只。行：实行。这章追述文王父母的盛德。大意说，挚国的女儿仲任，从殷畿嫁到周的京都为妇。于是，她与王季专门做有德的事情。

⑬大任：太任，即仲任。前章“仲任”是未嫁时之称呼，所以详细介绍她的生国及姓字，这里称“太任”，在姓前加“太”字，是尊

称，非谥号。有身：怀孕。

⑭维：语助词。

⑮翼翼：恭敬的样子。

⑯昭：明。事：侍奉。

⑰聿：同"曰"，语助词。怀：来。以上两句说，文王以明德敬奉天帝，招来很多的福。

⑱厥（jué）：其，他的。回：违背。

⑲以受方国：以接纳四方来归附的国家。

⑳监：视。

㉑天命：指天所属意。集：就，归。以上两句说，天监视着下面，其意已归文王。

㉒初载：初年。

㉓作：为。合：配，匹配。以上两句说，在文王即位的初年，天为他选定了对象。

㉔洽：古河名。一名漠（Fèn），今称金水河，发源陕西合阳县北，东南流入黄河。阳：河流北岸为"阳"，此指洽水之北。

㉕渭：水名。见本书《谷风》注⑯。涘（sì）：水边。以上两句点出文王配偶的居地。孔颖达说："诗人述其所居，是美其气势。"

㉖嘉止：美之，以之为美。止：之，指太任。

㉗大邦：大国，指莘（Shēn）国。"莘"姒姓国，在今陕西韩城合阳县东南。子：女子。

㉘倪（qiàn）：比喻。

㉙文定：文静庄重。祥：善。以上三句写文王到莘国迎亲，初见未婚妻时惊叹其美貌。大意是："大国竟然有这样的姑娘，简直像是天帝的妹妹，文静庄重好极了。"

㉚莘国在渭水南岸，所以文王要亲迎至渭。

㉛梁：桥。"造舟为梁"，即在数只船上架上木板，搭成浮桥。

㉜不：读如"丕"，大。其：指婚娶。以上三句说，文王亲到渭水迎亲，在河中搭成一座浮桥，使这次婚娶大为生色。

㉝以上三句说：文王接受天命，改国号为周，建都城在京。

㉞缵（zuǎn）：借作"嬳（zàn）"，好。缵女：义同"淑女"。维：为，是。下句"维"字同。莘：古国名，见前注㉗。

㉟长子：长女。行：行列，这里指排行。

㊱笃：厚。指天降下厚恩。以上三句说，这个好姑娘是莘国的，排行是长女，天降下大恩，生下武王。

㊲右：同"佑"，助。尔：此，指伐商事。

㊳燮（xiè）：协和，联合。一说"燮"借作"袭"。以上两句说，上帝保佑，命令武王，联合诸侯，讨伐商纣。

㊴旅：众，此指军队。

㊵会：借作"旝（kuài）"，古代旗帜的一种，主帅持以指挥部队进退的。这里作动词用，即指挥。如林：这里是形容殷军战士一个个像木头一般，完全不听纣王的调动。以上两句写殷军人心涣散，没有斗志。以下转到写周军，双方士气成鲜明对比。

㊶矢：古"誓"字。牧野：古地名，在今河南汲县北。

㊷维：语助词。予：我周国。侯：乃。兴：强盛。

㊸临：视。女：汝，指参加会战的诸侯国。下句"尔"亦同。

㊹无：毋。尔：你们。按：据《周书·牧誓》记载，当时听誓的主要是西方部族。孔颖达说："文王国在西，故西南夷先属焉。"所以武王要借天命权威来正告这些新依附的诸侯，要他们忠于周。

㊺洋洋：宽广的样子。

㊻檀车：檀木做的车子。煌煌：光闪闪的样子。

㊼驷（sì）：古代一车套四马，这里"驷"就是指四匹马。骐（yuán）：赤毛白腹的马。彭彭：健壮的样子。

㊽维：语助词。师：太师。尚父：姓姜名牙，或说姓吕名望。"尚父"是尊称。

㊾时：是，这。维：为，是。扬：举。鹰扬：形容进军如鹰飞一样迅猛。

㊿凉：《韩诗》作"亮"，佐，辅助。

216

○51肆：纵兵。

○52会：正当。朝：黎明。清明：对"战乱"而言，指战争结束而转入太平。按：近年出土的《史墙盘铭文》有"达（挞）殷，峻民永不巩（恐）狄"的话，与"会朝清明"语意同，可供参证。以上八句说：在广阔的牧野平原上，周军的檀木车亮光闪闪，驾车的四匹马毛色齐整，高大健壮，太师吕望坐定车上指挥，战士们冲锋如鹰飞一般迅猛。他辅助武王，纵兵扑向殷商，正当黎明战斗结束，从此天下太平。

【品评】

这首是周部族史诗之一，叙述周武王与殷纣王在牧野的最后决战，反映了周灭殷这一重大的历史事件。据《逸周书·世俘解》所说，此诗当作于周武王灭殷不久，是西周初年的作品。那时写这首诗，想必一方面为了标榜自己受命于天；一方面则是要借歌颂祖先的盛德，以垂戒后代。因此诗虽重在写牧野之战，却从武王的祖父母和父母写起，突出他们"维德之行"和"有命自天"。全诗八章。首章总述天命无常，维德者是助。这是周人最基本的天命观。次章写武王祖父母积德不懈，终于生下文王。第三章写文王修德，天使四方归服。这意在说明文王为武王灭商奠定了基础。第四、五、六章补叙文王得天赐佳偶，生下武王，受命伐纣。第七、八章写武王与殷纣决战于牧野，一举灭商。

这首诗规模宏大，结构严整，起伏有波澜。写牧野之战，一路叙来，源远流长，却不觉平铺直叙。这原因就在于诗人经过匠心剪裁，当详则详，当略则略，并交替运用了叙述、议论、描写等多种手法，富于变化。如写文王迎亲一节，就是略去了具体过程，而只突出文王惊叹未婚妻貌美如天生，情趣盎然，打破了史诗庄重叙述的沉闷气氛。写牧野之战更是绘声绘色，短短的两章诗，却再现了当年战场的真实场面。我们从中仿佛看到了纣军指挥失灵，乱作一团；看到了武王誓师时的严肃与兴奋；看到了吕望指挥若定的神气；看到了周军勇猛冲锋陷阵；也看到了殷军全线崩溃。总之，这首诗具有较高的艺术表现力。

这首诗在修辞方面的特点也值得注意：第二章末句是"生此文

王", 第三章首句是"维此文王"; 第四章末句是"大邦有子", 第五章首句是"大邦有子"; 第六章末句是"燮伐大商", 第七章首句是"殷商之旅"。可见诗中双数章的末句与单数章的首句字相承接, 很规则。这一修辞方法后来发展为"顶真格"。

绵

绵绵瓜瓞①, 民之初生②。自土沮漆③, 古公亶父④, 陶复陶穴⑤, 未有家室⑥。

古公亶父, 来朝走马⑦, 率西水浒⑧, 至于岐下⑨。爰及姜女⑩, 聿来胥宇⑪。

周原膴膴⑫, 堇荼如饴⑬。爰始爰谋⑭, 爰契我龟⑮, 曰止曰时⑯, 筑室于兹⑰。

迺慰迺止, 迺左迺右⑱, 迺疆迺理⑲, 迺宣迺亩⑳。自西徂东, 周爰执事㉑。

乃召司空, 乃召司徒㉒, 俾立室家㉓。其绳则直㉔, 缩板以载㉕, 作庙翼翼㉖。

捄之陾陾㉗, 度之薨薨㉘。筑之登登㉙, 削屡冯冯㉚。百堵皆兴㉛, 鼛鼓弗胜㉜。

迺立皋门㉝, 皋门有伉㉞。迺立应门㉟, 应门将将㊱。迺立冢土㊲, 戎丑攸行㊳。

肆不殄厥愠㊴, 亦不陨厥问㊵。柞棫拔矣㊶, 行道兑矣㊷。混夷駾矣㊸, 维其喙矣㊹!

虞芮质厥成㊺, 文王蹶厥生㊻。予曰有疏附㊼; 予曰有先后㊽; 予曰有奔奏㊾; 予曰有御侮㊿!

【注释】

①绵绵：绵延不断的样子。瓞（dié）：小瓜。这句是绵延的瓜蔓和大小累累的瓜，比喻周族日益发展。

②民：人，指周人。初生：起源。

③土：《汉书·地理志》引作"杜"。杜，水名，在今陕西麟游、武功二县。武功县的西南是邰城。沮：当作徂（cú），往。漆：水名，在今邠（Bīn）县西，北入泾水。

④古公亶父：周太王，文王的祖父。"太王"是周朝建立后追加的尊号。古：言其久远；诸侯臣称其君为"公"。古公："远祖先公"的简称。亶父：一作"亶甫"，是其名字。

⑤陶：借作"掏"。复：三家诗作"窋（fù）"，地洞。这句说掏穴而居。这是指迁居之初在岐山下的临时居室。

⑥家室：指房屋。

⑦来：指从豳来岐山。朝：清晨。走：趣。

⑧率：循。西：岐山在豳西。水浒：水边，即渭水边。这句说沿着渭水边西上。

⑨岐下：岐山下。陈奂说："盖从豳至岐，中隔梁山，诗不言山，略也。古公当日去豳逾梁，由旱路来，故云来朝趣马，逾梁入渭，循渭达岐。"按：梁山在今陕西乾县北二十余里。

⑩爰：于是。下章"爰"字同此。及：与。姜女：太姜，太王的妻子。

⑪聿：同"曰"，语助词。胥：相，察看。宇：地。以上两句说：于是同姜女一起来察看地形。

⑫周原：在岐山以南。原：平地。膴（wǔ）膴：肥美。

⑬堇（jǐn）：堇菜，多年生草本植物，春末开花。饴（yí）：糖浆。以上两句说亶父和姜氏考察结果，认为周原土地肥美，连这里的苦味的堇荼也觉得是甜的。

⑭始：谋。马瑞辰说："始，亦媒也。始谋谓之始。"

⑮契：刻。龟：龟甲。"契龟"就是凿开龟甲，以用于灼卜。这里是指龟甲卜吉凶。

⑯曰：语助词。止：居住。时：是，这里。

⑰兹：这。以上四句大意说：于是同大家商量迁居的事情，龟卜又显示出吉兆。这样就确定了在岐这个地方住下来，在这里建造房屋。

⑱迺：同"乃"。慰：安。以上两句说：于是定居下来了，有的住在左边，有的住在右边。

⑲疆：疆界。此作动词用，指划定疆界。理：治，指整治田地。

⑳宣：通，指开导沟洫，以利排灌。亩：作动词用，指耕种。以上两句说，把土地分配给居民整治，开沟修渠，种上庄稼。

㉑周：全，指所有的人。执事：从事工作。这两句说，自周原的西边到东边，所有的人都在那里工作。

㉒司空：西周设立的官名，金文作"司工"，六卿之一，负责都邑建筑之事。司徒：也是六卿之一，负责征发徒役。

㉓俾：使。立：建立。以上三句说：召来司空和司徒，让他们负责建立宫室。

㉔绳：古代建筑房屋时，用绳子来正地基。这里作动词用。

㉕缩：捆扎。板：筑墙的板。古代筑墙用长方形的筑板，在它的中间填土，然后用杵筑结实。载：装，此指向筑板中投土。

㉖庙：宗庙，如后世的宗族祠堂。翼翼：恭恭敬敬的样子。以上三句说，用绳子定好了地基，绑牢了筑板，恭恭敬敬地建造宗庙。

㉗捄（jù）：聚拢浮土，以便盛装。陾（réng）陾：《玉篇》引作"陑（ér）陑"，众多。三家诗作"仍仍（读如而）"，义同。

㉘度（duó）：《释文》引《韩诗》"度，填也。"即向筑板内投土。薨（hōng）薨：人声与投土声相混合。

㉙登登：杵捣声。

㉚屡：当作"娄"，通"偻"，即新墙隆起处。冯（píng）冯：削娄声。削娄是使墙平整。

㉛堵。一副墙叫一堵。"百"是形容其多，非实数。兴：起，指

220

兴建。

㉜鼖（gāo）：大鼓，长一丈二尺。打鼖鼓是为了指挥服役者下劲干。弗胜：指鼓声为上述各种劳动发出的声音所淹没。以上六句说，那盛土、倒土、捣土、削土的声音，把巨大的鼓声都压下去了。意思指筑墙劳动紧张而热烈。

㉝皋（gāo）门：王都的外城门。

㉞有伉（kàng）：同"伉伉"，高高的样子。

㉟应门：王宫的正门。

㊱将将：严正的样子。朱熹说："太王之时未有制度，特作二门，其名如此。及周有天下，遂尊以为天子之门，而诸侯不得立焉。"这是很正确的解释。

㊲冢（zhǒng）土：大社。"社"是祭土神的坛。《礼记·祭法篇》："王为群姓立社曰大社"。大社建于王宫之西，如有会盟，朝会、战争等重大行动，王都要先祭于大社，以告土神。

㊳戎：大。丑：众。攸（yōu）：所。这句说冢土是大众集体行动的地方。

㊴肆：久。陈奂说："凡肆者皆承上起下之词。"因前章是说古公亶父事，这章则开始说文王事，故用"肆"字开头。殄（tiǎn）：灭绝。厥：其，指下文混夷。愠（yùn）：怒，此指野心。

㊵陨（yǔn）：损失。问：聘问，遣使访问。以上两句大意是：很久以来，没制止住混夷的野心，表面同它保持往来。《孟子·梁惠王》有"文王事昆夷"的记载。

㊶柞（zuò）：又名蒙刺树，常绿灌木。棫（yù）：又名白桵（ruǐ），丛生小树，有刺，果实如耳珰。拔：拔除，即砍去。

㊷行道：道路。兑（duì）：通。以上两句说，文王时，砍去了柞棫，打通了道路。

㊸混夷：即昆夷，古西方种族名。駾（tuì）：突，奔突，逃跑。

㊹喙（huì）：气促的样子，这里引申为极困顿。以上两句意思是说，混夷惊恐逃跑，因为他们已经疲惫不堪了。据《竹书纪年》记载，

殷纣王三十四年昆夷曾侵略周国，三十六年文王伐昆夷。

㊺虞（Yú）、芮（Ruì）：都是古国名，姬姓。"虞"故址在今山西平陆县东；"芮"故址在今山西芮城县北。质：正，评理。成：平，定。按：据说虞芮之君争夺田地，很久不能和解，所说西伯（文王）仁德，便去要求他评判曲直。当他们到周国后，看到上下彬彬有礼，相互谦让，他们都觉得自己是小人，彼此都以田相让。

㊻蹶（jué）：感动。生：同"性"。厥生：其性。以上两句意思说，虞、芮二国之君要求文王评判是非，文王的作为感动了他们的天性。

㊼予：我们。曰：语助词。疏附：使疏者亲近。

㊽先后：前后，指保持上下等级。

㊾奔奏：奔告。指与四邻往来交好。

㊿御侮：抵御侵略。以上四句分指内政、外交、军事方面的大臣，说他们各负其责。

【品评】

这首是周部族史诗之一，叙述太王古公亶父迁居岐周的伟大业绩。公刘由邰迁居豳（今陕西彬县一带），历十世，传到古公亶父，因受狄人威胁，又迁到岐山之南的周原。以后周人就在这里逐步强大起来。古公亶父是文王的祖父，周部族的兴盛是从他开始的。到文王时，势力已相当强大，可以与殷相抗衡了。所以周人把古公亶父看作继后稷、公刘之后，最受崇敬的祖先。

全诗九章。首章赞叹太王迁岐措施的英明及其初至岐的艰难；次章写太王偕姜女亲至岐地察看地形；第三章写太王确定在肥美的周原定居；第四章写太王安顿居民，并规划农业生产；第五章写太王指派主管官吏营造宗庙；第六章写筑墙劳动热烈而紧张；第七章以太王"立社"为例，赞美他为周奠定了典章制度；第八、九两章转到赞美文王继承太王遗烈，对外、对内政绩卓著，从而见出周兴于太王、光大于文王的意思。

这首诗叙事有条理，描写有声有色，特别是第六章刻画筑墙的劳动动作和宏伟的场面，非常形象生动，充分显示了这位诗人的观察力和表现力。

生　　民

厥初生民①，时维姜嫄②。生民如何？克禋克祀③，以弗无子④。履帝武敏歆⑤，攸介攸止⑥。载震载夙⑦，载生载育，时维后稷⑧。

诞弥厥月⑨，先生如达⑩。不坼不副⑪，无菑无害⑫，以赫厥灵⑬。上帝不宁，不康禋祀？居然生子⑭！

诞置之隘巷⑮，牛羊腓字之⑯。诞置之平林⑰，会伐平林⑱。诞置之寒冰，鸟覆翼之⑲。鸟乃去矣，后稷呱矣⑳。实覃实讦㉑，厥声载路㉒。

诞实匍匐㉓，克岐克嶷㉔。以就口食㉕。蓺之荏菽㉖。荏菽旆旆㉗，禾役穟穟㉘。麻麦幪幪㉙，瓜瓞唪唪㉚。

诞后稷之穑㉛，有相之道㉜。茀厥丰草㉝，种之黄茂㉞。实方实苞㉟，实种实褎㊱；实发实秀㊲，实坚实好㊳，实颖实栗㊴。即有邰家室㊵。

诞降嘉种㊶：维秬维秠㊷，维穈维芑㊸。恒之秬秠㊹，是获是亩㊺，恒之穈芑，是任是负㊻，以归肇祀㊼。

诞我祀如何㊽？或舂或揄㊾，或簸或蹂㊿；释之叟叟(51)，烝之浮浮(52)。载谋载惟(53)，取萧祭脂(54)，取羝以軷(55)，载燔载烈(56)：以兴嗣岁(57)。

卬盛于豆(58)，于豆于登(59)，其香始升，上帝居歆(60)。胡臭亶时^⑥。后稷肇祀，庶无罪悔^⑥，以迄于今^⑥。

【注释】

①厥：其。初：当初，开始。民：人，指周部族的人。

②时：是，这。维：为，是。姜嫄（Jiāngyuán）：《韩诗》作"姜原"，传说中后稷的母亲，周王朝曾为她单立庙。原：大约是谥号，取其本原的意思。马瑞辰说："尝合经文及《周礼》观之，而知姜嫄相传为无夫而生子，以姜嫄为帝喾（Dìkù）妃者误也。"以上两句说，当初生下周人的，是那个姜嫄。

③克：能，善于，这里引申为"虔诚"的意思。禋祀（yīnsì）：指祭祀上帝。《周礼·大宗伯》："以禋祀祀昊天上帝。"

④弗：无。许谦说："'弗无'之为言有也，'弗无子'，即有子。"（《诗集传名物钞》）以上两句说，姜嫄虔诚地祭祀上帝，是为了有孕的缘故。下两句接此说明是踩着上帝的足迹而感孕的。按：姜嫄祭祀上帝是想祈求神明除掉身孕，因此下文才有"居然生子"的惊叹，以致要再三丢弃婴儿。旧说姜嫄"求有子"，恐非是。

⑤履：践踏。帝：上帝。武：足迹。敏：足拇趾。歆（xīn）：同"欣"，喜欢，这里指有所触动。

⑥攸（yōu）：所。介：独。止：息。这句说姜嫄是独居的。这是暗示姜嫄无夫。

⑦载：乃，于是。震：借作"娠"，指胎动。夙：肃，这里有慎重的意思。这句说姜嫄自觉胎动，对此她极为重视。

⑧育：养。后稷：传说中的谷神，名字叫弃，后稷是其尊号，周人把他奉为始祖。这两句说：生下来养大了，这就是后稷。

⑨诞：语助词，表示赞美的语气。弥：终。弥厥月，怀孕满月。

⑩先生：头胎。如：而。达：滑，指生产顺利。一说"达"，借作"羍"（dá），小羊。按：据说羊生下后胞衣才破裂，这里是说姜嫄生稷时，像生小羊一样，胞衣完整地裹着，像个肉蛋。

⑪坼（chè）：裂开。副（pōu）：破裂。指产门未破裂。

⑫菑：同"灾"。灾害，指产子时的痛苦。以上四句说，姜嫄怀孕满月了，头胎居然像产小羊一样顺利，产门没破裂，一点不痛苦。

⑬赫：显示。灵：灵异。这句说稷初生时已显示出灵异。

⑭以上三句是姜嫄产后的想法，大意是：上帝不安享我的祭祀吗？怎么生下个孩子呢？姜嫄因履上帝的足迹而怀孕生子，生时又显得奇异，因此她怀疑是上帝对自己的祭祀不满意。"宁"、"康"都是安的意思。

⑮置：投放。隘巷：狭小的巷子。姜嫄将婴儿丢在小巷中，想让牛羊经过时踩死。

⑯腓（féi）：通"避"，避开。字：乳。这句说牛羊避开稷走，并用乳喂养他。

⑰平林：平地上的树林。

⑱会：碰上。以上两句说，想把小儿丢弃到树林里去，又恰好遇上砍树的人。

⑲覆：盖。覆翼：以翅膀盖住稷，使之温暖。

⑳呱（gū）：小儿哭声。以上四句说，将稷丢到寒冷的冰块上，鸟却用翅膀来温暖他，后来鸟飞走，稷就哭了。

㉑实：语助词。覃（tán）：长。訏（xū）：大。

㉒载：充满。以上两句说，稷的哭声又长又大，响彻道路。

㉓匍匐（púfú）：伏地爬行。

㉔岐：借作"跂"，踮起脚跟；嶷：借作"疑"。《桑柔》"靡所止疑"，《毛传》："疑，定也"。岐、嶷，迭韵为义，是渐能站立的意思。一说"岐"，指了解大人的意思。嶷：借作"疑"，认识，指对事物能识别。

㉕就：求，找寻。

㉖蓺：同"艺"，种植。荏菽（rěnshū）：大豆。以上四句说，稷渐长大，先会爬行，不久就能站立，并会自己寻找食物，接着又会种豆子了。

㉗旆（pèi）旆：长大的样子。

㉘禾：粟。役：行列。穟（suì）穟：苗美好的样子。《说文》引诗作"禾颖穟穟"，并说"穟"是禾穗下垂之貌。据此句意则是"禾穗沉甸甸的"。

㉙幪（méng）幪：茂盛的样子。

㉚瓞（dié）：小瓜。唪（fěng）唪：果实累累的样子。以上四句说，后稷种的大豆枝叶长大，粟苗一行行长得很好，麻和麦也很茂盛，大瓜小瓜累累的。

㉛穑：庄稼。

㉜相：助。道：方法。以上两句是赞美后稷种庄稼有促进禾苗生长的方法。

㉝茀（fú）：治理，此指除草。丰：多。

㉞黄茂：良种谷物。

㉟方：始，苗初生。苞：植物丛生叫"苞"，这里指禾苗分枝，长得茂盛。

㊱种：读如"肿"，苗肥壮。褎（xiù）：指禾苗渐渐长高。

㊲发：指茎挺拔。秀：结穗。

㊳坚：谷粒外壳已硬，指已成熟。

㊴颖：禾穗的末端。此指穗重下垂。栗：同"栗栗"，形容穗头壮实的样子。

㊵有：名词词头。邰（tái）：故址在今陕西武功县西南。以上八句大意是：稷清除掉地上的草，种上良种谷物，初生的苗很茂盛，渐渐地肥壮高大起来，茎秆挺拔开始秀穗了，谷粒饱满齐整，穗头沉甸甸地下垂。于是他在邰地定居下来。

㊶嘉种：良种。这一句说后稷为人民培育出良种。

㊷维：语助词。秬（jù）：黑黍。秠（pǐ）：一壳两米的黑黍。

㊸穈（mén）：苗赤色的良种谷。芑（qǐ）：苗白色的良种谷。

㊹恒（gèn）：通"亘"，遍，满。

㊺是：语助词。获：收割。亩：指堆放在田中。

㊻任：抱。负：担。以上四句互文见义，意思是说，遍地都是秬秠

226

和穈芑，收割后先堆放在田中，而后再抱的抱、担的担，把它们运回来。

㊼归：指将上述谷物脱粒归仓。肇（zhào）：开始。这句说，收割结束就祭祀，感谢神明的恩赐。

㊽我：诗人代稷自指。

㊾舂（chōng）：舂米，用杵捣米。揄（yú）：从石臼中舀出来。

㊿簸：扬去糠秕。蹂：《说文》作"𥞟"，即今"揉"字，是指簸扬时对壳未脱尽的，用手搓揉。

(51)释：淘米。叟（sǒu）叟：淘米的声音。

(52)烝：同"蒸"。浮浮：热气上腾的样子。以上四句写后稷舂米、簸扬、淘米、蒸饭，准备祭祀。

(53)载：语助词。谋：商量。惟：考虑。这句说商量祭祀的事。

(54)萧：香蒿。脂：牛油。古时祭祀，在香蒿上涂上牛油烧。

(55)羝（dī）：公羊。軷（bá）：祭道路之神。古时祭上帝先祭路神。《说文》"軷"字条下说"将有事于道，必先告其神"。

(56)燔（fán）：烧。烈：烧。

(57)兴：兴旺。嗣岁：来年。以上四句说，取来香蒿涂上牛油，然后用公羊先祭路神，再焚烧香蒿牛油，祭祀上帝，以求得来年的兴旺。

(58)卬（áng）：我，周人自称。盛：装。豆：见本书《宾之初筵》注③。

(59)登（dēng）：瓦制食器。

(60)居：语助词。歆：欣喜。以上四句说，把祭品装在豆中和登中，香气开始往上升，上帝闻到很欣喜。

(61)胡：大，指香气浓郁。臭：气味。指上面说的香气。亶：诚，的确。时：善。亶时，实在好。这句是赞美的话，意思是说浓郁的香气实在好。

(62)庶：庶几。罪悔：罪过。

(63)迄（qì）：至。以上三句意思是说，自后稷创立祭祀以来，托他的福没有获罪于天，一直到现在。这是诗人对后稷创立祭祀的赞美。

【品评】

这首是周部族史诗之一，叙述其始祖后稷神奇的诞生，以及他发明种植，在邰地定居建国的历史，具有浓厚的神话色彩。这可能是周史官根据神话传说加工修改而成的。统治者将古代人民所崇敬的神话传说中的人物，奉为自己的祖先，目的无非是表明自己是天命所授，臣民应该驯服地接受他的统治。

这首诗中说姜嫄由于踩着上帝的足迹走路而怀孕，生下的后稷只知其母，不知其父，这正是原始氏族社会群婚制的反映。所以这首诗的素材可能是从母系氏族社会传颂下来的。诗中的后稷是谷神，是一位精于种植的生产能手，在他的身上体现了远古人民征服自然的力量、智慧以及意志与愿望。

全诗八章。首章说后稷是姜嫄履上帝足迹感孕而生；次章写后稷诞生时的神异情况；第三章写后稷初生被弃而不死的奇怪现象；第四章写后稷有着与生俱来的种植才能；第五章写后稷精良的种植方法和在邰定居；第六章赞美后稷培育出丰产良种和创立祭祀；第七章写后稷舂米做饭祭祀，以求来年丰收；第八章写后人继承后稷祭祀求福的做法。

公　　刘

笃公刘①，匪居匪康②。迺埸迺疆③，迺积迺仓④。迺裹餱粮⑤，于橐于囊⑥，思辑用光⑦。弓矢斯张⑧，干戈戚扬⑨，爰方启行⑩。

笃公刘，于胥斯原⑪。既庶既繁⑫，既顺迺宣⑬，而无永叹⑭。陟则在巘⑮，复降在原⑯。何以舟之⑰？维玉及瑶⑱，鞞琫容刀⑲。

笃公刘，逝彼百泉⑳，瞻彼溥原㉑。迺陟南冈，乃觏于京㉒。京师之野㉓，于时处处㉔，于时庐旅㉕，于时言言，于时语语㉖。

笃公刘，于京斯依㉗。跄跄济济㉘，俾筵俾几㉙。既登乃依㉚，乃造其曹㉛：执豕于牢㉜；酌之用匏㉝。食之饮之，君之宗之㉞。

笃公刘，既溥既长㉟。既景迺冈，相其阴阳㊱，观其流泉㊲。其军三单㊳，度其隰原㊴，彻田为粮㊵。度其夕阳㊶，豳居允荒。㊷

笃公刘，于豳斯馆㊸。涉渭为乱㊹，取厉取锻㊺，止基迺理㊻，爰众爰有㊼。夹其皇涧，遡其过涧㊽。止旅乃密㊾，芮鞫之即㊿。

【注释】

①笃：厚，忠诚。公刘："刘"是名；"公"是号，或是民众对他的敬称。

②匪：非，不。居、康：都是安的意思。以上两句是赞美公刘忠诚于民事，不贪图眼前的安乐。

③迺：同"乃"，于是。埸（yì）、疆：都是田界，这里作动词用。

④积：露天积粮。仓：用如动词，把粮储于仓中。以上两句说，公刘整理田亩，修治田界，用各种方法储备粮食。

⑤裹：包。餱（hóu）粮：干粮。

⑥橐（tuó）：无底的口袋。现在有的山区还用这种口袋，其状细长，装好物后，拴住两端，背着，便于爬山越岭。囊（náng）：有底的口袋。以上两句说为迁徙准备好干粮。

⑦思：语助词。辑：和睦。用：以，而。光：光大。这句承上启下，说公刘使留下的和迁居的人民团结一致，努力光大国家。

⑧斯：乃。张：张设，这里指携带。"斯张"并贯下句。

⑨干：盾。戈：一种横刃长木柄的武器。戚、扬：都是古代武器名

229

称，即大斧。

⑩爱：于是。方：才。启行：开路，即动身。这章叙述公刘离开邰地前的种种准备。他一面为留下的居民修整田园，储备充足的粮食；又为行者备足干粮，才率领人们带着各种武器，向豳地进发。

⑪于：同"曰"，语助词。胥（xū）：相，看。斯：这个。

⑫既：已经。庶、繁：都是多的意思，指迁来的人口。

⑬顺：安，这里有习惯的意思。宣：畅通，指心情舒畅。

⑭以上五句的大意是：看，这个原野上，已经迁来这样多的人，他们都习惯于新居，心情舒畅，没有忧愁叹息的。

⑮陟：登。巘（yǎn）：孤立的小山。以下几句是追述公刘在迁居前，到豳地考察地形的情况。

⑯复：又。降：下到。原：指平地。以上两句说公刘登山涉原察看地形。

⑰舟：通"周"，环绕，这里指佩带。以下几句是描写公刘的装饰。

⑱维：乃，是。瑶：美玉。

⑲鞞（bǐng）：刀鞘下端长筒形的玉饰。琫（běng）：刀鞘上端椭圆形的玉饰。容：装饰。以上两句说公刘腰间佩着玉瑶和用美玉装饰的佩刀。

⑳逝：往。百泉：地名。一说"众泉"。

㉑瞻：看。溥：广大。

㉒觏（gòu）：看见。京：豳的邑名。以上四句承前章追述公刘在仔细考察地形之后，选中京作为基地。

㉓京师：京邑。

㉔于时：于是，在这里。处处：居住。以下数句是承接上章"既顺迺宣"的意思发挥，这两章使用的是交叉叙述的方法。

㉕庐：茅棚。旅：众。上两句说他们在这里居住，搭了很多草棚。

㉖言言、语语：形容当时大伙儿热烈笑谈的情景。第二、三章写民众满意豳地新居，意在说明这是由于公刘当初对居地的慎重选择。

㉗斯：乃。依：依附，安居。这句说在京地定居了。

㉘跄（qiǎng）跄、济（jǐ）济：都是形容赴宴者体态庄严的样子。

㉙俾：使，这里有请的意思。筵（yán）：竹席。铺在地上的坐具，古人席地而坐。几（jǐ）：矮小的桌子，古人用来凭靠身体的。这句说请赴宴者入席就座。

㉚登：就座。依：凭靠着几。

㉛造：告。《一切经音义》卷九引此句作"乃告其曹"。曹：众人，指为宴会服务的人。下两句是"告"的内容。

㉜执：捉拿。牢：猪圈。这句是公刘命令再宰猪。

㉝匏：葫芦剖开制成的酒杯。这句是公刘命令斟酒。

㉞食（sì）之饮之：请他们吃饭喝酒。君之宗之：尊公刘为君主。"君之"，以他为君。"宗"，主，与"君"用法同。以上两句意思是，公刘热情招待大家饮宴，大家诚挚地拥护他当首领。

㉟这句说开垦的土地面积很大。

㊱景：同"影"，古人按日影来辨别东西南北。冈：同"岗"。阳：朝阳，指山南。阴：背阴，指山北。

㊲以上三句说：公刘已经按日影辨清了方向，接着登上高地，考察山南和山北，并探看其是否有山泉灌溉。

㊳单：读为"禅"，更换。这句说将他的军队分而为三，让他们轮换着垦田。

㊴度（duò）：测量。隰原：低湿的平地。

㊵彻：治。上两句说，公刘选择低湿的平地，整治成田，种上庄稼。

㊶夕阳：山西的代称。这句说在山南山北测量以后，又测量了山西。

㊷居：居邑。允：诚，实在。荒：广大。这句是诗人赞叹的话，说豳邑实在大啊！这章写公刘拓垦田地，发展农业生产。

㊸馆：这里作动词用，即建造房屋。

㊹渭：渭水。见本书《邶风·谷风》注⑯。乱：正面横渡叫"乱"。

㊺厉：同"砺"。锻：同"碬"。"砺"、"碬"都是质地较硬的石头，可制作磨刀石、磨盘之类工具，或用于建筑。以上两句说，横渡过渭水，取砺和碬。《史记·周本纪》："公刘自漆沮渡渭，取材用。"

㊻止基：居基，房屋地基。理：整理。这句意思说，整理好基地扩建房屋。

㊼爰：于是。众：指人多。有：富有，指物多。这句说，于是人多东西也多了。

㊽皇、过：二涧名。觐：向，有面对着的意思。这两句说：房屋盖在皇涧的两边，面对着过涧。按：皇涧与过涧大约成垂直形势。

㊾旅：众。密：密集。

㊿芮：借作"汭"，水边向内凹处。《尚书》、《左传》引诗均作"汭"。鞫（jū）：借作"沉（jiù）"，水边向外凸处。之：前置宾语的标志。即：就。以上两句说，居民密集，有的就着水边的凹凸处居住。这章写公刘居豳地后日益兴旺发达。

【品评】

这也是周部族史诗之一，歌颂公刘率领族人从邰迁居豳的伟大业绩。方玉润认为此是豳地旧诗。这是不可能的，因为公刘的时代还不可能出现这样完整而精细的诗篇。《诗序》则说是周成王开始执政前，召康公作来警戒成王的。这是无可靠根据的。即使真如《诗序》所说的那样，也当是依据传说和旧史料加工改写，大概同《生民》的写作差不多。目的则是要颂扬自己的祖先，教育后代，巩固王朝统治。

公刘是周部族的远祖，他生活的时代前人说法不一。据有关史料推测，至迟在夏朝末年，即在公元前十六世纪左右。从诗反映的内容判断，公刘的时代可能还是原始社会末期父系家长制阶段。他担负的职责，很像一位父系氏族社会的家长。在生产方面，当时已经脱离了原始游牧生活，开始走上了以农业为主的定居生活，并且在农业生产方面积累了相当的经验。这些都是宝贵的历史资料。

这首叙事诗塑造了公刘这个部族首领的形象。他非常忠于本部族，勤于政务，不怕劳苦，事事亲临，同民众关系融洽，受到民众的拥护，是氏族社会中杰出的领袖人物。

荡

荡荡上帝①，下民之辟②。疾威上帝③，其命多辟④。天生烝民⑤，其命匪谌⑥。靡不有初⑦，鲜克有终⑧。

文王曰："咨⑨，咨女殷商⑩！曾是强御⑪，曾是掊克⑫，曾是在位⑬，曾是在服⑭。天降滔德⑮，女兴是力。"⑯

文王曰："咨，咨女殷商！而秉义类⑰，强御多怼⑱，流言以对⑲，寇攘式内⑳。侯作侯祝㉑，靡届靡究。"㉒

文王曰："咨，咨女殷商！女炰烋于中国㉓，敛怨以为德㉔。不明尔德㉕，时无背无侧㉖；尔德不明，以无陪无卿。"㉗

文王曰："咨，咨女殷商！天不湎尔以酒㉘，不义从式㉙。既愆尔止㉚，靡明靡晦㉛；式号式呼㉜，俾昼作夜。"㉝

文王曰："咨，咨女殷商！如蜩如螗㉞，如沸如羹㉟。小大近丧㊱，人尚乎由行㊲。内奰于中国㊳，覃及鬼方。"㊴

文王曰："咨，咨女殷商！匪上帝不时㊵，殷不用旧㊶。虽无老成人㊷，尚有典刑㊸。曾是莫听㊹，大命以倾！"㊺

文王曰："咨，咨女殷商！人亦有言㊻，'颠沛之揭㊼，枝叶未有害，本实先拨㊽'。殷鉴不远㊾，在夏后之世！"㊿

【注释】

①荡荡：渺茫的样子。这里是形容法度混乱。上帝：这是假托，实指周厉王。

②辟：君主。

233

③疾威：暴虐。

④命：政令。辟：通"僻"，邪僻。以上四句说，暴虐无道的上帝，作为天下人民的君主，他的政令很多是歪斜不正的。

⑤烝民：众人。

⑥匪：非。谌（chén）：信。这句承"其命多辟"句，言天命不可靠。

⑦靡：无。

⑧鲜：少。克：能。以上两句申述"天命匪谌"，大意是：开始承受天命没有不好的，但很少能有好的结果。言外之意是说，当初商汤受命时自然是好的，而后来传至纣，就没有好结果了。以殷况周，文王当初受命也自然是好的，可是现在传至周厉王也就不一定好了。这里诗人的用心是要厉王接受教训，挽回天命。所以下文承此"假（借）文王之叹商以寓意"。（《诗补传》）

⑨咨（zī）：嗟：叹息声。

⑩女：汝。

⑪强御：同"强圉"，强暴。

⑫掊（póu）克：贪婪不足。

⑬在位：指居于统治全国的地位。

⑭服：事。"在事"，指控制政事。以上四句是申斥殷纣，说他曾残暴一时，贪敛不足，居于最高统治，垄断着全国大权。

⑮滔：借作"慆"，慢，轻忽。德：指仁义。下句"力"与此相对，指"暴力"。滔德：指轻忽仁义的人。

⑯兴：起，这里有任用的意思。是：此。《诗记》引苏辙的话解释以上两句说："天降是人以妖孽天下，汝又兴而任之。"意即天有意降下那些慢侮仁义的坏人来扰乱天下，而殷纣却对这些暴力之徒加以重用。

⑰而：同"尔"，你。秉：持，操守。义：同"俄"，邪。类：通"戾"，恶。

⑱怼（duì）：怨恨。以上两句说殷纣品性邪恶，一贯强暴，对头

234

很多。

⑲流言：无根据的话。对：遂，顺。

⑳寇：盗。攘：窃。式：用，以。内：同"纳"。以上两句说，你听流言很顺耳，强盗小偷一概收罗。

㉑侯：语助词。作：起。祝（zhòu）：诅咒。

㉒靡：无。届：极，终。究：穷，尽。以上两句承前说，你任用的那些小人相互咒骂，简直没完没了。

㉓炰烋（páoxiāo）：虎狼的嘶叫声，即"咆哮"。中国：国内。

㉔敛：聚。敛怨：积怨。以上两句说，你在国内像虎狼般咆哮，把招来怨恨当作好德行。

㉕不明：不明白，糊涂。这句意谓对自己的品行善恶不辨。

㉖时：是。背：后。侧：旁边。"背侧"即君主左右的近侍，范逸斋以为指小臣。《毛传》解释这句说："背无臣，侧无人"，即左右亲近没有贤德的人。

㉗以：因。陪：陪贰，即"三公"。卿：指三公之下的卿士。范逸斋说"陪""卿"指大臣。以上四句是文王嗟叹殷商无辅佐谏诤之臣，大意说：殷王左右近侍和三公、卿士都没有贤人，所以殷纣干了坏事还不自知。

㉘湎（miǎn）：沉迷于酒。"天不"直贯下句，连起来是说：天没有让你迷恋于酒，没有让你去干不道义的事。

㉙式：用。

㉚既：已经。愆（qiān）：过。止：节制。

㉛明：天明，指白天。晦：昏，指黑夜。

㉜式：语助词。号：大叫。

㉝俾（bǐ）：使。以上四句说，殷纣饮酒作乐，已经没有节制，不分白天黑夜，大叫狂呼，竟把白天当作黑夜。

㉞蜩（tiáo）：蝉。螗（táng）：蝉的一种，又名蝘（yǎn或yàn）。这句说像蝉叫一般地喧嚣。

㉟沸：开水。羹：菜汤。这句说像沸腾的水和菜汤一样的动荡和混

235

浊。朱熹解释上两句说："如蝉鸣，如沸羹，皆乱意也。"

㊱小大：指诸侯国。近：几乎。丧：失，指叛离殷纣。

㊲人：指纣王。乎：于。以上两句说，大小诸侯国几乎全叛离了，而他还照旧一意孤行。

㊳愍（bì）：怒。

㊴覃：延。鬼方：与上句"中国"相对，指当时边境少数民族统治区。以上两句说，殷纣内迁怒于中国，外漫延至鬼方。按："鬼方"即猃狁，春秋时称戎狄，汉代又叫匈奴。殷与鬼方有长期战争关系，故举其以概四邻少数民族统治区。

㊵匪：非。时：善。

㊶旧：旧典章制度。

㊷老成人：德高望重的老臣。

㊸典刑：常规成法。

㊹曾：乃，却。是莫听：莫听是，莫听之。

㊺大命：国家命运。倾：覆，灭亡。以上六句说：这不是天不善，而是殷不用旧的典章制度，即使没有德高望重的老臣，也还有常规成法可遵循，你却不这样做，结果把国家灭亡了。

㊻人：即当时人。亦：语助词。

㊼颠沛：颠仆，倒伏。揭：举，此指树根蹶起。

㊽本：根。拔：绝。以上四句大意是：人们俗话说，"大树倒了根翘起，它的枝叶没有坏，而是根先朽败了"。这是比喻国家已受到致命之伤，危在旦夕。

㊾鉴：古器名，可以盛水照影。这里引申为"借鉴"。

㊿夏后：指夏王桀。以上两句说，殷的借鉴不远，近在夏桀的时代，言外是说殷纣就是厉王的借鉴。

【品评】

这首是托古讽今的诗，旧说是"如穆公伤周室大坏"而作。西周王朝经"成康之治"以后，便逐渐衰落，传至周厉王时，国家已存在严重隐患。加上厉王又是一个贪婪残暴的昏君，他一方面任用奸猾的贪人，大肆搜刮人民的钱财；一方面又遍置特务，实行恐怖统治，弄得人民"道路以目"，而不敢交谈。这样，人民在忍无可忍的情况下，终于在公元前八四二年把周厉王赶到彘（Zhì，在今山西霍县东北）。这首诗大约就作于这稍前。

正因为这首诗产生于上述那种特殊的历史背景下，所以其写法就不同于一般的讽谏诗。吴闿生说得好："此诗格局最奇，本是伤时之作，而忽幻作文王咨殷之语。通篇无一语及于当世，但于末二语微词见意，仍纳入文王界中。词意超妙，旷古所无。"的确，末二句实在是画龙点睛之言，所以两千多年以来，一直被人们用来作为对那些作恶多端、一意孤行的坏人的严重警告。

全诗八章。首章说天命无常。这章不用"文王曰咨"开头，诗人的用心在于提示不是真写殷之事，只是借此为喻罢了；次章斥殷纣凶残贪婪；第三章斥殷纣任用坏人，内部争斗不休；第四章斥殷王自上至下不用贤才，是非不分；第五章斥殷纣沉湎于酒，日夜长饮；第六章斥殷纣搞得内外交怨；第七章斥殷纣违背旧章，不用老臣；第八章引用民谣作比，提醒周厉王接受殷灭亡的教训。

桑　柔

菀彼桑柔①，其下侯旬②。捋采其刘③，瘼此下民④。不殄心忧⑤，仓兄填兮⑥！倬彼昊天⑦，宁不我矜⑧？

四牡骙骙⑨，旟旐有翩⑩。乱生不夷⑪，靡国不泯⑫。民靡有黎，具祸以烬⑬。於乎有哀⑭！国步斯频⑮。

国步蔑资⑯，天不我将⑰。靡所止疑⑱，云徂何往⑲？君子实维⑳，秉心无竞㉑。谁生厉阶！至今为梗㉒。

忧心慇慇㉓，念我土宇㉔。我生不辰㉕，逢天僤怒㉖。自西徂东，靡所定处。多我觏痻㉗！孔棘我圉㉘。

为谋为毖㉙，乱况斯削㉚。告尔忧恤㉛，诲尔序爵㉜，谁能执热㉝，逝不以濯㉞。其何能淑㉟，载胥及溺㊱。

如彼遡风㊲，亦孔之僾㊳。民有肃心㊴，荓云不逮㊵。好是稼穑㊶，力民代食㊷。稼穑维宝，代食维好㊸。

天降丧乱，灭我立王㊹。降此蟊贼，稼穑卒痒㊺。哀恫中国㊻，具赘卒荒㊼。靡有旅力㊽，以念穹苍㊾。

维此惠君(50)，民人所瞻(51)。秉心宣犹(52)，考慎其相(53)。维彼不顺，自独俾臧(54)。自有肺肠(55)，俾民卒狂(56)。

瞻彼中林，甡甡其鹿(57)。朋友已谮(58)，不胥以穀(59)。人亦有言(60)："进退维谷(61)。"

维此圣人(62)，瞻言百里(63)。维彼愚人，覆狂以喜(64)。匪言不能，胡斯畏忌(65)！

维此良人(66)，弗求弗迪(67)。维彼忍心(68)，是顾是复(69)。民之贪乱(70)，宁为荼毒(71)！

大风有隧(72)，有空大谷(73)。维此良人，作为式穀(74)。维彼不顺，征以中垢(75)。

大风有隧，贪人败类(76)。听言则对(77)，诵言如醉(78)。匪用其良，覆俾我悖(79)。

嗟尔朋友(80)，予岂不知而作(81)？如彼飞虫，时亦弋获(82)。既之阴女(83)，反予来赫(84)。

民之罔极(85)，职凉善背(86)。为民不利，如云不克(87)。民之回遹(88)，职竞用力(89)。

民之未戾(90)，职盗为寇。凉曰不可，覆背善詈(91)。虽曰匪予(92)，既作尔歌(93)。

【注释】

①菀（wǎn）：茂盛。桑柔：嫩桑叶。

②侯：维，是。旬：树荫均布叫"旬"。这句说桑树下浓荫笼罩。

③捋（luō）：成把地从枝上摘取。刘：杀，尽。"其刘"指桑叶被摘光。

④瘼（mò）：病，危害。以上四句是以桑叶被剥光，人们失去庇荫，比喻周王朝衰败，人民也遭受祸害。欧阳修说："他木皆有枝叶，而诗人独以桑为比者，惟桑以叶用于人，常见将采为空枝，而人不得荫其下，故以为喻也。"

⑤殄（tiǎn）：绝。

⑥仓兄：通作"仓皇"，惊慌失措，这里是指时局乱糟糟的。填：久。以上两句诗人自述长期处于乱世，忧虑无法排遣。

⑦倬（zhuō）：显明。

⑧矜（jīn）：怜悯。以上两句是诗人在无可奈何中呼天自诉。他说明察一切的老天爷，怎么不可怜可怜我们呢？

⑨骙（kuī）骙：奔走不息。

⑩旟旐：见本书《无羊》注⑲。有翩：同"翩翩"，轻舞的样子。以上两句大意是：由四匹雄马驾的战车奔走不息，旌旗随风飘舞。这是写行军景象。范逸斋说："此章刺厉王征役之多，见其车马羽旄而深悲之。"

⑪夷：平。

⑫靡国：无处。泯（mǐn）：乱。

⑬民：人。黎：众。具：同"俱"，都。以：如。烬：灰烬。以上四句说，动乱没有平息，到处一片混乱，人剩下不多了，都遭受了灾祸，剩下的就像烧余的灰烬。

⑭於（wū）乎：呜呼。

⑮国步：国道，国家的前途。斯：乃。频：急蹙。以上两句是哀叹国家到了危险的边缘。按：厉王被逐后，由"共伯和摄行天子事"

(《竹书纪年》)，诗人的感叹大约是就此而发的。

⑯蔑：无。资：资助。"蔑资"在这里就是指"穷尽"。

⑰将：助。以上两句说国家走到了穷途末路，老天爷不扶助我们了。

⑱疑：定。

⑲云：语助词。徂：往。朱熹解释以上两句说："居无所定，徂无所往。"即无处安身，走投无路的意思。

⑳君子：指贤人。实：是。维：维系，这里引申为辅佐的意思。

㉑秉心：持心。竞：强争。以上两句意思说，君子是一心辅助国家的，个人没有强争之心。

㉒厉阶：恶端。为梗（gěng）：阻塞，妨碍，这里有捣蛋的意思。以上两句说：谁造成祸端，至今还在捣蛋。

㉓慇（yīn）慇：很痛心的样子。

㉔土：乡。宇：居。土宇，这里指国家。

㉕辰：时。

㉖僤（dàn）怒：重怒，大怒。

㉗觏（gòu）：遇见。瘨（mín）：病，这里指灾难。

㉘孔棘：很紧急。棘：同"急"。圉（yǔ）：边。以上八句说：我心中忧愁万分，担心着我们的国家。我生不逢时，正碰上老天爷大怒，使全国从西到东，没有一处安宁。遇到的灾乱太多了，现在边境又在吃紧。

㉙毖（bì）：谨慎。

㉚斯：则。削：减。以上两句是说厉王如能慎重谋划，当时的动乱是可以逐渐平息的。

㉛尔：指厉王。忧恤（xù）：忧国恤人。恤：安抚。

㉜诲：教导。序爵：安排爵位。以上两句是为厉王出谋划策。在诗人看来，国家动乱的原因就在于厉王不把国家放在心上，不体恤臣民，不按照实际才德授予爵位，任用非人。所以诗人在这里特别建议厉王要忧国恤民，任用贤人。

㉝执：拿。热：这里是烫的意思。

㉞逝：语助词。濯（zhuó）：洗。这两句是前两句的比喻，说明上述建议是当务之急，刻不容缓，就像那拿着滚烫的东西，谁能不赶快用凉水降温呢？

㉟淑：善。何能淑：怎能好转。

㊱载：语助词。胥：皆，都。及溺（nì）：陷溺。这句是说，人们受厉王暴政之害，简直都像陷溺于深水之中。

㊲遡（sù）：向。

㊳亦、之：都是语助词。偈（ài）：气促。以上两句紧接上章，说人们在暴政之下，简直就像面对大风，无法喘息。

㊴民：人。指包括诗人自己在内的贤人。肃心：上进心，指治理好国家的雄心。

㊵甹（pìn）：使。云：语助词。一说《说文》无"甹"字，疑原作"拼"或"抨"，都是"使"的意思。逮：及。以上两句说人们本怀有治国的雄心，然而形势使他们无法实现。这是暗示厉王拒用贤才。

㊶是：这。稼穑：这里指种庄稼。

㊷力民：使民尽力。代食：代替国家的俸禄。

㊸庄稼是个宝，代替俸禄确实好。以上四句表现了诗人归隐思想。他觉得处于乱世，还是隐耕为好，督促人民耕作，代替国家的俸禄。

㊹立王：即"所立之王"，指周厉王。

㊺蟊贼：见本书《大田》注⑫。卒：尽。痒（yǎng）：病。以上两句说，天降下害虫，把庄稼糟蹋尽了。

㊻恫（dòng）：痛。中国：国中。

㊼具：俱，都。赘（zhuì）：赘疣，指灾荒。

㊽旅力：膂力，力量。

㊾穹（qióng）苍：即苍天。"穹"是中间隆起而四边下垂的形状，"苍"是青色，这里以"穹"言天之形，"苍"言天之色。以上四句说：可悲啊，国内好像到处都是灾荒，人们连向苍天呼吁的一点气力也没有了。

(50)维：语助词。下文凡用于句首的“维”字同此。惠：顺。

(51)民人：指被统治阶级。

(52)宣：遍，广泛。犹：谋划。

(53)考慎：考察审慎。相：助，此指辅佐的臣子。以上四句说，顺于事理的君主，是百姓所仰仗的，他广求谋略，审慎地考察群臣。

(54)俾：使。臧：善。

(55)肺肠：指心意，思想。这句与“秉心宣犹”相对，指自以为是。

(56)狂：指困惑。以上四句说，那些不讲道理的昏君，自以为了不起，有一套办法，结果弄得人们困惑不解。吕东莱说：“其（不顺之君）肺肠不与人同，不可晓解。”

(57)中林：林中。甡（shēn）甡：很多。上两句是以林中群鹿相亲近，反衬在朝群臣互相谗害。

(58)谮：当依《释文》作“僭”，差，乖违。

(59)胥：相。以穀：为善。以上两句说朋友之间已经乖违，不能彼此相善。

(60)亦：语助词。有言：现成的话，即成语、格言。

(61)维：为。谷：深谷。这一句的意思是：进退两难，无路可走。

(62)圣人：以“圣人”与下文“愚人”对举，此“圣人”当指“智者”。

(63)言：语助词。百里：言其远，此指有远虑。

(64)覆：反。狂：惑，愚钝。以上四句说圣人眼光远大，愚蠢的人反以痴愚为喜。按：这里肯定是有所指的，诗人决非泛泛而论，但所谓“圣人”和“愚人”所指何人，现在已无法知道了。

(65)匪：彼。言：语助词。胡：何。斯：其，加重反诘语气。这两句是承前两句而说的，意思是：那些愚人没有什么坏事不能干，他们哪里有什么畏忌呢？

(66)良人：贤德的人。

(67)迪：进，指做官。以上两句说，贤德的人是不乞求做官的。

(68)忍心：残忍之心。

⑥顾：眷念。复：再。这句与"弗求"句对举，其意是指"忍心"之人眷念着要当官，反复乞求。

⑦⑩民：人，即上文"忍心"之人。贪乱：好乱。

⑦①宁：胡，何。荼毒：这里是以苦、毒之菜，比喻人心毒辣。这两句承上说，那残忍的人专好作乱，怎么他的心如此毒辣？

⑦②有隧（suì）：同"隧隧"，风势急速的样子。

⑦③有空：同"空空"。上两句是兴，兼有比意，用空旷大谷好起疾风比喻好人、坏人都有各自形成的原因。

⑦④式：语助词。穀：善。

⑦⑤征：行。中垢（gòu）：内垢，内里污浊。以上四句说，贤德的人行事是善良的，那背理的人却专干污秽的事。

⑦⑥贪人：贪残之人，指荣夷公等。《史记·周本纪》：厉王即位三十年，好利，近荣夷公。芮良夫谏厉王说，荣公好专利而不知大难，荣公若用，周必败。厉王不听，卒以荣公为卿士，用事。类：善。这句说厉王任用荣夷公一类坏蛋，损害好人。

⑦⑦听言：顺从的话。对：答。

⑦⑧诵言：讽谏的话。上两句说厉王听到恭顺的话，就回答；听到谏劝的话，就像醉汉一样若无所闻。

⑦⑨匪：不。覆：反。俾：使。悖（bèi）：背，违逆。上两句意思是说，厉王不任用贤才，反以为我违逆。

⑧⑩朋友：指同僚。

⑧①而：同"尔"，你们。作：为。

⑧②时：有时。弋获：捕获。以上四句大意是：唉，你们这些朋友，我岂不知你们的作为！即使你们如空中的飞虫一般善飞，有时也免不了被捕获。按：这几句意思是说，干坏事总会被人发觉，受到惩罚。《竹书纪年》周厉王八年，有"芮伯良夫戒百官于朝"的记载。

⑧③之：其。阴：借作"谙"，识，知。女：同"汝"。

⑧④来：是，宾语前置的标志。赫：通"吓"。以上两句意思说，我已经了解你们的作为，你们却来恐吓我。

⑧⑤民：人。指上文的"贪人"。罔：无。极：止。

⑧⑥职：主，专。凉：同"谅"，语助词。末章"凉"同此。善背：善于反复。以上两句说，那些家伙没有定准，一贯反复无常。

⑧⑦云：语助词。克：制伏。

⑧⑧回遹（yù）：邪僻。

⑧⑨职竞用力：专竞用力于干坏事。以上四句大意是：他们干起害人的事，惟恐不能把人家打倒，他们的气力就专用于干坏事上。

⑨⑩夷戻（lì）：不定，不安分。戾：安。

⑨①覆背：反背，反过来。善詈（lì）：善于中伤人。詈：责骂。以上四句大意说，那些家伙不安分，专干强盗一类勾当，说他们这样做不行，他们就反过来恶言伤你。

⑨②曰：语助词。匪予：指责我。

⑨③既：终。尔：此。上两句说，你们虽然指责我，我终于作了这首歌。

【品评】

这首诗旧注都认为是周厉王时卿士芮良夫为讽谕厉王而作的，主要依据就是《左传·文公元年》有秦伯赋周芮良夫之诗的记载，而所赋的诗句就是本诗第十三章。我们参照《国语·周语》、《逸周书·芮良夫解》等有关资料，看来旧注是可信的。至于作诗的时间，一说在周厉王统治时；一说是周厉王被流放到彘之后。吴闿生说："今考诗明言'天降丧乱，灭我立王'。必非无故而为此危悚之词。其为厉王流彘后作甚明。其时天下已乱，芮伯盖忧亡之至，而追原祸本作为此诗。"这一说法似较合理。

全诗十六章。首章以形象比喻总写出暴政虐民；次章写频繁征战，害民乱国；第三章写乱世小人作祟，正人君子无所归宿；第四章写自己为内乱外患忧心忡忡，悲叹生不逢时；第五章希望任用贤人，救国安民；第六章写贤人报国不能，只得退隐归耕；第七章自伤厉王被逐，天降灾荒，而无力拯救；第八章以明君与昏君的作为对比，痛惜厉王咎由自取；第九章斥责同僚互相谗害，致使贤者进退维谷；第十章、十一章赞美圣贤才高品优，揭露得势的小人愚蠢而狠毒；第十二章承上说明人的善恶各有原因；第十三章指斥坏蛋专权，拒绝善言；第十四章警告同僚胡作非为必自食其果；第十五章痛恨专权的坏蛋反复无常，专事害人；第十六章申明自己不怕中伤打击，坚决作歌揭露。

瞻 卬

瞻卬昊天①，则不我惠②。孔填不宁③，降此大厉④。邦靡有定⑤，士民其瘵⑥。蟊贼蟊疾⑦，靡有夷届⑧。罪罟不收⑨，靡不夷瘳⑩。

人有土田，女反有之⑪。人有民人⑫，女覆夺之⑬。此宜无罪⑭，女反收之⑮。彼宜有罪，女覆说之⑯。

哲夫成城⑰，哲妇倾城⑱。懿厥哲妇⑲，为枭为鸱⑳。妇有长舌㉑，维厉之阶㉒。乱匪降自天，生自妇人㉓。匪教匪诲，时维妇寺㉔。

鞫人忮忒㉕，谮始竟背㉖。岂曰不极㉗？伊胡为慝㉘！如贾三倍㉙，君子是识㉚。妇无公事㉛，休其蚕织㉜。

天何以刺㉝？何神不富㉞？舍尔介狄㉟，维予胥忌㊱。不吊不祥㊲，威仪不类㊳。人之云亡㊴，邦国殄瘁㊵。

天之降罔㊶，维其优矣㊷！人之云亡，心之忧矣！天之降罔，维其几矣㊸！人之云亡，心之悲矣！

觱沸槛泉，维其深矣㊹。心之忧矣，宁自今矣㊺。不自我先，不自我后。藐藐昊天㊻，无不克巩㊼。无忝皇祖㊽，式救尔后㊾。

【注释】

①瞻卬：瞻仰，仰望。昊天：见本书《节南山》注⑳。

②则：其，它。不我惠：不惠我，不爱我。

③孔：很。填：久。

④厉：恶，祸患。以上四句说，抬头仰望老天爷，它不爱护我们，降下这么大的灾难，很久以来使我们不得安宁。

⑤邦：国家。靡：无。

⑥士民：士人，下层贵族。《国语·晋语》："公食贡，大夫食邑，士食田"；又《左传·昭公七年》："故王臣公，公臣大夫，大夫臣士，士臣皂"。可见"士"是属于下层贵族。瘵（zhài）：病。以上两句说，国家不能安定，下层贵族遭殃。

⑦蟊（máo）：一种吃禾根的害虫。"贼"与"疾"并提，在这里都作动词用，是戕害、损害的意思。

⑧夷：平。届：极，止。以上两句是以害虫蟊比周王的苛政，说朝廷戕害士人，如害虫之危害庄稼，没有止境。

⑨罪罟（gǔ）：网罗罪名。罟：网。收：收起。指停止戕害。

⑩夷瘳（chōu）：病愈，这里指平安地生活。以上两句用比喻说明，朝廷不停止苛政，士人就不能平安地过日子。

⑪女：汝。大约指朝廷掌权者。有：占取。以上两句说，人家的田地，反而被你占取。

⑫民人：此指家奴。

⑬覆：反。以上两句说，人家的奴隶，反而被你夺取。

⑭宜：本该。

⑮收：拘捕。

⑯说：同"悦"。或以为"说"：读如"脱"，赦免。上四句说，这本是无罪的人，反而被你拘捕。那本是有罪的人，反而被你赦免。

⑰哲：智慧。夫：男人。城：国。

⑱倾：倾倒。以上两句说，聪明的男人有利于国家，聪明的女人，

则使国家倾覆。按：这里"哲妇"，诗人虽特指周幽王的宠妃褒姒，但却流露出男尊女卑的剥削阶级观念。类似的话，诗中其他地方还有。

⑲懿：美。一说"懿"通"噫"，因对褒姒痛恨而发出的惊呼声。厥：其。

⑳枭（xiāo）：一种凶猛的鸟，羽毛褐色，有横纹，常在夜间飞出，捕食小动物。鸱（chī）：猫头鹰。以上两句说：噫！那个聪明的女人，像枭鸱一般狠毒。

㉑长舌：意指多话，能说会道。

㉒维：是。阶：阶梯，这里引申为"条件"的意思。以上两句说，妇人能说会道，为她干坏事提供了条件。

㉓乱：指西周末年的祸乱。匪：非。以上两句说，祸乱不是从天上降下来的，而是那个妇人褒姒造成的。

㉔时：是，这。维：为。寺：近侍。以上两句说，妇人和近侍干坏事是不要人教的。

㉕鞠（jū）人：指以毒辣手段害人。忮（zhì）：害。忒（tè）：变化。

㉖谮（zèn）：说坏话诬陷人。始竟：始终，一贯。竟：终。背：背理。以上两句意思是说，褒姒害人不择手段，一贯干着进谗诬陷和伤天害理的事。

㉗曰：语助词。极：尽，终了。

㉘伊：语助词。胡：何，怎么。为愿（tè）：作恶。这两句是诗人发出的感叹，说她干坏事难道就没个终了吗？怎么如此作恶呢？

㉙贾（gǔ）：价格。"三"在这里是形容其"多"，非实数。

㉚君子：指有才德的贵族。识：了解。以上两句诗人承前文作答，意思是说褒姒干坏事就像商人无止尽地抬高物价一样，愈来愈毒辣，哪有停止的时候？贤人对这种情况是看得清清楚楚的。

㉛公事：国事。

㉜休：美。以上两句意思说，妇人不应该过问国家大事，而以从事养蚕织布为美德。

㉝刺：责备。

㉞富：通"福"，保佑。以上两句是指幽王说的，大意是：天怎么要责备你，神怎么不保佑你？下文就此申述原由。

㉟舍：舍弃。尔：此。介：甲。狄：指西边部族戎人。《竹书纪年》幽王六年有伐戎"王师败逋（逃）"的记载。一说"介"：大。狄：淫僻。马瑞辰说："介狄，谓大狄，犹云元恶也。"

㊱维：惟，只。予：诗人代群臣自指。胥：相。忌：怨恨。以上两句指责幽王不用武力抵御入侵的西戎（或说"不惩罚那罪大恶极的人"），只是对我们怨恨。

㊲吊：善。祥：吉利。

㊳类：善。以上两句说，周幽王行为不端，仪表不严正。

㊴人：泛指有才德的贵族。云：语助词。亡：无。

㊵殄（tiǎn）：绝灭。瘁（cuì）：疾病，这里指国家危亡。以上两句意思是说，没有贤德的人辅佐，国家就要危亡。

㊶罔：古"网"字。"天之降罔"，即首章所说的"罪罟"，指幽王的苛政酷刑。

㊷优：厚，此指严密。以上两句说，老天爷布下的网，是如此严密。

㊸几：近。连上句是说，贤德的人几乎没有不受到朝廷的处罚。

㊹觱（bì）沸：沸腾的样子。槛（kǎn）泉：涌出的泉水。以上两句说，滚滚涌出的泉水，是那样的深。

㊺宁：岂，哪里。以上两句说，我心里的忧愁，并非今日才开始的。意思是说他对国家前途早已担忧。

㊻藐（miǎo）藐：遥远的样子。

㊼克：能。巩：固。

㊽忝（tiǎn）：辱没。皇祖：伟大的祖先。

㊾式：用，以。后：子孙后代。以上四句大意是：只要老天爷肯保佑，国家没有不能巩固的。不要辱没自己伟大的祖先，并且救救后代子孙吧！这是诗人希望继位的周平王接受教训，从而挽回天意。

【品评】

这首诗写周幽王昏聩腐朽，宠爱褒姒，以致被她专权，任用奸人，迫害贤才，终于招来了国家大乱，在一定程度上揭露了西周末年的黑暗政治，反映了统治阶级内部的严重斗争。诗人是位宗室贵族，他对国家危亡和本阶级内部的争夺忧心忡忡，希望周王挽回局势，救救后代。此诗直斥褒姒"为枭为鸱"，是"长舌妇"，毫无顾忌，大约作于东周建国初。

全诗七章。首章说老天爷降下灾祸，国不安宁，士人严重地受到苛政的危害；次章说下层贵族的土地、奴隶被当权者夺取；第三章说国家的祸乱是由于褒姒干预朝政造成的；第四章承上申述妇人应从事蚕织，不应当过问国政；第五章指责周幽王作为不善，贤才受害，国家濒于危亡；第六章承上说天降下灾祸，自己忧愁万分；第七章希望继承者光复祖业，为子孙造福。

颂　诗

周颂

颂，是周王朝的庙堂音乐，用于祭祀祖先和神明。"颂"，即"容"字，指舞容。"颂诗"就是以歌舞娱乐祖先和神明时的唱词。据王国维说，"颂声"的节奏较"风"缓慢，不及"风"有感人力量。(见《观堂集林》卷二)

"颂"的用途决定了"颂诗"内容多为歌颂祖先功德和求福祈年，形式呆板，语言空泛。因此除少数外，基本都没有什么艺术性，只能作史料看。

"颂"共有四十首诗，其中"周颂"三十一首，全为西周初的作品；"鲁颂"四首、"商颂"五首，都是春秋前期鲁国和宋国为歌颂自己的祖先而作的。本书选两首，都是"周颂"中的作品。

载 芟

载芟载柞①，其耕泽泽②。千耦其耘③，徂隰徂畛④，侯主侯伯⑤，侯亚侯旅⑥，侯强侯以⑦。有嗿其馌⑧，思媚其妇⑨。有依其士⑩，有略其耜⑪，俶载南亩⑫，播厥百谷⑬，实函斯活⑭。驿驿其达⑮，有厌其杰⑯，厌厌其苗⑰，绵绵其麃⑱。载获济济⑲，有实其积⑳，万亿及秭㉑。为酒为醴㉒，烝畀祖妣㉓，以洽百礼㉔。有飶其香㉕，邦家之光㉖。有椒其馨㉗，胡考之宁㉘。匪且有且㉙，匪今斯今㉚，振古如兹㉛。

【注释】

①载：开始。芟（shān）：割草。柞（zé）：砍伐树木。

②泽泽：散开。《毛诗正义》作"释释"，义同。以上两句说，除掉草木然后耕地，耕过的地泥土松松的。

③耦：先秦的一种耕作方法。东汉郑玄认为是两人共执一耜，并力发土。近人也有认为是一个翻地，一个碎土，两人配合耕作。千耦：使用千对人耕作，这是言其人多，是夸张的说法，不是实数。耘：除草。

④徂：往。隰：低湿可耕地。畛（zhěn）：田间小路。这句是说耕作者有的已到低处耕地，有的到了田间小路上。

⑤侯：语助词。下文"侯"字同。主：家长。伯：长子。以下两句说的"主""伯""亚""旅"，都是指同一家族的人。

⑥亚：仲叔，长子以下的已成年的儿子。旅：众，指未成年的儿子。

⑦强：强壮。以：用，用力。这句是总上文出耕的情况，说参加耕作的人个个强壮，人人卖力。

⑧有喷（tǎn）：同"喷喷"，人声众多的样子，这里是说人多。馌：见本书《七月》注⑩。

⑨思：同"有"。思媚：同"媚媚"，妩媚的样子。

⑩有依：同"依依"，亲爱的样子。士：指耕地的男子。

⑪有略：同"略略"，锋利的样子。耜（sì）：翻土用的农具。

⑫俶（chù）：开始。载：事，指耕作。南亩：埂南北向的田亩。这里是泛指。以上五句大意是：送饭的人很多，那都是漂亮的女人，多情的男人们正在用锋利的耜在地里耕地。

⑬厥：其。百谷：各种谷类作物。

⑭实：种子。函：含，指种子蕴藏着生机。斯：乃。活：生，指种子开始萌发。以上两句说，播下的各种作物的种子，饱含着生机萌发了。

⑮驿驿：同"绎绎"，不绝的样子。达：出土。

⑯有厌：同"厌厌"，饱满的样子。杰：特出，指先生长的大苗。

⑰苗：此与上句"杰"对举，指一般的苗。以上三句说，种子不断萌芽出土，无论是先生长的大苗，还是一般的苗都长得茁壮。

⑱绵绵：绵延不绝的样子，形容人多。《韩诗》作"民民"，也是人多的意思。麃（biāo）：借作"穮（biāo）"，即除草。这句说除草的人很多。

⑲载：乃。获：收割。济济：有秩序的样子。

⑳有实：同"实实"，满满的样子。积：堆积。

㉑万亿及秭（zǐ）：极言粮食之多。数万至万万叫"亿"，数亿至万亿叫"秭"。以上三句说，很多人有秩序地收割着，割下的禾堆积得满满的，简直成万上亿。

㉒醴（lǐ）：甜酒。

㉓烝：进奉。畀（bì）：给。祖妣（bǐ）：先祖先妣，此指男女祖先。

㉔洽：合。以上三句说，收获的粮食作成各种酒，敬献给祖先们，其他各种祭祀的用酒也都齐备了。

㉕馝（bì）：同苾（bì），芬芳。

㉖邦家：国家。光：光大。

㉗椒：香。馨（xīn）：香气远闻。

㉘胡：寿。考：老。胡老，指长寿。宁：安。以上四句大意是：由于祭品香喷喷的，神灵得到了享用，帮助我们国家光大，保佑人们平安长寿。

㉙匪：不。且：此，指丰收。这句指上文洽礼获福而言。意谓不单此处丰收，到处都一样。

㉚这句说不单是今年丰收，年年都一样。

㉛振古：自古。兹：是，这。这句说，自古以来就是如此。这是指丰收祀神和求福得福之事。

【品评】

据说周代有籍田制度，春耕前天子亲自象征性地耕田，《礼记·月令》有所谓天子掌犁推行三周、三公五周、卿与诸侯九周的记载，以示亲耕，劝勉农人。这首诗就是周王籍田时祭祀后土谷神的乐歌。

诗中首先描述大规模的集体耕作，开垦了大片土地；接着叙述如何耕耘播种和作物成长的情形以及收获谷物之多；最后写丰收后祭祖祀神，感谢老天爷的恩赐。这首祭歌热情而自豪地叙述了从开荒播种到丰收祭祀的劳动过程，反映了周王朝建立前后的农业生产状况，具有重要的史料价值。近人有以为这首诗是由劳动歌被用作祭歌的。我们从诗的内容和气氛看，觉得这种说法是有道理的。

良　耜

畟畟良耜①，俶载南亩②。播厥百谷③，实函斯活④。或来瞻女⑤，载筐及筥⑥，其饟伊黍⑦，其笠伊纠⑧，其镈斯赵⑨，以薅荼蓼⑩。荼蓼朽止，黍稷茂止⑪。获之挃挃⑫，积之栗栗⑬。其崇如墉⑭，其比如栉⑮，以开百室⑯。百室盈止⑰，妇子宁止⑱。杀时犉牡⑲，有捄其角⑳。以似以续㉑，续古之人㉒。

【注释】

①畟（cè）畟：锋利的样子。这里是形容耜入土甚易。耜：见本书《载芟》注⑪。

②见本书《载芟》注⑫。

③见本书《载芟》注⑬。

④见本书《载芟》注⑭。

⑤或：有。瞻：看。女：同“汝”，指农夫。

⑥载：装。筐：方形的竹篮。筥（jǔ）：圆形的竹篮。

⑦饟：同“饷”，送饭。伊：维，是。下句“伊”字同。黍：见本书《黍离》注①。以上三句说，有人到地里来探望农夫，提着方的圆

253

的竹篮，装的是黄米饭。

⑧纠：缠绕。这句是说，农夫戴的斗笠用绳子缠在颔下。

⑨镈（bó）：锄草的工具。斯：乃。赵（tiǎo）：扒地除草。"赵"三家诗作"捅"（tiáo）。

⑩薅（hāo）：拔草。荼：指陆地野草。蓼（liǎo）：指水边的野草。以上两句说农夫有的用镈铲草，有的用手拔草。

⑪朽：干枯腐烂。止：语助词。下文"止"同。以上两句说，野草枯朽而禾苗茂盛。

⑫获：收获。之：指黍稷等庄稼。挃（zhì）挃：割禾的声音。

⑬积：指堆放在一起。栗（lì）栗：很多的样子。

⑭崇：高。墉（yōng）：城墙。

⑮比：排列。栉（jié）：梳篦的总称。

⑯室：指库房。"百"极言其多。以上五句是写收获时的情形，极力突出丰收的景象。大意是：收割时地里一片刷刷声，割下的庄稼堆满一地，禾垛高如城墙，排得像篦齿一样密，打开了所有的库房，准备把粮食装进仓。

⑰盈：满。这句说，所有的库房都装满了粮食。

⑱宁：安闲。这句说，妇女和孩子们都安闲了。

⑲时：是，这。犉（chún）：七尺的牛。犉牡：最大的公牛。

⑳捄（jiù）：弯曲的样子。这句说，杀作牺牲的那条大牯牛长着弯弯的角。

㉑似：借作"嗣"。嗣续，继承。

㉒古人：指祖先。以上两句意思是说，这种祭祀的风俗习惯由来已久了，祖先的做法，代代相传而不断绝。

【品评】

这是周王在秋收后祭祀谷神的诗。因是向神明报告丰收，所以连及叙述了一年农业生产的过程。前十二句写耕种除草；中七句写收割进仓；后四句写祭祀求福。全诗表现了丰收的欣喜心情。

《良耜》同《载芟》一样反映了周王朝建立前后的农业生产状况，具有重要的史料价值。

后　记

　　本书 1981 年元月由北京出版社出版，后曾多次印刷，前后达 17 万余册。1995 年北京十月文艺出版社将这本《诗经选注》与金开诚《楚辞选注》合为一册，改名为《中国古典文学精华》（一）出版。

　　本书作为普及读本，具有两个特点：一是在字词句简明释义基础上，注重上下文联系，详细串讲，力求明白通达。二是每首诗的说明部分依据诗的思想、意境，揭示诗人此时此地的心态，使读者能更好地理解本诗的艺术特色。

　　本书是 30 多年前出版物，由于本人年事已高，无力修改，这次出版，请读者见谅。

蒋立甫

2014 年 8 月 12 日